光文社文庫

文庫書下ろし

Ｊミステリー2023
SPRING

光文社文庫編集部編

JN019690

光　文　社

目次

CONTENTS

J MYSTERY 2023

相続人を宿す女

*

東野圭吾

東野圭吾
(ひがしの・けいご)
1958年大阪府生まれ。大阪府立大学電気工学科卒。'85年『放課後』で第31回江戸川乱歩賞受賞。'99年『秘密』で第52回日本推理作家協会賞受賞。2006年『容疑者Xの献身』で第134回直木賞、第6回本格ミステリ大賞、'12年『ナミヤ雑貨店の奇蹟』で第7回中央公論文芸賞、'13年『夢幻花』で第26回柴田錬三郎賞、'14年『祈りの幕が下りる時』で第48回吉川英治文学賞、'19年第1回野間出版文化賞を受賞。'12年に『容疑者Xの献身』でエドガー賞優秀小説賞、'19年に『新参者』で英国推理作家協会賞のダガー賞翻訳部門にノミネートされる。近著に『マスカレード・ゲーム』『魔女と過ごした七日間』などがある。

1

インターホンの操作盤で部屋番号を打ち込んだが、すぐには呼出ボタンを押さず、表情筋に思いきり力を入れて唇の両端を引っ張り上げた。頬の緊張を感じながら、ようやくボタンを押す。最近のインターホンは殆《ほとん》どカメラ付きで、こちらからは何も見えなくても、向こうからは丸見えだ。無愛想な顔をしていたら、それだけで客の心証を害することに繋《つな》がりかねない。

落ち着いた女性の声で、はい、と返事があった。

「こんにちは。お世話になっております。文光《ぶんこう》不動産の神尾《かみお》です」

どうぞ、という声と共にオートロックのドアが開いた。そのドアをくぐってから、真世《まよ》は顔の緊張を解いた。

エレベータホールに向かいながら、シックだが高級感のあるエントランスホールを眺めた。築二十年とはいえ、都心にあって駅から徒歩五分という立地は魅力的だ。資産価値は十分で、実際分譲時よりも値段は上がっているはずだ。

そんなマンションの八階にある部屋で真世を待っていたのは、富永良和《とみながよしかず》と朝子《あさこ》の夫妻だった。良和のほうは七十歳前後で、朝子は彼より数歳下といったところか。

「わざわざお呼び立てしてごめんなさいね」ティーカップを真世の前に置きながら朝子が詫《わ》びた。栗色に染めたショートヘアが小柄な体形によく合っている。

とんでもない、といって真世は傍《かたわ》らに置いたバッグからファイルを取り出した。

「ちょうどこちらから御連絡しようと思っていたところなんです。先日のお話の中で懸念だったバスルームと洗濯機置き場のレイアウトなんですけど、別のプランを二つ御用意させていただきました」

図面を広げたかったので、真世は紅茶の入ったティーカップを横に移動させた。

「あっ、あの、その話はちょっと待っていただける？」朝子が慌てた様子を示した。

真世はファイルを開きかけていた手を止めた。「バスルームに何か問題が？」

「いえ、そうではないの。じつは、ほかに相談したいことがあるんです」

「あっ……さようでございますか」真世はファイルを閉じた。「では、どの部分でしょうか？　前回のお打ち合わせでは、バスルームの周辺以外は、御提案させていただいたプランで問題ないとのことだったと思うのですが」

「それはわかっています。だから、あなたのプランに問題があるとか、そういうことをいいたいわけではないの」

「はあ……」

それまで黙っていた良和が、朝子、といった。

「もっとはっきりいったほうがいい。この方に迷惑だ」

「あ……そうね」朝子は真世のほうを向き、ぴんと背筋を伸ばした。「大変申し訳ないんですけど、今回の計画、一旦保留にさせていただきたいんです」

えっ、と漏らした声が裏返った。

「保留といいますと、ええと、計画を延期するということでしょうか」

「ええ、そうですね。当面延期といいますか……」

「中止にするかもしれません」良和が、ぶっきらぼうにいった。「リフォームの計画は白紙にする、ということです」

真世は愕然《がくぜん》とした。予想していないことだった。

「ええと、富永様、それは一体どういうことでしょうか。何か御予定に変更があったとかですか？」

「まあ、そんなところです」良和が答えた。「いろいろと骨を折ってもらったようで申し訳ないんですが、こちらとしてもどうしようもなくてね。もちろん、これまでにかかった費用は請求していただいて結構です」

「あの……どういった御事情でしょうか。差し支えなければ、お聞かせいただけるとありがたいのですが」

それが、と口を開いた朝子に、やめろ、と良和の声が被《かぶ》った。

「余計なことはいわなくていい。我が家の恥を他人《ひと》様に聞かせてどうする」

「でも神尾さんには、これまでいろいろとお世話になっているし……！」

「だから迷惑をかけた分は金を払って解決するしかないだろ」良和の仏頂面《ぶっちょうづら》が真世のほうに向けられた。「どうか、そういうことで御理解いただきたい」

真世は当惑し、朝子を見た。すると彼女は気まずそうな顔で小さく頷《うなず》いた。その表情は、とりあえず今は引き下がってちょうだい、と頼んでいるように見えた。

「かしこまりました。では発注の予定はすべて一旦キャンセルし、畠永様からの御連絡をお待ちする、ということでよろしいでしょうか」

「ああ、そうしてください」良和の口調はなげやりだ。

「延期か中止か、決まる時期はわかりませんか。大体でも結構ですが」

良和が、さらに苦い顔になり、「いつ頃かな？」と朝子に訊《き》いた。「生まれるのは来月末なんだろ？　だったら早くても再来月か」

意外な言葉に真世は瞬きした。生まれる、とは何のことだろう。

「そんなに早く結論が出るかしら。いろいろと揉《も》めたら、もっと長引くんじゃない？」

「それはあり得るな。――神尾さん、それについては改めて連絡する、ということでどうでしょうか？」

承知いたしました、と真世は答え、先程出したファイルをバッグに戻した。ずしりと重いファイルが、単なるゴミに変わるかもしれないと思うと気持ちが暗くなった。

マンションを後にし、駅に向かって歩き始めた。頭の中は、まだ少し混乱したままだ。久しぶりの大きな仕事で、上司も期待している。延期になった、もしかすると白紙になるかもしれないといったら、どんな顔をされるだろうか。

とにかく言い訳を考えなければと思っていたらスマートフォンに着信があった。表示を見て、足を止めた。富永朝子からだった。

「はい、神尾です」

「富永です。さっきはごめんなさい。驚かせちゃったわね」

「そう……ですね。全く予想しておりませんでしたから」

「そうよねえ。本当にあなたには申し訳ないと思ってる」

「いえそんな、謝っていただく必要はございません。お客様にはそれぞれ御事情があることは重々承知しております」

「そういっていただけると少し気が楽にはなるけれど……。ねえ神尾さん、今、どこにいるの？　もうタクシーに乗っちゃった？」

「いえ、駅に向かって歩いているところです」

「だったら、これから少し時間をいただけない？　あなたには説明しておきたいから」

「もちろん構いませんけど、御主人のほうは大丈夫なんでしょうか」

「あの人は、ついさっき自宅に帰りました。私も、ここを少し片付けたら出ます」

「御主人は、事情を明かすことには難色を示しておられましたけど」

「黙ってればわからないわよ。話を聞いてもらえるわね？」

「ええ、是非お聞かせいただきたいです」

駅前のコーヒーショップで会う約束をし、電話を切った。

幸い店はすいていた。飲み物を買って奥の席につくと、真世はファイルを開き、今回のリフォームプランを眺めた。

加齢に伴う身体機能の低下やバリアフリー、生活動線やライフスタイルなどを配慮、といった文言が並んでいる。言葉を選びながら張りきってキーを打っていた時のことを思い出すと虚《むな》しくなる。

真世が勤める文光不動産に富永夫妻からリフォームの相談があったのは二か月ほど前だ。その内容は、息子がひとりで住んでいたマンションの一室を夫妻の老後用に改装したい、というものだった。彼等には一軒家があったが、老朽化しているうえに広すぎて住みづらく、そちらは処分するつもりだとのことだった。

男性が独り暮らしをしていた部屋なら、あまり広くないのではないかと思ったが、物件の詳細を知って驚いた。広さは百二十平米以上あり、間取りは何と４ＬＤＫだった。なぜこんなところにひとりで、と疑問に思ったが、事情を聞いて納得した。彼等の息子は、ずっと独り暮らしをしていたわけではなく、かつてはそこで結婚生活を送っていたのだ。離婚したのは八か月前だという。

だが富永夫妻にとって、もっと衝撃的だったのは、五か月前に息子が急死したことだ。交通事故だった。高速道路を運転中、トレーラーの横転事故に巻き込まれたのだ。

悲しみに包まれた日々を送った後、息子の遺産や遺品を整理することになった。そこで問題になったのがマンションだ。賃貸に出すことや売ることも考えたが、最終的には自分たちで住もうという結論に落ち着いたらしい。

物件を見て、リフォームを検討するのは妥当だと真世も思った。４ＬＤＫというのは、老夫婦が二人で住むには部屋が多すぎる。来客が泊まることを考慮したとしても２ＬＤＫがせいぜいだろう。富永夫妻の希望も同様で、広いリビングルームを中心に、ゆったりとした間取りにしたいというものだった。

話を聞き、早速設計に取りかかった。予算は二千万円ということだから、お金をかけるポイントを絞れば、かなり大胆なアレンジも可能だ。

一週間後には基本的なコンセプトを説明し、その翌週には具体的なプランを提示した。さらにその一週間後には改良案を示し、朝子を様々なショールームに案内したり、備品や素材を選んでもらったりして、ほぼこれで決まり、というところまでこぎつけたはずだったのだ。

それが今になって白紙とは――。

ため息をつきながらファイルを閉じた時、富永朝子が店に入ってきた。真世は立ち上がって迎えた。

「このたびは本当にごめんなさいね」席につくなり朝子は再び詫びを口にした。「主人は黙ってろっていうんだけど、どうにも心苦しくて。あの人は全部私に任せっきりだったから、あなたがどれだけがんばってくれたか、ちっとも知らないのよ」

「がんばっただなんて……仕事ですから当然です。ただ、せっかくいろいろと決まったところだったので残念です」

そうよねえ、と朝子は顎に手をやった。

「私たちもね、まさかこんなことになるとは思いもしなかったのよ。離婚したことで、もうあっちの人たちとは何の関係もなくなったと思っていたから」

「あっちの人たち……とは？」

「息子の別れた奥さん。離婚してから八か月も経って、とんでもないことをいってきたの」

「どんなことでしょうか」

「ほかでもない。息子の遺産についてよ。相続する権利があるっていうの」

「相続？　それはおかしいんじゃないですか。息子さんとは正式に離婚が成立していたわけですよね？」

「もちろんそうよ」

「だったら財産分与についても話し合いが終わっているはずで、息子さんの遺産に関して、別れた奥さんには何の権利もないと思うんですけど」

「それはその通りなの。向こうが主張しているのは彼女の権利ではなく、子供の権利。おなかの子には相続権があるといいだしたの」

「おなかの子？」

「妊娠しているのよ、彼女。出産予定は来月。しかも子供の父親は前の夫、つまり死んだ息子だといってるの」

2

「それはなかなか厄介な話だな」磨いたシェリーグラスを光にかざし、武史《たけし》は冷めた顔でいった。「何が厄介かというと、先方の言い分は完璧に筋が通っていて、法律上、全く隙がない点だ」

「やっぱりそうなの？」

「日本の法律では、女性が離婚した場合、三百日以内に生まれた子供は前夫の子供と見なされる。そして離婚しても親子関係は解消されないのと同様、生まれる前からおなかの子供には相続権が発生している。そのマンションの名義は息子なんだろ？　ほかに子供がいないということであれば、全財産は生まれてくる赤ん坊のものだ。たとえ両親であっても、勝手にリフォームすることも住むことも許されない」

「でも富永さんは、絶対に遥人《はると》さんの子じゃない、そんなはずがないとおっしゃってるんだけど。私も話を聞くかぎりだと富永さんに同意」

遥人というのが富永夫妻の息子の名前だ。

「ほう、どんな話を聞いた？」

「富永さんによれば、そもそも二人は結婚すべきではなかった、それほど深い結びつきがあったわけじゃなかった、ということなの」

富永遥人は作曲家だった。真世は名前を聞いたことはなかったが、代表作を調べてみて驚いた。有名なアイドルグループや歌手に多くの曲を提供していた。真世が知っている曲もいくつかあった。

相手の女性は諸月沙智《もろづきさち》といって、こちらはグラフィック・デザイナーだ。ＣＧを駆使するのが得意で、ＰＶやＣＭ制作などで活躍しているらしい。

二人を引き合わせたのは遥人の妹、文香《ふみか》だった。諸月沙智とは専門学校時代からの親友だという。文香には生まれつき病弱な息子がいるが、その子の見舞いに諸月沙智が来てくれた時、たまたま遥人も居合わせたらしい。

「そうしたら芸術や仕事の話で意気投合して、そのまま交際が始まっちゃったんだって。で、それからたったの一か月で入籍したっていうんだから、結びつきは深くないっていいたくなる気持ちもわかるよね」

今から思えば文香も余計なことをしてくれたものだわ、と富永朝子が忌々《いまいま》しそうにいっていたのを真世は思い出した。

「結婚当初から、お互いのライフスタイルには干渉しないという取り決めになっていたそうなの。どっちも変わってるよね。わざわざ4LDKのマンションを購入したのも、二人とも仕事部屋と寝室を必要としたからなんだって。そんなことをするぐらいなら結婚しなきゃいいのに」

「たしかに変わった人間たちだと思うが、双方が納得しているのなら何の問題もない。周りがとやかくいうことはないだろう」

「だけど、案の定、離婚しちゃったわけじゃない。離婚までの別居期間は約四か月で、その間にどちらにも恋人ができていたんだって」

「そうなのか。それはなかなか華やかな話だな。いいんじゃないか、そういう生き方も。どちらかが一方的に傷つくより、よっぽどいい」

「その点は同意するよ。お互い様だからね。問題はさ、そんなふうに別れた二人の間に、どうして子供ができるのかってこと。おかしいでしょ」

「変わり者なんだから、我々の常識を当てはめるのはナンセンスだ。晴れて離婚が成立したってことで気持ちのテンションが上がり、じゃあ記念に最後の夜を楽しみましょう、とならなかったとはいいきれない。案外、結婚していた時より燃え上がったりしてな」

口元を曲げながらいう叔父《おじ》の顔を、真世は呆《あき》れた思いで見上げた。

「よくそんな下品なことを想像できるね」

「下品か？　芸術家なら、ありそうなことだと思うが」

「もしそうだとしても、さすがに避妊ぐらいはするんじゃないの？　万一妊娠したら面倒臭いことになるわけだし」

「そこまでは考えが及ばなかっただけかもしれない。酒に酔ってたか、あるいはもっと悪いクスリか何かを使ってた可能性もある。いずれにせよ断言できるのは、赤ちゃんの父親が富永遥人さんではないという証拠は、現時点では何ひとつないってことだ」

「真実を知っているのは別れた奥さん――諸月沙智さんだけってわけだよね。諸月さんが、子供の父親は富永遥人さんじゃないといわないかぎり、今の流れは止められないということか」

「正確にいえば、出産した女性自身が子供の父親は前の夫ではないと主張したとしても、出生届を出したら子供は前夫の子と登録される。女性が真実を語っているかどうかは他人にはわからないからだ。子供の権利を守るため、とにかく誰かを父親にする必要があるから、それは前夫とすると決まっている。これを嫡出推定という。裁判を起こし、DNA鑑定などをして親子関係がないということが証明できた場合、ようやく子供の父親は前夫ではないと認められる」

「そんなに手間がかかるんだ……」

「以前は、嫡出否認の訴えは父親にしか認められていなかった。おかげでDVなどが原因で離婚した女性が別の男性の子を出産した場合、前夫の子とされるのが嫌で出生届を出さないことがよくあった。そうすると子供は無戸籍となる。それを防ぐため、今では母親や子供も訴えを出せるようになった」

法律家でもないのに、なぜか武史はこういうことに詳しい。

「でも今回の場合、諸月沙智さんがそんな訴えを起こすわけないよね」

「だろうな」

「すると唯一反論できるのは富永遥人さんだけか。でも死んでるんじゃどうしようもないよね」真世は頭を抱えた。「打つ手なしってこと？　遥人さんの遺産は、全部諸月さんが産んだ子のものになるわけね。他人事とはいえ、何だか悔しいな」

「考え方を変えてみたらどうだ。そのマンションにはシングルマザーとなった諸月さんが住むわけだろ？　その場合でも4LDKというのは使いづらい。今のうちにリフォームのプランを作り、売り込みにいくという手がある」

真世は眉をひそめた。「そんな節操のないこと、できるわけないでしょ」

「どうして？　マンションの持ち主が変わったから、それに応じて客も変わっただけだと考えればいい」

「私には、そんなの無理。富永さんたちを裏切れない」

「つまらないところで律儀《りちぎ》なんだな。ビジネスだと割り切れば何でもないと思うが」

「そういう問題じゃないの。あーあ、何とかならないかな」

「妹さんには相談してないのか。諸月さんとは親友なんだろ？」

「文香さんは巻き込みたくないと富永さんはおっしゃってるの。諸月さんから妊娠の知らせがあったことも話してないそうだよ。二人を引き合わせたことだけでも責任を感じている様子なのに、さらに落ち込むだろうからって。遥人さんが離婚してからは、文香さんも諸月さんとは連絡を断っているみたいね」

「そういうことか」武史は腕組みをした。「解決方法は二つある。ひとつは死んだ遥人さんに代わって両親が裁判を起こすことだ。三親等内の血族ならば嫡出否認調停の申し立てができるはずだ。もしかするとDNAによる親子鑑定をするよう裁判所が命令を出してくれるかもしれない。しかし仮にそうなったとしても問題は多い。鑑定に使用するDNAが遥人さん本人のものだと証明しなければならない。なんだかんだで結果が出るまでには、かなりの時間がかかるだろう。それまでの間にマンションを含む全財産を売却されたりしたら、取り戻すのは至難の業だ」

「それじゃあ、だめじゃん。もう一つの方法は？」

「こちらはわかりやすい。諸月さん側に相続を放棄してもらう。子供の父親が誰であろうと関係がない」

「どうやって？　放棄なんてするわけないよ」

「何事も決めつけは禁物だ。富永夫人に会えるよう取り計らってくれ。もう少し詳しいことが聞きたい」

「叔父さんが？　どうして？」

「かわいい姪《めい》が悩んでいるんだ。力になろうとして何が悪い？」

真世は上目遣いに武史を見た。

「怪しい。そんなわけ、絶対にないもん。謝礼が目当てね」

武史は蠅《はえ》を払うようなしぐさをした。

「心配しなくても適正な成功報酬以外は受け取らない主義だ。そんな目をしてないで、さっさと夫人に連絡しろ」

思いがけない展開に戸惑いつつ、真世はスマートフォンを手にしていた。この叔父が単なる法螺《ほら》吹きでないことは、これまでの経験で十分にわかっている。

3

「相手の男性の身元は判明している？　それは本当ですか」

「間違いないと思います。興信所の人が嘘《うそ》をついていなければ、ですけど」

「彼等が嘘の報告をしたというのは考えにくいですね。その報告書というのは、お持ちですか」

「はい。何かの参考になるかと思い、持ってきました」

これです、といって富永朝子はファイルを武史に渡した。

三人は銀座にあるコーヒーショップにいた。昼間なので真世は勤務時間内だが、武史と朝子を引き合わせるため、顧客との打合せを口実に会社を抜けてきたのだ。

報告書を眺め、武史は頷いた。

「なるほど、二人でドバイ旅行に出かけているわけだ。頻繁にお互いの部屋を行き来していて、周囲に対しても二人の関係を隠していた気配はなかったようですね。ただ、最近になって別れたという噂《うわさ》もある。真偽の程は不明……か」

「仮に別れていたとしても、出産予定日から子供ができた時期を計算したら、まだ二人の交際が続いていた期間なんです」

「この報告を受けて、何か行動を起こされたんですか」

富永朝子は弱々しく首を横に揺らした。

「何もしておりません。どうすればいいのか、思いつかなくて……」

「わかりました。この報告書はお預かりしても構いませんか」

「どうぞ」

武史はコーヒーを一口飲んでからテーブルの上で両手の指を組んだ。

「改めて整理すると、こういうことですね。富永遥人さんの預貯金は、新たに開設された口座に移されている。作った曲の著作権は音楽出版社に譲渡されており、その使用料も、その口座に振り込まれるようになっている。それ以外の財産は青山《あおやま》にある4LDKのマンションだけ。相続税の申告はまだしていない――以上で間違いありませんか」

「はい、その通りです」

「諸月さん側が正式に遺産を要求するとしても、無事に子供が生まれてからでしょう。しかし現時点でも彼女たちに着手できることはあります。たとえばマンションの名義です。おなかの子に変更したいといってくるかもしれない」

「まだ生まれてないのに？」真世は目を見開いた。

「胎児でも相続権があるから変更は可能だ。登記簿には、諸月沙智の胎児、と記される。それを拒む権利は富永さんたちにはない。その状態でマンションを売るのは無理だろうが、赤ん坊が生まれた瞬間に可能になる。予《あらかじ》め買い手を見つけてあったりすれば、トントン拍子に話が進んでしまう」

「まずいじゃん」

「非常にまずい」武史は富永朝子のほうに顔を戻した。「だからもし先方が名義変更をいいだしたら、富永さんは裁判所に処分禁止の仮処分を求めてください」

「はい。ええと、処分禁止の……」

「処分禁止の仮処分です。やり方がわからなければいってください。私が教えます」

「ありがとうございます。ほかには何をすればいいでしょうか」

「それは今後の調査結果次第です。こちらから指示しますので、それまでお待ちください。ところでこちらから何らかの交渉をしたい場合、その諸月沙智さんに直接連絡すればいいんですか」

「いえ、お姉さんが代理人をしておられます。沙智さんの妊娠を知らせてきたのも、その方です」

富永朝子はバッグから名刺を出し、この方です、といってテーブルに置いた。拝見、といって武史が手に取る。真世も横から覗き込んだ。諸月塔子《とうこ》という名前だった。税理士事務所を経営しているようだ。

「この名刺をお預かりしても？」武史が訊いた。

「どうぞ。あの……何とかなるでしょうか」

「絶対に大丈夫です――」武史は鼻の穴を膨らませてから富永朝子を見た。「とは申し上げられません。しかしどこかに突破口はあるはずだと考えています。とにかく私に任せてください」

「すみません。何から何までお世話になってしまって。神尾真世さんから、力になってくれる方がいると聞いて、地獄に仏とはこのことかと思いました。本当にありがとうございます。あのう、些少《さしょう》で心苦しいんですけど、お礼としてお持ちいたしました。もちろんすべてが片付いたあかつきには、相応の謝礼をと考えております」そういって富永朝子は白い封筒を差し出した。

「そういう目的でお手伝いを申し出たわけではないのですが」武史は顔をしかめつつ封筒を受け取った。「では、これは当面の必要経費としていただいておきましょう。もし明細や領収書が必要だということであればいってください。御用意いたします」

「いえ、そんなものは不要です。どうかよろしくお願いいたします」富永朝子は深々と頭を下げた。

彼女が店を出ていくのを見送った後、武史は封筒を開けた。

「十万円か。まあ常識的な金額ではあるな。あくまでも当面の必要経費としては、だが」

成功報酬としては、どれぐらいを吹っかける気でいるのか。訊けば教えてくれるかもしれないが、知りたくないので黙っていることにした。

「叔父さん、本当に勝算はあるの？」

「勝つ見込みは四分六といったところだ」武史はカップに残ったコーヒーを飲み干した。

「えー、わりと低い」

「四分六を馬鹿にするな。あのイチローだって打率四割は残せなかった。まずは諸月沙智が付き合っていた人物に当たってみよう」武史は興信所のファイルを開いた。「映像制作会社勤務か。諸月沙智とは同業者のようだな。会社は赤坂《あかさか》らしい」スマートフォンを取り出すと躊躇《ためら》うことなく電話をかけ始めた。

約一時間後、真世と武史は赤坂のコーヒーショップにいた。さっきと同じチェーン店で、武史は全く同じ飲み物を飲んでいる。真世はさっきはカフェラテだったので、ここではジュースにした。ストローで飲みながら、外出時間が延びたことについて上司にどう言い訳しようかと考えていた。

間もなく店に現れた菅沼《すがぬま》は、端整な顔を奇麗に日焼けさせた男だった。引き締まった体形はジム通いの成果かもしれない。ひどく緊張している様子だが無理もないと真世は思った。武史は電話で、自分は富永夫妻の代理人だが諸月沙智さんのことで重大な用件があるので話したい、といって菅沼を呼びだしたのだ。警戒して当然だ。

「早速ですが、諸月沙智さんと付き合っておられましたね。しかも彼女が離婚する前から」

菅沼は唇を舐《な》めた。

「彼女の離婚は確定していたし、旦那さんとは別々に暮らしていました。事実、すぐに彼等は離婚しました。それに富永さんのほうにも交際している女性がいたはずです」

まあまあ、と武史はなだめるしぐさをした。

「事実確認をしただけです。現在はどうなのですか。あなたと諸月沙智さんとの関係に変化はありませんか」

菅沼は少し間を置いた後、はい、と答えた。「いい関係を続けています」

「今、答えるまでに時間がかかりましたね。どうしてですか」

「特に理由はありません。言葉を選んだだけです」菅沼の声が尖《とが》った。

「諸月さんが妊娠しておられることは御存じですか」

菅沼が唾を呑《の》み込む気配があった。「知っています」

「いつ聞いたんですか」

「半年ほど前……だったかな」

「諸月沙智さんの部屋で？」

「そうですけど」

「嬉《うれ》しかったですか？」

そりゃあ、といってから菅沼は咳払《せきばら》いし、肩をすくめた。「僕の子ならね」

「違ったんですか」

「違うかもしれないといわれました。たぶん前の夫の……遥人さんの子だと思うって」

「それを聞いて、どう思いましたか」

「どうって……」

「腹は立たなかったんですか。だって、すでにあなたとの交際は始まっていたわけでしょう？　それなのに前の旦那さんと性交渉があった。ふつうなら頭にくるはずです」

「いい気はしません。でも仕方がありません。離婚が決まっていたとはいえ、彼等は夫婦だった。二人のことは二人にしかわからない」

「中絶の話は出なかったんですか」

「出なかった……ですね。沙智は産む気でいたし、僕も堕《お》ろせとはいえなかった。僕の子かもしれないわけですからね。せっかく授かった命ですから、大切にしないと……」

「先程、いい関係を続けているとおっしゃいましたね。諸月さんが出産した後も、今の関係は続けていくつもりですか」

「いけませんか」

「彼女と結婚する予定は？」

「具体的には決まっていませんが、可能性はあります」

「生まれてくる子の父親になる覚悟があるんですね」

はい、と菅沼は頷いた。「あります」

「富永遥人さんの御両親は、諸月沙智さんのおなかの子の父親が遥人さんだということには疑念を抱いておられます。出産後、嫡出否認の訴えを起こされるかもしれません。その場合、DNA鑑定を受けるよう要請があれば従いますか。もしかするとあなたの子だという結果が出るかもしれない。そうすれば晴れて実の親子ということになります」

「出なかったら？　遥人さんの子だと証明されるだけかもしれない。それよりは、自分の子かもしれないという可能性を残しておいたほうがいい。いずれにせよ、沙智が悲しむようなことはしないと思います」菅沼は挑むような目を武史に向けていった。

結構、といって武史はにっこりと笑った。

「あなたのお考えはよくわかりました。お忙しいなか、お呼び立てして申し訳ありませんでした」

「もういいんですか」

「はい。ありがとうございました」

菅沼は席を立ち、真世たちに背中を向けようとした。しかしその前に口を開いた。

「今もいいましたが、沙智が悲しむようなことには協力しません。それだけは忘れないでください」

「心得ておきます」武史が頭を下げた。

菅沼から少し遅れて真世と武史も店を出た。

「決まりだな、おなかの子供の父親は菅沼だ」歩きながら武史が断言した。

「どうしていいきれるの？」

「諸月沙智は、妊娠したことを報告するために菅沼を自分の部屋に呼んでいる。もし子供の父親は遥人さんかもしれないと告げるつもりだったなら、自分のほうから彼の部屋に出向いていたはずだ。それなら気まずくなって話がこじれた場合でも、自分が帰れば済むからな」

「あっ、それはいえるかも。自分の部屋だと、どんなに雰囲気が悪くなっても、相手が帰ってくれないかぎりどうしようもないものね」

「菅沼を自分の部屋に呼んだのは、報告する内容が彼にとって朗報だったからだ。実際に諸月沙智が発した台詞《せりふ》は、赤ちゃんができた、もちろんあなたの子供よ、だったんじゃないか。嬉しかったですかと俺が訊いた時、そりゃあ、と菅沼はいった。おそらく、そりゃあもちろん、といいかけたんだろう。咄嗟《とっさ》に取り繕っていたが、俺の目はごまかせない」

早口で武史が語る講釈は、自慢げではあるがそれなりに説得力があった。

「生まれてくる子の父親になる覚悟があるのかと俺が訊いたら、あります、と菅沼は答えただろ？　目の動きを見るかぎり、あの言葉に嘘はない。腹を据えているのがわかった。本当に自分の子だと確信しているから迷いがないのだと思う」

メンタリストとしても一流の武史が、相手の目を見ただけで真偽を見抜いたところは真世も何度か見ている。きっと外れてはいないのだろう。

「じゃあどうして菅沼さんは、本当のことをいわないわけ？」

「問題はそこだ。その時点では遥人さんは生きていたから、生まれる子の父親は遥人さんだと主張するメリットは何ひとつない。遥人さんに嫡出否認の訴えを起こされたらそれまでだ。やはり遥人さんの急死がターニングポイントだと思う」

「遺産目当てで、おなかの子の父親は遥人さんだってことにしようと諸月さんは考えた。その計画に菅沼さんも乗ったというわけ？」

「その可能性は大いにある。彼にしてみれば、役所の紙切れに子供の父親がどう記載されようが痛くも痒《かゆ》くもない。出産後の諸月さんと結婚すれば、実の子と一緒に暮らせるんだからな。しかもその子は遥人さんの全財産を相続している。計画に乗らない手はない」

「菅沼さんがこちらに協力してくれる可能性はないってことね。だったら、打つ手はもうないわけ？」

「何をいってる。ここからが俺たちの本当の出番だ」

4

諸月沙智の自宅兼仕事場は京王線《けいおうせん》幡ヶ谷《はたがや》駅から徒歩三分のところにあった。地上十五階建てマンションの六階だ。間取りは一応1LDKということになるのだろうか。一応、というのは隣室との仕切りになっている引き戸がすべて取り外されているからだ。使い方としてはワンルームに等しい。その部屋の大部分はパソコンをはじめとする様々な電子機器や事務用品に占拠されていて、リビングルームとして機能しているのは、小さなガラステーブルを挟んだソファセットだけだった。真世と武史は二人がけのソファに並んで座り、ビーズクッションに身を乗せた諸月沙智と向き合っていた。

「狭いところでごめんなさいね。電話でもいったけど、外出は極力控えてるの。何しろこんな身体《からだ》でしょ？　気をつけなきゃね」諸月沙智は黒いマタニティウェア姿で両手を軽く広げ、うふふと笑った。「というのは口実で、じつは動くのが億劫《おっくう》というのが正直なところだったりして。そういうことだから、申し訳ないけど飲み物とかは出せないんだけど勘弁していただける？」

「お茶を飲みに来たわけではありませんから結構です。お気遣いなく」武史が愛想笑いを浮かべた。

諸月沙智は手に持っていた名刺に目を落とした。先程、武史から受け取ったものだ。

「『トラップハンド』……恵比寿《えびす》でバーを経営しておられるのね。今はアルコールを控えてるけど、解禁になったら覗きに行ってもいい？」

「どうぞどうぞ。あなたさえよければ今日明日でも構いません。ノンアルコールのメニューも豊富に揃えてあります」

「出産までは人混みも避けるようにしてるの。感染症とか怖いでしょ？」

「なるほど。では無事に出産を終えられてから是非」

「そうさせてもらう。楽しみ」

「お子さんは順調ですか」

「ええ、順調すぎるぐらい」沙智は自分の腹部を撫《な》でた。

「性別はわかっているんですか」

「女の子。エコーで見たけど、なかなかの美人よ。御覧になる？」

「いえ、遠慮しておきます。名前なんかも、もうお決めに？」

「まあね。まだ秘密だけど」沙智は誇らしげに顎を上げた。

「富永さんとは、どういうお知り合い？　電話では、交渉の代理人を任されたとしかおっしゃってなかったけど」いきなり横から口を挟んできたのは諸月塔子だ。ややエキゾチックな顔立ちの妹とは対照的に彫りは深くない。おまけに表情の変化が乏しいので、まるで能面と向き合っているようだ。彼女だけは四角い箱のような椅子に座っていて、小柄なのに真世たちを見下ろしている。

武史が彼女のほうに顔を向けた。

「亡くなった兄が、生前にずいぶんと世話になったようです。常々、いつか恩返しするように、といわれておりました。詳しい事情は御容赦ください」すらすらと口からでまかせが放たれた。いつものことなので真世も今さら驚かない。

「神尾武史さん……か」沙智が名刺を眺めながら首を傾《かし》げた。「どこかで聞いたことがあるような気がする」

「気のせいでしょう。ありきたりな名前です。本題に入らせてもらっても?」

沙智は塔子と顔を見合わせた後、名刺をテーブルに置いた。「どうぞ」

「我々が富永さんたちから依頼された内容は簡潔です。あなたが体内に宿している赤ちゃんの父親が、本当に亡き富永遥人さんなのかどうかを確かめてほしいというものです。とはいえ、それを確認する方法を我々は持っていません。そこでまずはあなたに直接伺おうと思った次第です。どうか正直にお答えください。赤ん坊の父親は富永遥人さんですか」

「なぜ答えないんですか」

妹が、と塔子がいった。「その質問に答えなきゃならないという義務がありますか?」

「わからないから――」沙智がいった。「それじゃだめ?」

「わからない？」

「知ってると思うけど、私と遥人君は離婚前から別居していた。その間に彼には恋人ができたし、私もそれなりにアバンチュールを楽しんでた。その結果妊娠したわけで、父親が誰なのかはわからない。そういうこと」

「遥人さんが父親である可能性もあると？」

「そう。不思議だろうけど、私たちの関係はそういうものだった。離婚が決まってからも仲良くしてたの。セックスだって、それなりに」

沙智、と窘《たしな》めるように塔子が眉をひそめた。「少しは慎んだら？」

「だって本当のことをいわないとわかってもらえないもの」

「遥人さんには妊娠したことを話したんですか」

もちろん、と沙智が答えた。

「あなたの子かもしれない、ともいったんですか」

「はい。彼、喜んでくれました。自分の分身がこの世に生まれるかもしれないと思ったら面白いとも」

「でもおかしいですね。富永夫妻は、遥人さんからそんな話は聞いていなかったようなのですが」

「そうらしいけど、どうしてなのかは私にもわからない。たぶん、面倒臭いと思ったんじゃないの」

「その疑問について妹は何ら関係がありません」横から塔子がいった。「富永さんたちの問題です」

武史は黙って頷き、沙智に視線を戻した。

「あなたは菅沼弘之《ひろゆき》さんとの交際を続けておられますね。おなかの子の父親はたぶん遥人さんだと思う、とおっしゃったとか。そんなことをいったら菅沼さんとの関係が壊れるとは思わなかったんですか？」

「壊れたなら仕方ないと思ってた。だって嘘をついたって意味ないでしょ？　でも、私の見る目に狂いはなかった。弘之君は受け入れてくれた。ＤＮＡがどうであろうと、君が産んだ子なら大切にするといってくれた」

「菅沼さんには、自分の子だという確証があるんじゃないですか？」

沙智は瞬きした後、ふふんと鼻を鳴らした。

「そうなのかな。私にはわからない」

「あなたには父親が誰かをはっきりさせたいという気持ちはないのですか」

「ないこともないけど、はっきりさせる必要もないという気持ちのほうが強いかな。弘之君は納得してくれているわけだし」

武史は両手を擦りあわせ沙智を見つめた。

「あなたが無事に元気な赤ちゃんを産むことを祈っています。問題は、その先です。出生届を出せば、自動的に前の旦那さんである富永遥人さんの子供ということになります。そのままでは困るので裁判を起こしたい、というのが富永御夫妻の意向です。裁判になればＤＮＡ鑑定という話にもなるでしょう。その場合、あなたはどう対処するおつもりですか」

「さあね、どうしようかな。そんな先のことは考えてない」

「考えておいたほうがいいんじゃないですか。裁判の結果、赤ん坊が遥人さんの子ではないと判明したら、あなたには何のメリットもなくなる」

「メリットって？」

「率直に申し上げましょう。あなたが子供の父親をはっきりさせたくない理由は、遥人さんの遺産が目当てだからと我々は考えています」

沙智の表情は変わらない。その代わりに、隣にいる塔子の眉がぴくりと動いたのを真世は見逃さなかった。

「いかがでしょう。変に揉めて禍根を残すより、裁判を起こさないで済ませる道を模索した方が、お互いにとって合理的だと思うのですが」

「妹にどうしろと？」塔子が冷めた口調で訊いた。

「簡単なことです。おなかの子に遺産の相続放棄をしてもらいたいのです。もちろん無償で、とはいいません。金額をいってくだされば、私が富永夫妻と交渉してみましょう。あなた方にとって悪い話ではないと思いますよ」

沙智は意見を求めるように姉のほうを見た。

塔子が唇を開いた。「その条件を妹がのむと？」

「拒否する理由がわかりません。裁判をして遥人さんとの親子関係が否定されれば、一銭も手に入らないわけですから」

塔子の頬がほんの少し緩んだ。笑ったようだ。

「神尾さんとおっしゃったわね。御存じでしょうか。DNA型鑑定で血縁がないと証明できても、それだけで法律上の父子関係は取り消せないと判断した最高裁判決があることを」

「十年ほど前のケースですね。たしか北海道での訴訟でした。あれとこれとは状況が違うと思いますが」

「どう違うのかな。同じだと思いますけど」

ねえ神尾さん、と沙智がいった。

「あなたは私と遥人君がセックスをした可能性はゼロだと決めつけているみたいだけど、男と女は理屈じゃない」

「だったら確率の話をしましょう。仮にゼロではないにしても、そう多くはないはず。子供の父親は離婚して縁遠くなっていた前夫か、一緒に旅行に出かけるほど親密な恋人か。ルーレットでいえば、たった一つの数字に賭けているようなものだ」

「面白い喩《たと》え。ルーレットって、いくつ数字があるんだっけ？」

「アメリカンスタイルだと三十八です」

「三十八分の一か。うーん、たしかに二人とのセックス回数を考えたら確率はそれぐらいかも」

「慎みなさいといってるでしょ」塔子が声を尖らせた。

沙智は首をすくめ、ぺろりと舌を出した。

わかりました、といって塔子が武史のほうを向いた。

「あなた方も富永夫妻の代わりとしてわざわざいらっしゃったからには、何らかの成果を持ち帰らなくては格好がつかないでしょう。こちらの提示額をのんでくださるのなら考えてもいい、とお答えしておきます」

「ようやく話が前進しましたね。で、提示額というのは？」

「本来なら細かく計算したいところですが、時間がないので概算で提示します」塔子は両手の指を広げた。「ずばり十億円」

ひゅーっといったのは沙智だった。

「十億……ですか」さすがの武史も驚いたようだ。

そして真世はワンテンポ遅れてから心臓が跳ねるのを感じた。途方もない額だったので、ぴんとこなかったのだ。

「それ以下の話には乗りません。これでいかがでしょう?」

「遥人さんの遺産総額を御存じですか。折半したとしてもそんな額には……」

「作った曲の利用料は今後も入ってくるはずです。文句があるのなら話はここまで」

武史が言葉を失ったように口を閉ざしたのと同時に、どこかで着信音が鳴った。塔子のスマートフォンだったらしく、ちょっと失礼、といって部屋を出ていった。

「ごめんなさいね。お金のこととなると姉は超シビアなの」沙智が他人事のようにいった。

「さすがは税理士さんだけのことはありますね。御結婚されてるのかな」

「残念ながら、まだ独身。どこかにいい人がいればいいんだけど。神尾さん、奥様は?」

「家庭を持っているように見えるなら光栄です」

「だったら、ちょうどいいじゃない。ああ見えて、姉は料理自慢なの」

「それはなかなかいい情報ですね」作り笑いを浮かべながら室内を見回していた武史の視線が止まった。ゆっくりと腰を上げ、一点を見つめたまま移動を始めた。彼が凝視しているのは棚の上だ。「これは?」

そこには奇妙なものが置かれていた。大きさは五十センチほどで形は空豆に似ている。色は薄いピンクだ。素材は紙だろうか。

「それはね、枕」沙智が立ち上がり、それを手に取った。「天使の膝枕」

「天使の?」

「こうしていると天使の膝に頭を置いているように心が安らぐの」沙智は枕を自分の頬に押し当て、目を閉じた。「いろいろな迷いが消えていく」

「いいですね。どちらで入手を？」

「内緒」沙智は悪戯《いたずら》っぽく笑った。

塔子が戻ってきた。「何をしてるの？」

「神尾さんに宝物を見せびらかしていたの」沙智は枕を棚に戻した。

武史は背筋を伸ばし、姉妹を交互に見た。

「いい話し合いができました。あなた方の意向は間違いなく富永夫妻に伝えます。次にお会いできる時には、お互いにとって建設的な提案ができると思います」

「それは楽しみ。――ねっ？」沙智は深く頷き姉に同意を求めた。しかし塔子は無表情だ。

「来月御出産だと伺いましたが計画出産ですか」武史は沙智に訊いた。

「そうです」

「予定日は？」

「三十日ですけど」

「どちらの病院で？」

沙智が不思議そうな顔で首を傾げた。

「どうしてそんなことをお尋ねになるの？　そんなプライベートなことを」

「一応伺ってみただけです。ところで文香さんとは最近お会いになってないのですか」

「文香って、遥人君の妹の？」

「ほかに文香さんがいるんですか」

沙智は肩をすくめた。

「文香には、しばらく会ってないし、彼女からも連絡はありません。やっぱり向こうも気まずいんじゃないのかな。文香がどうかした？」

「いえ、何でも。では進展がありましたら連絡いたします」

武史が目配せしてきたので真世も腰を上げた。

「ねえ、大丈夫？」マンションを出てから真世は武史に訊いた。「全然目論み通りにいってないように思ったんだけど」

「たしかに予想は外れた。あの自信はどこから来るんだろう。裁判は怖くないのか」

「塔子さんっていう人、手強そうだね。沙智さんのほうは、あまり何も考えてないみたいだったけど」

「いや、俺の見たかぎりだと、塔子さんのほうが与《くみ》しやすい。冷静そうだが、揺れている部分もある。だが沙智さんのほうには、それが感じられない。自信たっぷりで、腹が据わっている」

「へえ、そうなの」

武史がそういうのだから、きっと当たっているのだろう。

「天使の膝枕か……」

「何？　あれがどうかした？」

しかし武史は答えない。「どうやら話は、思っていた以上に複雑怪奇かもしれないな」そういって厳しい視線を遠くに向けた。

5

武史の話を聞いた瞬間、富永朝子の顔から血の気《け》が引くのがわかった。

「十億円だなんて、そんなお金、とても払えません。遥人から受け継いだ預金を全額引き出して、青山のマンションが高額で売れたとしても、たぶん足りないと思います。どうしてそんな途方もない金額を要求するのかしら……」

「音楽出版社が遥人さんの楽曲を使って商売をするたび、一定の利用料が支払われます。遥人さんには代表作が多いですから、将来的なことまで見越した場合、相続を放棄する条件として法外だとはいいきれないでしょう」武史は冷静な口調でいいながら、湯飲み茶碗を茶托《ちゃたく》ごと富永朝子の前に置いた。この店にこんな渋い食器があることなど真世は初めて知った。急須と日本茶があるだけでも驚いていたのだ。

「そういわれても、私共にはどうにもできない数字です」

「ええ、かなりの額は覚悟していましたが、私としても予想外でした」

「どうしたらいいんでしょう。諦めるしかないんでしょうか」

「この問題について、御主人は何と？」

真世が訊くと富永朝子は顔をしかめ、手を横に振った。

「あの人を当てにはできません。知り合いの弁護士に相談したら、打つ手はないといわれたらしく、すっかり諦めムードで……。私には、逃がした魚を追うようなみっともないことはやめろ、なんてことをいうのよ」

真世は富永良和の顔を思い出した。プライドが高そうだから、息子の遺産が奪われるからといって狼狽《うろた》えるようなことはしたくないのかもしれない。

「とにかく子供が生まれたら、嫡出否認の訴えを起こすべきです。ただ心配なのは、その訴えが棄却されないか、ということです。諸月さんのお姉さんもいっていましたが、過去にはDNA鑑定で前夫との血縁関係が否定されたにもかかわらず父子関係の変更が認められなかったという判例もあります」

「そのことだけど、どうしてそういうことになるわけ？」真世が訊いた。

「その時の要旨によれば、嫡出推定を規定する民法772条は法律上の父子関係が生物学上の父子関係と一致しない場合が生じることも容認していると理解できる、とあった。ただし反対した裁判官もいたようだ。要は裁判官がどう判断するかだ」

「何だよ、それ。おかしいよ」真世は口を尖らせた。

入り口のドアが開き、女性が不安そうに顔を覗かせた。彼女を見て富永朝子が小さく手を上げた。

「よかった。看板がないから間違えたかと思った」女性が店内に入ってきた。

「すみません、わかりづらくて」カウンターの内側から武史が詫びた。「文香さんですね」

「はい、坂上《さかがみ》です」答えながら彼女は母親の隣に座った。

真世は立ち上がり、自己紹介しながら坂上文香に名刺を差し出した。文香は名刺を受け取りつつ、当惑の表情を浮かべた。

「ごめんなさい。用があると母に呼ばれて来ただけで、どういう用件なのか、全然聞いてないんです。兄の部屋をリフォームするそうですけど、何か問題でもあるんですか」

「そのリフォームだけど、白紙になりそうなのよ」富永朝子がいった。

「白紙？　どういうこと？」

「それがねえ……ああ、でも複雑過ぎて、どこから話していいかわからないわ」

「よければ私から事情を説明いたしましょうか」武史がいった。

「そうしていただけると助かります。お願いします」

武史は坂上文香のほうを向いた。

「諸月沙智さんは御存じですね。あなたの親友で、亡くなった遥人さんの元奥さんです。彼女とは今でも連絡を取っておられますか？」

予想外の話題だったのか、文香は驚いた様子で瞬きした。

「最近はあまり……。半年ぐらい前に電話で話したのが最後だと思います」

「半年前というと遥人さんが亡くなる前ですね」

「そうです。彼女からメッセージが来て……」

「どんなメッセージでしたか。そこに諸月さんが妊娠したことは記されていましたか」

はい、と文香は頷いた。

「書いてありました。ていうより、そのことを知らせる内容でした。赤ちゃんができたみたいだって……」

「あなた、どうしてそれを黙ってたの？」富永朝子が非難の目を娘に向けた。

「話したところで不愉快だろうと思ったもの。タイミングを考えたら、子供ができたのが兄さんとの離婚が成立していた時期だったかどうかも怪しいし。でも沙智は新しい恋人とうまくやっていけそうだったから、こっちには関係のないことなんだなと思った。兄さんとの結婚がうまくいかなかったのは残念だけど、別の形で幸せを摑《つか》めるのなら、それはそれでいいと思ったもの」

「何を吞気《のんき》なことをいってるの。関係がないどころか……」そこまでしゃべったところで富永朝子は唇を結んだ。

「何よ、関係がないどころかって？」文香は色を成した。「沙智がどうしたっていうの？」

富永朝子は助けを求めるように武史を見た。

「諸月さんは、子供の父親についてはどのようにいっておられましたか」

「どのようにって……」

「父親は誰だと？」

それは、といってから文香は少し考える素振《そぶ》りを見せた。

「正直、自分でもわからないといってました。今の恋人の子かもしれないし、兄の子の可能性もあるって……」

いい加減な女、と富永朝子が表情を歪めた。

「出生届を出せば法的には遥人さんの子ということになります」武史はいった。「そのことは御承知の様子でしたか」

「それなら聞きました」文香は合点したように頷いた。「兄とも話し合って、子供が生まれたらDNA鑑定をして、改めて父親が誰なのかを明らかにすればいいだろう、ということで決着したそうです。それで恋人も納得してくれているらしいから問題ないのかな、と思っていたんですけど」

「問題ないどころか、大問題なのよ」富永朝子が声に大きく抑揚をつけた。「今のままだと、遥人の遺産を全部その子に持っていかれちゃうのよ。青山のマンションもね」

「えっ、そうなの？」

「諸月さん側から富永さんに連絡があったそうです。子供の父親は遥人さんだと。そうであれば法定相続人ということになります」武史がいった。

文香は口元に手をやった。「そんな話、初めて知った……」

「あなたには黙ってたの。責任を感じさせちゃいけないと思って。だけど問題を解決するためには娘さんにも話したほうがいいと神尾さんがおっしゃるから、こうして打ち明けることにしたのよ」

「そうだったんだ……」文香は俯《うつむ》いた。

「はじめから遺産狙いだったとはいわないわ。だって妊娠した時点では遥人は生きていたんだから」富永朝子がいった。「でも遥人が死んだことで気持ちが変わったのよ。もらえるものはもらっちゃおうって気になったに違いないわ。きっとそうよ」

「決めつけないで。何かわけがあるんだと思う」

「遺産目的以外に、どんなわけがあるというのよ」

「わかった。私が本人に確かめてみる」文香はバッグからスマートフォンを取り出した。慣れた手つきで電話をかけると、すぐに繋がったようだ。「もしもし、沙智？　うん、お久しぶり。じつは訊きたいことがあるの」

文香はスツールから下りるとスマートフォンを耳に当てたまま店を出ていった。外で話しているようだが、真世にはやりとりが聞こえなかった。

武史はカウンターの中でグラスを磨いている。富永朝子は額に手を当てていた。

やがて文香が戻ってきた。

「諸月沙智さんは何と？」武史が訊いた。

「いろいろ考えた結果、兄の子ということにしようと決めたそうです。それが一番、生まれてくる子にとっていいと思うからって」文香は深呼吸を一つしてから続けた。「遺産目当てだと思われるだろうけど、それはそれで構わないって」

富永朝子は、ゆっくりとかぶりを振った。「やっぱり、お金というのは人間を変えてしまうものなのね」

「でも仕方ないんじゃないの？　実際、兄さんの子かもしれないわけだし」

富永朝子が目を見開いた。「かもしれない、で遥人の全財産を渡せというの？」

「私にそういわれても……」文香はスマートフォンに目を落とした。「もうこんな時間だ。そろそろ病院に行かなきゃ……」

「息子さんが入院しておられるそうですね」前に聞いた話を思い出し、真世はいった。

「そうなんです。――お母さん、悪いけど私にはどうすることもできない。兄さんに沙智を紹介したことには責任を感じてるけど、こんなふうになるなんて夢にも思わなかった」

「そうよね。もういいわ。あなたが悪いわけじゃない。ソウタ君が寂しがるから早く行ってあげて」

ソウタというのが息子の名前らしい。

うんと答えて文香は立ち上がり、武史と真世に頭を下げてきた。「役に立てなくてごめんなさい」

「我々に謝る必要はありません」武史がいった。真世も同感だった。

文香は肩を落とし、ドアを開けて出ていった。

富永朝子は大きなため息をついた。「もう裁判に賭けるしかないようですね」

いや、といって武史は人差し指を立てた。

「その前にやっておくべきことはあります。富永さん、例の興信所の連絡先を教えていただけますか」

「興信所……ですか。構いませんけど、何のために？」

「もちろん調査を依頼するためです。その結果によっては、状況は全く違うものになるかもしれない」武史は意味ありげな笑みを浮かべ、企《たくら》みに満ちた目を宙に向けた。

6

私のことを魔法使いだとでも思っているのか——。

リフォームというのはブロック遊びに似ている。ブロックが無数にあり、しかも形も豊富に揃っているのなら、こんなに楽しい作業はない。顧客の要望を聞きつつ、自分の好みも盛り込み、理想的な部屋を作ればいい。しかしふつうはそんなことはない。ブロックの数には限りがあるうえ、それらの形は大抵いびつだ。そんなブロックを組み合わせ、顧客の願いを可能な限り叶えようとしているのだが、その苦労はなかなか相手には伝わらない。全く伝わってない、といっても過言ではない。

目の前にいる夫婦は、今住んでいる古いマンションをリノベーションしたいという。それは大いに結構なのだが、それによって狭い部屋が広くなるように錯覚している点が厄介だった。もっとリビングを広くしたい、アイランドキッチンがいいわね、俺は書斎がほしいな——おいおい、ベランダの外に空飛ぶ絨毯《じゅうたん》でも敷けというのか。挙げ句の果てにトイレの場所を変えたいだと？　あのねえ、水というのは上から下に流すものなの。水回りの場所を変えるってことは、そのルートをずらすってことで、めちゃくちゃ大変なわけ。

だがそんな本音を吐くわけにもいかず、次までに検討しておきます、と愛想笑いを添えて答える。満足そうに引き上げていく夫婦を見送り、がっくりと項垂《うなだ》れたところでスマートフォンに着信があった。表示を見て、どきりとする。富永朝子からだった。少し憂鬱《ゆううつ》になった。用件には見当がついた。

「はい、神尾です。いつもお世話になっております、富永様」

「こんにちは。ごめんなさいね、お忙しいでしょうに」

「とんでもないです。ええと、やはり例のことでしょうか」

「そうなの。もう来週でしょう？　その後、どうなったのかと思って」

「御連絡できず、大変申し訳ございません。叔父から、まだ何もいってこないんです」

「興信所に調査を依頼するとおっしゃってたけど、その結果はどうだったのかしら。何か聞いておられる？」

「いえ、私は何も……。とにかく叔父に連絡してみます。何かわかりましたら、すぐに御報告いたします。御心配をおかけして、本当にすみません」

「あなたに謝ってもらう筋合いはないわ。わかりました。もう少し待ってみます」

「ありがとうございます。必ず御連絡いたします」

「よろしくね」

電話が切られるのを確かめ、真世はスマートフォンを置いた。全身から冷や汗が出ている。思えば、おかしなことに首を突っ込んでしまったものだ。大事な顧客ではあるが、他人事だと割り切る手もあった。

それにしても武史は何をしているのか。何度も電話をかけ、メッセージも送っているが、一向に返事がない。昨夜は店にも行ったのだが、臨時休業の札が掛かっていた。

スマートフォンを取り上げた。どうせ無駄だろうと思いつつ武史にメッセージを送ろうとしたら、着信があった。しかも武史からだった。

「ちょっと叔父さん、どういうことっ」電話を繋ぐなり訊いた。

「いきなり何だ」

「何だ、じゃないよ。どこへ雲隠れしてたわけ？　連絡も取れなくて困ってたんだから」

「スピッツじゃあるまいし、そうきゃんきゃん騒ぐな。いろいろとやらなきゃいけないことがあったし、行かなきゃいけないところもあったんだ」

「何よ、やらなきゃいけないことって。行かなきゃいけないところってどこよ」

「それを説明しようと思って電話したんじゃないか。真世、来週の三十日は空けてあるだろうな」

「三十日？」

「火曜日だ」

「平日じゃん。何があるの？　聞いてないよ」

「そんなわけはない。諸月沙智の部屋で聞いたはずだ。彼女の出産予定日だ」

あっ、と発した。「そうだった」

「休暇を取っておけ。その日、俺たちも病院の近くで待機だ。新しい命の誕生とその行方を追うから、そのつもりでいろ」

「えっ、ちょっと待って。それ、どういうこと？」真世はあわてて尋ねたが、その時にはもう電話は切れていた。

7

東京駅八重洲《やえす》中央口――。

武史に渡された新幹線の切符を見て、「あり得ないんだけど」と真世はいった。「病院に行くっていうから、てっきり都内だと思ったら、名古屋ってどういうこと？」

「俺に文句をいわれても困る。病院を選んだのは俺じゃない」

「何という病院なの？」

「南星《なんせい》医科大学病院だ。大学の偏差値は医学部の中でも高い」

「偏差値なんてどうでもいいよ。どうして諸月沙智さんは、そんなところで出産するわけ？病院なんて、ほかにいくらでもあるのに」

「あの病院でなくてはならない理由があるんだ。いずれわかる。黙ってついてこい」

ミリタリージャケット姿の武史が大股で歩きだす。真世はあわてていった。

ホームに行くと、ちょうど『のぞみ』が止まっていた。座席を確認しようと切符を見て、真世は目を剝《む》いた。

「ちょっと、どうして自由席なわけ？」

「始発の東京駅から乗れるんだから自由席で十分だ。列車を選べるしな」

二人で2号車に乗り込んだ。案の定混んでいて、並んで座れるシートは空いていなかった。真世は女性の二人組が座っている三人掛けシートの端に腰を下ろした。後ろを振り返ると、武史はサラリーマンらしき男性の横で早くも瞼《まぶた》を閉じていた。

約一時間半後、『のぞみ』は名古屋駅に到着した。時刻は午前十一時を過ぎたところだ。

駅前からタクシーに乗った。だが武史は運転手に、南星医科大学病院へ、とはいわなかった。告げたのは聞いたことのない駅名だった。一体どこへ行くつもりなのか。だが車中、武史はずっと無言だった。

十五分ほど走ったところで武史はタクシーを止めた。タクシーを降りると、武史はそばのビジネスホテルらしき建物に入っていく。さらにチェックインをする気らしく、フロントに向かっていった。

「病院に行くんじゃないの？」カードキーを受け取ってきた武史に真世は訊いた。

「もちろん行く」

「でもここは――」

武史が真世の鼻先を指差してきた。

「計画出産といったって、いつ生まれるか、時刻まで決まっているわけじゃない。人によっては半日以上かかることだってある。勇んで病院に乗り込み、どこで待っている気だ？」

「病院は、ここから近いの？」

「心配しなくても目と鼻の先だ」

部屋はツインルームだった。武史はジャケットを羽織ったまま、片方のベッドに横たわった。また眠る気なのか、目を閉じている。

「でも、いつ生まれたかなんてわかんないじゃん。どうやって知るわけ？」

「そんなことは気にしなくていい」

「えー、気になるよ。誰かが知らせてくれるの？」

「まあ、そんなところだ」

「えっ、誰が？　病院に知り合いでもいるの？」

「うるさいやつだな。つまらんことを気にする暇があったら、腹ごしらえするなり、仮眠をとるなりしておけ。いつ赤ん坊が生まれるか、わからないんだからな」

たしかにその通りだ。真世はデスクの上を見た。デリバリーを頼める店のパンフレットが置いてある。膝の上で広げた。

「そういえばおなかがへった。うーん、ピザがいいかな。叔父さんはどうする？」

「俺は新幹線の中で駅弁を食った」

「えー、いつの間に」

「誰かさんが涎《よだれ》を垂らして居眠りをしている間にだ」

「失礼な。誰が涎なんか――」

真世が言葉を切ったのは着信音が聞こえたからだ。武史が起き上がり、ジャケットの内側からスマートフォンを出した。

「神尾です。……はい……はい……あ、そうですか」武史の顔が険しくなり、やがて沈んだものに変わった。最後には低く落とした声で、「わかりました。わざわざありがとうございました」といって電話を切った。だが真世のほうを見ようとはせず、スマートフォンを握ったまま、じっと考え込んでいる。

叔父さん、と真世は声をかけた。

「どうしたの？　生まれたっていう知らせじゃなかったの？」

武史は、ふうっと息を吐いた。「生まれたという知らせだ」

「そうか、やっぱり。思ったよりも早かったじゃん。あとは裁判がどうなるか、だね」

だが武史は答えずベッドから立ち上がった。「行くぞ」

はい、と答えて真世はデリバリーフードのパンフレットをデスクに戻した。

ホテルを出て、南星医科大学病院に向かった。歩いている間、武史は何もしゃべらなかった。赤ん坊が生まれ、いよいよ諸月姉妹との闘いが本格的に始まるわけだから、あれこれ作戦を練っているのだろうと真世は思った。

病院は大きく、クリーム色の建物は真新しかった。インフォメーション・デスクも奇麗で、受付にいる女性まで垢《あか》抜けて見えた。

武史は迷いのない様子で進み、エレベータに乗り込んだ。病院の構造だけでなく、面会の手順なども把握しているようだ。真世は、ただついていくだけだった。

四階でエレベータを降りた。すぐ前にナース・ステーションがあった。武史はカウンターにいた看護師と言葉を交わした後、真世のところに戻ってきた。

「会ってくれるかどうか、先方に尋ねてもらっている。追い返されることはないと思うが、何ともいえない」

「無事に赤ちゃんを産んで、幸せ絶頂っていう気分の時に、私たちの顔なんかは見たくないかもしれないね」

神尾さん、とカウンターから看護師が声をかけてきた。武史が行き、少し話してから戻ってきた。「会ってくれるそうだ」

「よかった」

赤ん坊にも会えるのだろうか、と真世は思った。少し楽しみにしている気持ちもある。

看護師に案内されたのは病室ではなく面会室だった。テーブルと椅子がいくつか並んでいる。こんなところに出産を終えたばかりの諸月沙智が来られるのだろうか、と真世は疑問を抱いた。

誰かが入ってくる気配があり、真世は入り口を見た。現れた女性を見て、はっとした。諸月沙智ではなかった。

「文香さん……」真世は瞬きを繰り返した。「どうしてあなたがここに？」

文香は戸惑った目を二人に向けてきた。

「その理由を知っているから、私に会いにこられたんじゃないんですか」

「失礼、姪は何も知らないんです」武史がいった。「このたびは残念でしたね」

「あなたは何もかも御存じみたいですね」

「何もかも、というのは語弊があります。ただ、あなたと諸月沙智さんが何をやろうとしていたのかは、ほぼ見当がついています。沙智さんも、今頃は残念がっておられることでしょうね」

「ええ、たぶん。赤ちゃんを抱くのを楽しみにしていましたから。抱いて、温《ぬく》みを感じたいといって。あと、産声も聞きたいと」

「生まれるより少し前に心臓が止まったと聞きました」

「そうらしいですね」

「えっ、どういうこと？　無事に生まれたんじゃなかったの？」

「沙智さんの赤ちゃんは」武史は踏ん切りをつけるように頷いてからいった。「無脳症だった。たとえ生まれても、長くは生きられない運命だった」

8

抱かせてもらった赤ん坊には、ほんの少しだけ温かみがあった。だがそれを感じられたのは、ごくわずかな間だけで、すぐに身体は冷たくなっていった。それでも弘之は、柔らかくて軽いね、といって抱きながら笑った。

「ごめんね」沙智は赤ん坊の父親に詫びた。「生きたまま産んであげたかったのに」

「いいんだよ」弘之は目を細めた。「これも運命だ」

赤ん坊を看護師に渡した後、弘之は沙智の手を握ってきた。「お疲れ様。大変だったね」

「お葬式、しなきゃね」

「うん、退院したら準備しよう」

いつの間にか看護師たちの姿が消えていた。気を利かせてくれたのかもしれない。

恋人の手を握ったまま、沙智はこの何か月間かの出来事を振り返った。思い出のスタート地点では、沙智はまだ富永遥人の妻だった。

遥人と結婚したことを沙智は少しも後悔していなかった。長くは続かなかったが、彼からは多くのものをもらったし、自分が彼に与えられたものも少なくなかったと思っている。離婚後も、いい関係を続けられればと思った。実際、電話で何度か話した。冗談をいい合ったことさえある。

妊娠に気づいたのは、正式に離婚してから間もなくのことだった。もちろん遥人の子でないことはわかっていた。弘之に話すと、すごく喜んでくれた。両手を挙げ、小躍りしてみせた。そして、子供が生まれる前には結婚しよう、という話になった。

妊娠のことは遥人にも話した。嫡出推定の法律を知っていたからだ。彼に迷惑をかけるわけにはいかなかった。

遥人も喜んでくれた。自分のせいで人生を遠回りさせたように感じていたから、これで気が楽になった、といっていた。あれは本心からの言葉だったと今も沙智は思う。

文香も喜んでくれた。彼女が親友だということは、ずっと変わっていない。遥人と出会わせてくれたことにも感謝している。親友が義理の妹になるなど、夢のように素敵なことだった。むしろ結婚生活を続けられなくて申し訳なかったという気持ちが強かった。

弘之のことは文香にも紹介した。親友をよろしく、幸せにしてやってください、と文香が彼にいうのを聞いて、涙が出るほど嬉しくなった。

あの頃までは、いいことばかりだった。沙智の周りにいる人々の人生が、すべて良い方向に進んでいると信じていた。しかし悲劇というのは、いつも見えないところから突然やってくる。

遥人の死はショックだった。言葉にできないぐらい悲しかった。葬儀には出たかったが我慢した。沙智の妊娠に遺族たちが気づけば、きっと不快になるだろうと思ったからだ。

さらに悪いことも沙智にとって大切な人の身に起きた。おなかの赤ちゃんだ。超音波検査で無脳症だと判明した。

おそらく出産日まで生きられない、出産したとしても短時間で死んでしまうだろう、医師としては中絶を勧めるしかない、といわれた。

とても弘之にはいえないと思ったが黙っているわけにもいかず、丸一日泣いた後、彼を部屋に呼んで悲しい報告をした。

仕方ないね、と弘之はいってくれた。今日まで楽しかった、いい夢を見たと思って諦めようといって沙智を抱きしめてくれた。彼に抱かれながら、そうするしかないなと沙智も思った。

だがやはり諦めきれなかった。どこかに希望の光があるのではないかと思い、無脳症について、いろいろと調べてみた。そして見つけたのが臓器移植という言葉だった。無脳症の子は脳が欠損しているだけで、ほかの臓器には全く問題がないことが多く、海外にはいくつか移植に成功した例があった。自分の子をドナーにしてよかった、と満足している夫妻の談話もあった。

　生まれてきた赤ん坊が生きてはいけなくても、その身体の一部がこの世のどこかで生き続ける——それは素晴らしいことじゃないかと思った。

　考え始めると、そのことばかりが頭の中を駆け巡り、夜も眠れなくなった。中絶して命を断ってしまうなんて、そんなことは絶対にできないと思った。

　沙智の背中を押すものが、もう一つあった。文香の息子、奏太の病気だ。生まれつき心臓が悪く、このままでは長く生きられないといわれている。彼を助けられる方法は心臓移植だけだった。だが子供のドナーは少なく、可能性を求めるならば海外に行くしかない。しかし昨今では、その方法も他国からは非難の的らしい。大枚をはたいて、よその国の貴重な子供の臓器を買いに行くようなものだから、責められるのも当然といえた。それに行ったところで、すぐにドナーが見つかるとはかぎらない。心臓移植をするには、どこかで子供が脳死する必要があるのだ。

　沙智はずっと、文香の力になってやりたいと思っていた。奏太のことだって生まれた時から知っている。それに短い期間だったとはいえ、彼は義理の甥だったのだ。おなかの子の命が彼等の役に立つのなら、何としてでも産みたいと思った。

　だが問題は文香がどう思うかだ。ある日、彼女を呼び出し、考えを話した。文香は仰天していた。沙智の子が無脳症ということだけでも衝撃的なのに、心臓移植の話までされたのだから当然といえば当然だ。

彼に相談したい、と文香はいった。彼というのは、いうまでもなく彼女の夫のことだ。もちろんそうしてくれていい、と沙智は答えた。

後日、文香は夫を連れて沙智に会いにきた。二人が話し合って出した結論は、もしそういう手術が可能ならば息子に受けさせたい、というものだった。

そこまでくれば迷いはなかった。沙智は主治医に相談した。医師は驚いていたが、全く予想外というわけでもなかったようだ。無脳症だと診断された夫妻の中には臓器提供を検討する人たちも少なくない、といった。

どうしてもと望むなら紹介したい人物がいるといわれた。それが南星医科大学の三宅昭典《みやけあきのり》教授だった。三宅教授は海外で心臓移植手術を何例も経験していて、無脳症児からの移植にも詳しいらしい。移植提供者が極端に少ない日本では、もっと議論すべきではないかという考えの持ち主で、論文もいくつか書いていた。

紹介状を手に、弘之と二人で名古屋の南星医科大学へ三宅教授を訪ねていった。

沙智の話を聞いた三宅教授は、力になることは可能だ、といった。ただし条件がある、あなたに強い意思があることです、と付け加えた。国内では実質的に認められていない手術だから乗り越えるべきハードルがいくつもある、実施したことがわかれば世間から批判されるおそれもある、それらに耐えられますか、と問うのだった。

耐えます、と沙智は答えた。中絶にしても、結局は殺すのと同じではないか。それならばその命を大切な人の役に立てたいと思った。沙智に迷いはなかった。

決意が固いことを確認すると、三宅教授は手術に向けた準備を始めた。出産も移植手術も彼が勤務する病院で行えるよう手配をした。ただし一切公表はしない。関係者以外には絶対に話さないこと、と沙智たちもきつくいわれた。

大きな問題があった。原則として臓器の移植先を選べないことだ。それどころか、どこの誰に移植したかも知らされない、というのが臓器移植のルールだった。移植を受けた側も、ドナーが誰かは教えてもらえないのだ。

万一手術のことが世間に知られた場合でも、医学的な部分に関する判断については最終的に医師が責任を持てばいい。しかし移植先として特定の人物を指定するには、それなりの法的根拠が必要だった。

シンプルな解決方法がひとつだけある。臓器提供者が移植先に親族を指定している場合には、その親族が優先されるという例外措置があるのだ。つまり奏太がおなかの子の親族であればいいわけだ。

実際には、おなかの子は沙智と弘之の間にできた子だから、奏太とは赤の他人だ。しかし生まれた時点では遥人の子として扱われるわけだから、奏太とは親族ということになる。臓器の提供先として奏太を指定することは可能だ。ただし、それをやったかぎり嫡出否認はできない。永久に遥人の子だったということになる。

悩んだ末、弘之に事情を話した。彼が決断するのは早かった。それでいいじゃないか、というのだった。役所の書類上のことなどどうでもいい。自分たちの子が、ひとりの子の命を救った、そう思っていればいいじゃないか。

その言葉に沙智は感激し、彼の首に抱きついた。

相談した相手の中で唯一反対したのが姉の塔子だ。臓器提供のためだけに子供を産むようなことを妹にさせたくない、そもそも離婚した男の家のことなんかどうだっていいではないか、といい捨てた。それでも沙智が粘ると、どうしてもやるのなら条件がある、といいだした。子供の父親は遥人だとするのなら、それなりの遺産を要求する、というのだった。命をあげるのだから、それぐらいのことをしてもらって当然だともいった。さらに、もしそれが嫌なら断固反対し続けるし、こうした違法すれすれの手術が行われることをＳＮＳに流すとまでいった。

情報漏洩だけは絶対に避けねばならなかった。仕方がなく、条件をのむことにした。じつは文香も塔子と同意見だといったのだ。兄さんの遺産をもらう資格が沙智にも赤ちゃんにもあると思う、といってくれた。

問題は、もう一つあった。遥人の両親には計画のことを話していなかった。ところが、沙智が遥人の子を身籠《みご》もっているという塔子からの連絡を受け、ひどく狼狽《ろうばい》したらしい。本当のことを話すべきかどうか迷ったが、やめたほうがいいと思う、と文香はいった。手術が成功するかどうかは不明で、もしうまくいかなかった時には二倍のショックを受けるだろうから、というのだった。

こうしてとにかく話は収まった。あとは出産の日を待つのみだった。沙智は子供が無事に生まれてくることだけを祈った。さらに一日、いや一時間でもいいから生きていてくれたらと願った。

9

目の前に置かれたグラスには赤い液体が入っていた。これは何、と真世はカウンターの中でシェイカーを磨いている武史に訊いた。

「先入観は舌の力を奪う。まずは飲んでみろ」

はあい、と返事してカクテルグラスに手を伸ばす。ひとくち含み、香りを楽しみながら喉に流し込んだ。

「どうだ？」

「美味《おい》しいっ」真世はいった。「フルーティだけど、案外アルコールを感じさせる。ジンベースか。いい感じに存在感を放っているのはカシスだね」

「ほう、案外鋭いじゃないか。味音痴かと思ったが」

「馬鹿にしないで。ソムリエを目指してた話、前にしなかった？」

「目指すだけなら誰でもできる」

「嘘だと思ってるでしょ？　田崎真也《たさきしんや》監修の通信講座を受けたことだってあるんだから。それよりこれ、何というカクテルなの？」

「ル・キャドゥー・ダン・アーンジュ」

「る、きゃどぅ……」

「ル・キャドゥー・ダン・アーンジュ」

「もう一回いって」

「どうせ覚えられないんだから聞く必要なんてないだろ。それより何か用があって来たんじゃないのか」

「そうだった。説明を聞いてなかったと思って」

「説明？　何の？」

「どうして真相に気づいたかってことだよ。たぶん何らかの手がかりがあったんだろうけど、いくら考えてもわからない。私も一緒にいたはずなのに」

「自分の注意力のなさを人並みだと思うな」

「えー、そんなにわかりやすいヒントがあったかなあ」

「まあ、わかりやすくはないな。多少、ここを使う必要はある」武史は自分のこめかみを指先でつついた。

「むかつくことばっかりいってないで、さっさと種明かしをしてよ。もうマジシャンじゃないんだから」

「仕方がない。教えてやるとしよう」武史はカウンターに両手をついた。「沙智さんのおなかの子に何らかの問題があるんじゃないかと気づいたきっかけは、彼女の部屋で見た例の奇妙な置物だ。沙智さんは天使の膝枕だといったが、それにしてはおかしいと思った。質感が柔らかそうではなかったし、何より真横に切れ目が入っていた」

「切れ目？」

「だから枕というより何かの容器に見えた。そう思いながら、頰に押し当てて目を閉じている沙智さんの顔を見ているうちに、ぴんと閃《ひらめ》いた。もしかしたら、ゆりかごではないか、とね。天使のゆりかご、つまり赤ん坊を眠らせるためのものだ。大きさも、ぴったりのように見えた。しかしそれならば蓋《ふた》などいらない。やはり考えすぎかと思ったが、蓋が必要なゆりかごもあると気づいた。ただしその場合、ゆりかごと呼ぶのは正しくない。通常それは棺《ひつぎ》と呼ぶ」

あっ、と真世は声を漏らした。「赤ちゃん用の棺桶……」

「後からインターネットで調べてみたら、同じものが見つかった。デザインや大きさなどを細かく指定できるらしい。それで確信した。沙智さんは出産する気でいるが、赤ん坊の命が長くないことを知っているようだ、とね。おそらく胎児に治療不能の先天性異常があると医師から告げられたんだろう」

「そこまでわかっていたのに、どうして教えてくれなかったの？」

「そこまでわかっていた、ではなく、そこまでしかわかっていなかったからだ。生きられない子供を出産しようとするのはなぜか？　沙智さんの目的を探る必要があった。中途半端なことを真世に話して、それが富永夫人に伝わったら、話がややこしくなるだけだと思ったしな」

「秘密だといってくれたら、迂闊《うかつ》にしゃべったりしないよ」真世は口を尖らせた。

「その言葉を信用するより、話さないでいたほうが確実だ。こういっては何だが、真世に話したところでメリットはない」

「そんなことわかんないじゃん……」抗議しつつも声のトーンは低くなる。

「沙智さんの目的は何か？　父親は遥人さんだと主張する理由は何か？　たとえ寿命がどんなに短くても、生まれた時に心臓が動いていれば出生したとみなされ、相続権が与えられる。やはり遺産目当てなのか。そのために本当の父親である可能性の高い菅沼さんを説得したのか。また菅沼さんも、それで説得したのか。それらの答えを突き止めるため、胎児の異常を知った際に沙智さんがどうしたかを考えた。まず思ったのは、彼女は何らかの選択を迫られたんじゃないか、ということだった」

「選択って？」

「胎児にどういう異常が見つかったのかはわからないが、治療が不可能だと確定したなら、出産まで待つか、あるいは中絶するかを決めねばならない場合が多い。沙智さんもそうだったのではないかと考えた。その際、誰かに相談するはずだ。その相手は誰か。母親が生きていれば第一候補だろうが、亡くなっている。すると姉か。もちろん塔子さんにも相談しただろうが、彼女は独身で出産経験もない。もっと的確なアドバイスを求めるとすれば誰だろう？」

真世は人差し指を立てた。「親友の文香さんってわけだ」

「その通り。遥人さんとの離婚もあるし、以前ほど親交は深くないかもしれない。しかし妊娠や胎児の異常といった深刻な問題について、何も知らせてないとは思えなかった。そこで富永夫人に会った際、文香さんにも来てもらったというわけだ」

「彼女、あの時には嘘をついてたんだね。沙智さんから妊娠していることは聞いているけれど、ほかのことは何も知らないといってた」あの日のことを思い出しながらいってから、真世は武史を見上げた。「もしかして、叔父さんはあの時に文香さんの嘘に気づいたっていうの？」

「当たり前だ。あの時でなければ、いつチャンスがあった？」

「どうして気づいたの？　私には全然わからなかった」

「さっきもいったが、自分に注意力がないからといって人も同じだと思うな。まず変だと感じたのは、最後に沙智さんと連絡を取り合ったのは半年ほど前だと彼女がいった時だ。その半年の間には、遥人さんの事故死という大きな悲劇があったじゃないか。離婚によって気まずくなっていたとはいえ、沙智さんが富永家にコンタクトを取ろうとしないわけがないと思った。その際、最も気兼ねしなくていい相手といえば文香さんだったはずだ」

「あ……そういえばそうだ」

反論の余地もなかった。注意力がないといわれても仕方がない。

「とはいえ決定的ではない。文香さんが嘘をついていると確信したのは、彼女が沙智さんに電話をかけた時だ」

「その時のことなら覚えてる」真世は拳《こぶし》を振った。「彼女、電話をしながら店を出ていったよね。で、外で話してた。たしかに怪しい動きだった。でも不自然ってほどでもなかったように思うんだけど」

武史は顔をしかめ、かぶりを振った。

「そんなことをいってるんじゃない。電話をかけた時、といっただろ。彼女はスマートフォンの着信履歴から沙智さんの名前を選び、電話をかけたんだ」

「着信履歴からって……それの何がおかしいの？　ふつうじゃん」

「鈍いやつだな。最後に連絡を取り合ったのが半年前なら、最近の着信履歴に残っているわけがないだろ」

「あっ」

「半年前どころか、つい最近、沙智さんから電話があったということになる」

「そういうことか。えっ、でも、どうして着信履歴から名前を選んだってわかったの？」

「そんなもの、目と手の動きを注意深く見ていればわかる。マジシャンの観察力を侮るな」

「えー、信じられなーい。叔父さんの見間違いってこともあり得るじゃない」

「そんなことはない」

「なんで断言できるわけ？　証拠でもあるの？」

するとと武史は舌打ちをして眉根を寄せ、不本意そうにカウンターの下からタブレットを取り出した。

その画面に映っているのはスマートフォンを操作する女性の後ろ姿だった。誰なのかはすぐにわかった。文香だ。あの日に撮影したものらしい。角度から考えると、カウンター席の斜め後方にカメラが仕掛けられていたようだ。振り返ったが、今はそんなものは見当たらない。

「それで納得したか」

「何だよ、これ。また盗撮？」

「失礼なことをいうな。防犯カメラといえ」

「油断も隙もないな、この店」真世は改めて店内を見回した。こうしている間にも隠し撮りされているおそれは十分にある。

「とにかく文香さんが嘘をついていることは間違いなかった。しかも沙智さんと何かを共謀していると思われた。そこで興信所の出番だ。二人の行動調査を依頼した」

「二人の？　沙智さんだけじゃなくて、文香さんのことも調べさせたわけ？」

「当然だ。必ずどこかに接点があるはずだと睨《にら》んだからな。その結果、南星医科大学病院に辿《たど》り着いた。沙智さんが妊娠した後に通っていたのは別の病院で、一か月前に転院していた。なぜ遠く離れた名古屋の病院に移ったのか。一方の文香さんも夫婦で何度か訪れている。この病院には一体何があるのか。そこで南星医科大学病院に関する資料を片っ端から当たってみて見つけたのが、この論文だ」武史は再びタブレットを操作し、真世の前に置いた。

表示されているのはＰＤＦの書類だった。題名は、『無脳症患者を臓器移植のドナーとして扱うことの是非について』というものだった。執筆者は南星医科大学の三宅昭典となっていた。

「三宅教授は小児科ではなく、臓器移植、特に心臓移植を専門に研究している人物だ。その論文で教授は、日本で無脳症患者からの移植をタブーにしているのは、責任を取れる人間がいないという幼稚な理由からにすぎず、もっと積極的な議論が必要だと訴えている。つまり推進派だ。文香さんの息子さんが先天性の心臓病で、移植しか助かる道がないことを興信所からの報告書で知っていた俺は、それを読んで沙智さんと文香さんの計画を察知した」

「沙智さんの子の心臓を移植に……」

武史は頷き、吐息を漏らした。

「なぜ急に沙智さんが、おなかの子の父親は遥人さんだと主張し始めたのか。その理由にも見当がついた。親族でないかぎり、臓器の移植先を指定できないからだ」

「遺産目当てなんかじゃなかったんだね」

あの日、南星医科大学病院には文香の息子も入院していたらしい。沙智の子が生きていたなら、脳の機能が働いていないことを確認した後、心臓移植が行われることになっていた、ということは真世も聞いていた。

文香は武史と真世に、このことはどうか内密に、といった。

「世間に騒がれるのは困りますし、何より、うちの両親には何も話しておりませんので」

お約束します、と真世は武史と共に断言した。

真世はグラスを手に取った。甘酸っぱいカクテルの香りを楽しんでいたら、ドアの開く気配がした。見ると諸月塔子が入ってくるところだった。

こんにちは、と挨拶してから塔子はスツールに腰掛けた。真世が来ていることは承知している様子だ。

「俺が声をかけたんだ」武史がいった。「おそらく彼女にも、いろいろと尋ねたいことがあるだろうと思ってね」

「何でも、どうぞ」塔子が小さく両手を広げた。おどけた表情は、沙智の部屋で会った時とは別人のようだ。

「あのことはどうされるんですか。遥人さんの遺産についてですけど……」一番気になっていることを訊いた。

「ああ、あれね。あれはおしまい」塔子は、あっさりといった。

「おしまいって……」

「だって相続人は生まれてこなかったんだもの。私の出番はもうない。当然のことでしょ」

「胎児には相続権があるが、死産の場合は元々いなかったものとみなされる」武史が補足していった。「だから胎児が無事に生まれたかどうか、こちらには真っ先に知る権利がある。そこで塔子さんに交渉し、あの日、連絡してもらった」

あっ、と真世は声をあげた。

「ビジネスホテルにいた時にかかってきた電話、塔子さんからだったんだ……」

うふふ、と塔子は意味ありげに笑った。

「神尾さんには全部お見通しのようだったし、決着をつけられるものなら早いほうがいいと私も思ったから。じつをいうと、いい気持ちはしていなかった。遺産の横取りなんてね。臓器移植にも反対だった。親友の子供の命を救いたいという沙智の思いには敬服するけど、道徳的に正しいことなのかどうか、よくわからなかった。何より、沙智の身体が心配だった。だけどあの子の決意は固くて、心変わりする見込みはなかった。だったら自分に何ができるか。それを考えた時、沙智が産む赤ん坊の権利を守るしかないと思った。遥人さんの子として生まれてくるのなら、当然得られる権利を勝ち取るしかないってね」

「そうだったんですか……」

「沙智たちには申し訳ないけど、生まれてきてくれなくてほっとしている、というのが正直な気持ちかな」塔子はそういって首を傾げた後、カウンターのほうを見上げた。「神尾さんはどう？」

「あなたと争わなくて済んだという点では、ほっとしています。無脳症と臓器移植については何ともいえません。当事者たちが、自分の正しいと信じたことをすればいい。そう思います」

「いい答えね」塔子は唇を緩めた。

「何かお飲みになりますか」

「そうね。ええと、それは何？」塔子は真世の前にあるグラスに目を向けてきた。

「る、きゃん、えーと……」やっぱり覚えていなかった。

「ル・キャドゥー・ダン・アーンジュです」武史がいった。

ル・キャドゥー・ダン・アーンジュ、と塔子は呟《つぶや》いた。しかもフランス語らしい発音だ。さらに彼女は続けた。「意味は……天使の贈り物?」

「そうです」

「そうなの?」真世は瞬きし、武史を見上げた。

「あのゆりかごは天使の贈り物を入れるものだった。——そうですよね?」

塔子は真摯《しんし》な目をして頷いた。「私にも、そのカクテルを」

かしこまりました、と武史は答えた。

不必要不可欠な殺人

*

結城真一郎

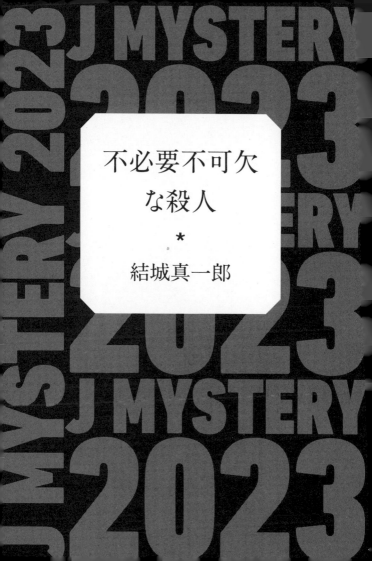

結城真一郎

（ゆうき・しんいちろう）

1991年神奈川県生まれ。東京大学法学部卒。2018年『名もなき星の哀歌』で第5回新潮ミステリー大賞を受賞し、'19年にデビュー。'21年「#拡散希望」で第74回日本推理作家協会賞〈短編部門〉を受賞。同作を収録した最新短編集『#真相をお話しします』は累計20万部を突破する大ベストセラーに。他の著書に『プロジェクト・インソムニア』、第22回本格ミステリ大賞候補作『救国ゲーム』がある。いま最も読者が“裏切られたい”ミステリー作家の一人。

続いてニュースです。埼玉県上尾《あげお》市の運送会社「鷲見《すみ》運輸」の倉庫内から男性の遺体が発見された事件で、昨日未明、埼玉県警は同社の従業員・鷲見小春《こはる》容疑者・三十八歳を殺人の疑いで逮捕しました。警察によると、殺害されたのは同社の社長・鷲見勇作《ゆうさく》さん・四十三歳で、鷲見容疑者は犯行後自ら一一〇番通報し、駆け付けた警官によりその場で逮捕されたということです。調べに対して、鷲見容疑者は「私が殺しました、間違いありません」と容疑を認めており、警察では詳しい事件の経緯や動機について調べています。

1

人は二十歳を迎えた時点で、主観的には人生の半分が過ぎているのだという。にわかには信じられないけれど、これは「ジャネーの法則」といって、いちおう心理学的にも証明されているらしい。ということは、まさに今日、僕は人生の〝折り返し地点〟に立っているわけだ。

行きと帰り。

往路と復路。

そんなことをとりとめもなく考えつつ、ベッドに横たわり、染みの浮かぶ天井を見上げていると――

――ちょっとあんたたち、そこに正座しな。

脳裏に甦《よみがえ》ってきたのは、いまは亡き母さんの大声だった。

ころころと太り、XLサイズのワンピースから丸太棒のような腕を覗《のぞ》かせ、いつも前掛け姿で、豪快で、パワフルで。とにかく我が子に対して厳しく、まさに恐怖の象徴とも言うべき存在だった。

――ほら、美春《みはる》も並び。

あれはたしか、僕が小学三年生のときのこと。授業参観があった日の夜、居間で夕飯を終えたばかりの僕と妹の美春は隣の和室に移動させられ、畳の上に正座するよう指示を受けた。

――あんたたちの舐《な》めた考えを叩《たた》き直さないと。

母さんが言っているのは、僕が父兄の前で発表した作文の件だった。お題は「わたしのお父さんの仕事について」で、順番が回ってきた僕は、こんなふうに父さんの仕事を紹介したのだ。僕のお父さんは「鷲見運輸」という会社の社長をしています。でも、社長と言っても大金持ちというわけじゃありません。普通です。いや、むしろ普通よりちょっと下くらいです。それに、やっていることもお客さんに言われた通り物を届けるだけの、簡単なお仕事です、と。むろん、本心からそう小馬鹿にしていたわけではない。気恥ずかしさも多分にあったし、それに、自慢げに褒めそやすよりちょっと腐すくらいの温度感がちょうどいいのではという、極めて日本人的な発想があったのも否めない。

だけど、そのせいで怒りの鉄槌が振り下ろされることになったのだ。それも、なぜか妹の美春まで巻き添えを食う形で。

——たしかに、お父さんの仕事はお客さんの言う通りに物を届けること。

だけどね、と母さんは鼻の穴を膨らませながら、僕ら兄妹を順繰りに睨《ね》めつけた。

——考えるべきことはたくさんあるの。

迅速に、かつ安全に、というのは当然として、他にも例えば「いかにして荷台を埋めるか」も問題となる。なぜって、客先へと荷物を届けた後、空っぽの荷台のまま帰途に就くのは勿体《もったい》ないからだ。トラックを走らせれば、ただそれだけで人件費もガソリン代も食うのだから、空気だけを運ぶわけにはいかない。

——行きも帰りも有意義なものにする。

——必ずなんらかの目的と意味を持たせる。

——そのために毎日知恵を絞ってるの、おわかり？

この歳《とし》になれば「そんなの運送会社なら当たり前でしょ」と思えるけれど、当時の僕にとってそれは目から鱗《うろこ》が落ちる話だった。なるほど、たしかに！　単に右から左へ物を流しているだけじゃないんだ！　そう素直に納得しながら横目で盗み見ると、隣でちょこんと正座する美春は「なんでわたしまで、全部お前のせいだぞ」と言わんばかりの不貞腐《ふてくさ》れ顔で僕を睨《にら》んでいた。

いずれにせよ、それ以来、我が家では「片道だけで終わらせない」「行きも帰りも有意義に」が鉄の不文律となった。一階から二階に物を取りに行くなら、ついでに雑巾を持って行ってその道中で階段を拭いてくる。近所の八百屋へお使いに行くなら、途中の公園でゴミを拾い多少なりとも町の美化に貢献する、などなど。いわゆる運送会社的な「行きも帰りも」とそれらは若干ニュアンスが違う気もしたけれど、とにかく、こういう意識を小さい頃から僕らは身体《からだ》に叩き込まれてきた。そこにはたぶん一般的な躾《しつけ》の意味もあったのだろうし、あるいはもしかすると、僕らがいずれ会社を継ぐことを見越しての先取り学習の意味合いもあったのかもしれない。

――曽祖父《ひいじい》ちゃんの代からの会社だからね。

――継いで欲しい気持ちもあるけど、でも、あんたは好きなように生きなさい。

その真意はもはや知る由《よし》もないけれど、そうやってどっしりと鷹揚《おうよう》に構えていた母さんはいまから十年前、三十八歳の若さでこの世を去った。食道癌で、見つかったときには既に手遅れだったという。病魔も寄り付かないほどの元気溌剌《はつらつ》肝っ玉母ちゃんだっただけに、知らされたときは信じられなかったし、亡くなるまではほんの一瞬で、正直あまりちゃんとは覚えていない。

その母さんにとっても、やっぱり二十歳が〝折り返し地点〟だったのだろうか。

体感上、そこから先は〝復路〟だったのだろうか。

——今日から小春さんと一緒に暮らすことになった。

——本当のお母さんだと思って、頼りにするんだぞ。

母さんが亡くなってから、母さんの妹——つまり、僕から見ると母方の叔母さんに当たる小春さんが、我が家に家事手伝いに来るようになった。後から知った話だけど、どうやらそのとき既に会社の経営も傾いていたらしく、そんな中、男手一つで二人の子供の面倒を見るのは困難だったのだろう。

小春さんは、母さんとは真逆のスラッとした痩身《そうしん》で、しごく慎ましく、どこか静謐《せいひつ》さを湛《たた》えた人だった。常に微笑を絶やさず、言葉数は少なく、同じ血を分けた姉妹でこんなにも違うものかと常々思っていたのを覚えている。まあ、それを言い始めると、僕と美春もまるっきり反対の性格をしているわけだけど。むろん、美春が母さん似で、僕が小春さん寄りだ。

——にぃに、わたしあの人、嫌い。

その美春は、小春さんが我が家に来てすぐの頃、布団に入るや否や二段ベッドの下から僕にこう吐き捨ててみせた。昔は「こはるたん、こはるたん」とその腰回りにコバンザメのごとくまとわりついていたのに、このとき初めて、美春は彼女のことを「あの人」と呼んだのだ。

——母さんの代わりなんて、いないよ?

——ねえ、にぃにもそう思うよね?

その口ぶりには未就学児らしからぬ迫力があって、こちらの背筋が薄ら寒くなるほどだったけれど、それでも美春の言うことは理解できた。母さんが亡くなり、すぐさまその実の妹が家にやって来た。まるですげ替えられたかのように。母さんは代替品だったかのように。

もちろん、僕ら兄妹の面倒を見るためだと頭ではわかっている。わかってはいるのだけど、やっぱりそうすぐには受け入れられない。いきなり「本当のお母さんだと思って」なんて、そんなふうに言われても困ってしまう。父さんは生来の口下手で職人気質の寡黙な人だったから、別に母さんを軽んじていたわけでもなんでもなく、これ以外の言い方が思いつかなかったのだろう。いまとなってはそう納得できるけれど、当時の僕らは——特に美春は、並々ならぬ反発を覚えていたのも事実だ。

とはいえ、その小春さんには小さい頃からよく可愛がってもらってきた。母方の祖父母と一緒に暮らしていて、家が近所ということもあり、盆や正月以外にもよく顔を合わせてきた。そのときからいつだって小春さんは僕らに優しく、白状すると、当時の僕は小春さんが自分の母さんだったらよかったのに、とすら思っていたくらいだ。

——春斗《はると》くん、こっちおいで。

いまでも鮮明に覚えている場面が二つある。

一つは、僕がまだ小学校二年生の頃——曽祖父ちゃんの何回忌だとかで寺で法要を執《と》り行い、親族一同で「鷲見家代々之墓」を囲む段になったときのこと。線香を上げ、花を手向《たむ》け、順番に手桶の水を墓石にかけていると、水受けの脇に、不意に小春さんがコーラの缶を置いたのだ。音もなく、滑らかに、しめやかに。

——え、いいなあ。

目ざとくそれを見つけた僕は、自分も飲みたいと主張した。その深紅色に染まるアルミの缶が、流麗な筆記体のロゴが、なにより、それを手にしていた小春さんのしなやかな指先が、すべてがひどく大人びていて魅惑的に見えたから。

でも、それを聞いた母さんは「お黙り、虫歯になるからジュースは禁止でしょ」と拳骨を見舞い、一蹴するだけだった。だから、それ以上は言われた通り沈黙を貫き、しゃくり上げながら唇を震わせるしかなかった。

小春さんが僕の名前を呼んだのは、その後、祖父母の家に皆で帰ってすぐのこと。

母さんが近所のスーパーへ買い出しに出ている隙をついて、台所のほうから僕に手招きしてきたのだ。にぃに、こはるたんが呼んでるよ、と美春に肩をつつかれ、連れ立って向かってみると——

——ママには内緒だよ。

差し出されたのは、例のコーラの缶だった。

えっ、と隣の美春と顔を見合わせていると、小春さんは切れ長の目を細め、その手で優しく包み込むように僕の頭を撫《な》でた。

——でも、歯は大事だから、ちゃんと歯磨きすること。

——約束ね？

——あ、美春ちゃんも、ママに言っちゃだめだよ。

もう一つは、母さんが亡くなり、同じ屋根の下で暮らし始めて二年ほどが経過した頃のこと。美春と家の中でかくれんぼをしていて、かつて母さんによく正座をさせられていたあの和室に入り、なんの気なしに奥の襖《ふすま》を開けてみると、中から見慣れない段ボール箱が出てきたのだ。引っ張り出して持ち上げてみると、それなりの重さがある。興味を持った僕は背後に誰もいないことを確認しつつ、ひと思いに開封した。

そして——

——春斗くん、なにしてるの？

そのままの体勢で硬直していると、やがて小春さんの声がした。

ビクッと肩を震わせながら振り返るも、からからに乾き切った口からはいっさいの言葉が紡げなかった。いましがた目にしてしまったものを小春さんにも見せるべきか、それとも隠すべきか咄嗟《とっさ》に判断が付かず、頭が真っ白になったからだ。

——なぁに、それ？

そう言って僕の手元の段ボール箱を覗き込む小春さんの顔から、一瞬、ありとあらゆる表情がスポンと抜け落ちた。抜け落ちたのを、僕は見逃さなかった。

——バーベキューでもするつもりなのかしらね。

ぎこちない笑みをこしらえながら、小春さんは僕を脇に避《よ》けさせ、その段ボール箱を「よいしょ」と胸の前に抱き上げた。見たこともないほどの勢いで、乱雑に、むりやり床から引き剝がすように。

——てっきり、隠れてエッチな本でも見てるのかと思っちゃった。

小春さんはこういう軽口を叩く人ではなかった。思ったことが検閲なしにそのまま口から放り出される母さんとは違って、必要最低限の言葉に秘めたる想いをぎゅっと濃縮するような人だった。

だからこそ、僕は察してしまったのだ。

いましがた目にしたものはなんなのか。

それが意味するところはなんなのか。

その日の夜、階下から小春さんの怒鳴り声がした。さすがに内容までは聞き取れなかったけれど、父さんを激しく責め立てるものだということだけはわかった。

二段ベッドの上の段で、僕はじっと息を殺していた。おそらく、下の段では美春も耳をそばだてていたに違いない。いずれにせよ、これほど感情を剝《む》き出しにする小春さんの姿を見るのは——というか聞くのは、初めてのことだった。バカなこと考えないで！　約束して！　まどろみの底に沈んでいきながら、小春さんがそう叫んでいるのが聞こえた気がした。

小春さんが父さんを殺したのは、それから数週間後のこと。

忘れもしない、いまから八年前の十月十日。

時刻は深夜二時すぎ。

当時、父さんは四十三歳——その父さんにとっても、やっぱり二十歳が人生の〝折り返し地点〟だったのだろうか。

体感上、そこから先は〝復路〟だったのだろうか。

ようやくベッドから身を起こし、カーテンを開ける。

シャッと軽快な音がして、麗《うら》らかな陽光が窓から入ってくる。

部屋に満ちるどこか緩慢な空気、遠くのほうから微《かす》かに聞こえる子供たちの歓声。

紛《まご》うことなき、平穏無事な土曜の昼下がりである。

六月十日、僕の二十歳の誕生日。

昨日は大学のサークルの仲間たちが、ささやかな誕生会を開いてくれた。一次会はカラオケで、二次会は一人暮らしをしているやつの家。しこたま酒を飲み、途中から記憶も曖昧で、そしていま、二日酔いに苛《さいな》まれている。

　たしかに二十歳というのはキリの良い数字で、そこはかとなく節目のような気がするけれど、昨日までの自分――いや、昨年の自分と比べたって、なにかが明確に変わった感じはしない。いちおう飲酒や喫煙が法律で認められるようになったとはいえ、それだって社会の側がそこに線を引いただけであって、それが「二十歳」でなきゃならない理由もたぶんない。

　それでも、僕にとって「二十歳」というのは大きな節目で、並々ならぬ意味合いを持っている。なぜって、前々から決めていたから。自分なりに線を引いていたから。二十歳になったらあの件について腹を割って話そう、と。

　鉛のように重たい身体を引き摺《ず》りつつ一階へ降り、廊下と居間を仕切る珠《たま》のれんをくぐると、伯母さんがこちらに背を向ける形で昼の情報番組を眺めていた。

　あの事件以来、僕ら兄妹は父方の伯父さん伯母さんの家で暮らしている。なに一つ不自由なく、ごく平凡に、当たり前に。

「おはよう……っていう時間でもないわね」

　僕の気配に気付いたのか、苦笑を滲《にじ》ませつつ、伯母さんが首だけ振り返った。

「だいぶ飲んだの？」

「うん、まあ」

「あ、冷蔵庫に美春ちゃんが買ってきたケーキがあるから」

塾の帰りについでに寄ったんだって、と伯母さんは言い添えた。なるほど、いまでもやはり、かつての母さんの教えは身体に刻まれているらしい。塾からの帰り道を有意義なものにした、というわけだ。いや、というか単に、わざわざ買いに行くのが億劫《おっくう》で面倒だっただけだろうか。まあ、なんでもいいけど。

居間を抜け、キッチンへ向かう。

冷蔵庫を開けると、たしかに正面下段に小ぶりなケーキの箱が置かれていた。ロゴに見覚えがあるので、おそらく有名店のものと思われる。が、さすがに二日酔いの身体に朝からケーキはしんどい。後でおやつにでもいただくとしよう。

ドリンクホルダーに目をやると、牛乳パック、麦茶のペットボトルと並んで、コーラの一・五リットルボトルが並んでいた。昨日まではなかったので、これもおそらく美春が買ってきたものに違いない。先祖代々の墓前で駄々をこねたあの日以来、美春の中で僕の一番好きな飲み物はコーラだということになっている。美春なりのイジりというか、冗談、もしくは照れ隠しなのだろう。ほら、どうせだからコーラも買ってきてやったよ、なんか誕生日らしいしさ、あ、ちゃんと歯を磨けよ。そんな感じの含みを持たせた悪戯《いたずら》っぽい笑顔がありありと目に浮かんでくる。

麦茶をコップに注ぎ、居間に戻ると、伯母さんの対面の席に――いまだのほほんとテレビに見入る伯母さんの横顔を眺める形で着座する。

「伯父さんは？」

「ゴルフだって」

「なるほど。美春は……」

「部活。かなり朝早くに出てったわよ」

つまり、いまこの家には僕と伯母さんしかいないことになる。

願ってもない、好都合な状況だ。

情報番組を眺める伯母さんの横顔はすこぶる穏やかで、安寧そのものだったけど、残念ながら僕は、いまからその平穏をぶち壊すことになる。八年間、ずっと胸の奥にしまってきたあの件を白日《はくじつ》の下《もと》に晒《さら》すことになる。

「あのさ」と切り出しても、伯母さんはテレビを見つめたまま「うーん？」と間延びした返事を寄越すだけだった。当然の反応だ。まさかあの件をぶり返されるなんて、夢にも思っていないはずだから。

「話があるんだけど」

「なあに？」

ようやく画面から視線を切り、伯母さんは僕のほうに身体ごと向きなおった。

ごくりと一つ生唾を飲み、世界平和を信じて疑わないその眼差《まなざ》しから逃れるように、手元のコップへと目を落とす。

微かに揺れる液面。

息が詰まりそうな沈黙。

やがて顔を上げ、まっすぐに伯母さんの瞳を見据えながら、そう絞り出す。

「どうしてなの？」

「なにが？」と伯母さんは怪訝《けげん》そうに眉根を寄せた。

「どうして、小春さんは……いや、あの女は父さんを殺したの？」

瞬間、部屋からテレビの音声が消失した。といっても、伯母さんが電源を切ったわけではない。ピンと張り詰められた緊張の糸にすべての音が搦《から》め捕《と》られ、僕の耳に届かなくなったのだ。画面には、いまだ町ブラロケ中の人気芸人の姿が映っている。その別世界のようなお気楽さをよそに、僕は言葉を継いでいく。

「どうして、殺す必要があったの？」

「ちょ、ちょっとなに？　どうしたの、急に――」

慌てふためき取り乱す伯母さんに構うことなく、僕はトドメの一撃を放つ。

「実はあの日、見てたんだ」

「見てた？　なにを？」

「あの女が、父さんを殺す瞬間を」

「なんですって!?」

八年間、誰にも言わなかった。

いや、言えなかった。

事件直後、事情聴取にやって来た警察官にも「ずっと自分の部屋で寝ていた」と答えてしまった。なぜって、怖かったから。意味がわからなかったから。だからずっと、胸の奥に閉じ込めてきた。誰かがいずれその理由を説明してくれるんじゃないかって、心の片隅で薄《うっす》らと期待しながら。

だけど結局、この八年間、その件は封殺されてきた。小春さんは、ただ単に父さんを殺したということにされてきた。だから僕は、意を決して訊《き》くことにしたのだ。人生を折り返し始めたちょうど今日、この日、この瞬間に。

「伯母さんも知ってるんでしょ？」

そう尋《たず》ねると、図星だったのだろう、伯母さんは目を伏せ口ごもった。

「あの日、現場で何があったのか」

あの日――僕は微かな物音で夜中に目を覚ました。バタンと玄関の扉が閉まった音だったように思う。しばらく暗闇で息を殺していたのだけど、家の中からは不思議と人の気配がしない。身を乗り出し、二段ベッドの下を覗き込むと、美春はすやすやと寝息を立てていた。

つまり、父さんか小春さん、もしくはその両者が家を出ていったのだ。

寝間着のままベッドから這《は》い出し、一階に降りる。

玄関に向かうと、いつもはあるはずの二人の靴がない。

虫の知らせとでもいうべきだろうか、突き動かされるようにスニーカーをつっかけると、僕はそのまま外に出た。しん、と静まり返る住宅街。往来する車の音も、鈴虫の合唱もない。寝間着一枚だと秋の夜風はやたらと肌寒く、空には雲がかかり、星一つ見えなかった。まるで、終末の世界にたった一人取り残されたような気がした。

そのまま僕は、まっすぐ裏手にある倉庫に向かった。

これもまた、特に理由はない。

ただ、倉庫に行かなければと直感的に確信したのだ。

そして――

「殺す必要なんか、なかったじゃないか」

そこで僕は見てしまったのだ。

事件の一部始終を。

おぞましき顛末《てんまつ》を。

「だって、そんなことしなくたって、どうせ父さんは死んだんだから」

父さんに――ロープでまさに首を吊っていた父さんに、何度も刃物を突き立てるあの女の姿を。

2

「鷲見運輸」は埼玉県上尾市に本社を置く、老舗の運送会社だった。

そのあたり一帯は、いちおう区分上だと住宅地になるのだろうけど、僕が住んでいた頃はまだまだ周囲に田畑や雑木林、小川などが多く残っていて、長閑《のどか》な田舎の情緒に満ち溢《あふ》れていた。

ゆえに土地代も安かったのだろう、会社の敷地は割と広大で、道路から入ってすぐのところに大型トラックが十台ほど停められる駐車スペースがあり、さらにその奥にはトラックヤード、積み荷を保管するための倉庫、事務所の建屋などが並んでいた。中でも、トラックヤードと倉庫はやたらと秘密基地めいていて、すこぶる幼心をくすぐって、しばしば近所の友達と忍び込んで遊んだのを覚えている。そして、そのたびにトラックの運ちゃんや母さんに見つかり、鬼の形相で「危ないから出ていけ」とドヤされたのも。

従業員は運転手と事務員合わせて二十人ほど。同じ敷地内――倉庫の裏手に僕ら鷲見家の居宅があったので、もちろんその全員と僕は顔馴染《なじ》みだった。事務所の前でタバコをふかす運ちゃんにお菓子をもらったり、事務員さんにこっそり学校の宿題を手伝ってもらったり、そうやって公私の分け隔てなく可愛がってもらったのも、いまとなっては懐かしい思い出だ。

もともとは倉庫業が本業だったらしいのだけど、僕の祖父ちゃん・鷲見春雄《はるお》が二代目社長に就任して以降、付随する形で営んでいた運送業に軸足を移していくことになる。そうして社名が「鷲見運輸」となったのが一九八〇年のこと。以来、大手運送会社の下請けとして細々と、だけど着実に、経営を続けてきたというわけだ。

二十一世紀を目前に控えた二〇〇〇年の秋——父さんが鷲見家に婿に入る形で、父さんと母さんは結婚した。古くから付き合いのある取引先の社長の親戚の次男坊という、近いのか遠いのかよくわからない関係で、ほとんど見合い結婚に近い形だったのだとか。

——嗚呼《ああ》、戻っておいで、私の青春。

——身を焦がすような、熱い、熱い、大恋愛。

その件について、母さんは折に触れてこうぼやいていた。特に酔っ払ったときはひどいもので、機関銃のごとく一斉掃射される恨み辛《つら》みは止《とど》まるところを知らなかった。もちろん半分以上——いや、九割くらいは冗談だとわかっていたし、だからこそ、既に幾度となく同じ話を聞かされていた僕と美春は呆《あき》れながら顔を見合わせ、父さんも父さんで困ったように苦笑するばかりだった。

そして、このモードに入った母さんの話は、必ずと言っていいほど次のひと言に落着するのだ。

——本当は、東京で華のＯＬになるはずだったのにさ。

「本当は」の意味はよくわからなかったし、おそらく諦念を含んだ憧憬の類いなのだろうとは思うけれど、こうぼやくときの母さんはいつもどこか寂しそうな目をしていた。ぼんやりと遠くを見ているようで、その視線の先には在《あ》りし日の一幕がはっきりと浮かんでいるようだった。

高校を卒業し、そのまま「鷲見運輸」の事務員として働いていた母さんとは違い、どうやら小春さんはもともと家業に関わっていなかったらしい。僕の記憶が正しければ、初めから小春さんは事務所に出入りしていたので、たぶん僕の物心がつく前の話だろう。それがなぜ出戻って来たのか、そのあたりの経緯はよくわからないものの、いずれにせよ、どこかのタイミングで小春さんも「鷲見運輸」で働き始めた。既に現役を引退していた祖父母の家で一緒に住み始めたのもどうやら同じ頃らしく、これについてもどうしてそうなったのか、特段の説明を受けたことはない。まあ、わざわざ僕に説明するような話でもないよな、とは思うけど。

母さん・鷲見春代《はるよ》とその妹・小春さんは、見た目や性格こそ正反対ながら、基本的には仲睦まじい姉妹だった。正月に祖父母の家に集まると、よく酔っ払った母さんが「春生まれでもないのに名前に春を付けられて迷惑だ」とこぼし、小春さんも一緒になって「本当に、ね」と愉快そうに笑っていたのを覚えている。そして、最終的にぐでんと酔い潰れた母さんに、小春さんがそっと毛布を掛けてあげている姿も。

ちなみに、姉妹の名前にいずれも「春」が含まれているのは、言うまでもなく祖父ちゃんの「春雄」から取ったもので、その流れはさらに下の世代、つまり僕らにも脈々と受け継がれている。とはいえ、僕は六月生まれで美春は九月生まれ——美春に関しては完全に秋だし、僕もかなりギリギリのラインだ。けどまあ、季節に忠実に「梅雨斗」とか「梅雨男」と命名されるよりは遥《はる》かによかったと思うようにしている。

そんな感じの、どこか騒々しくも満ち足りた鷲見家の歯車が狂い始めたのは、母さんが亡くなってから間もなくのこと。まず小春さんが我が家にやってきて、そしてそのわずか二年後、小春さんが父さんを刺し殺した。倉庫で首を吊っていた——放っておけば勝手に死んだはずの父さんを。

——ごめんね、すべてはあなたたち二人のためを思ってなの。

あの後、伯母さんは涙ながらに当時の経緯を語ってくれた。

あまりにも殺害時の状況が常軌を逸していたこと。ショックを与えないために、僕ら兄妹にはその詳細が伏せられたこと。警察も理解を示してくれ、報道は必要最小限となったこと。

事実、自分なりに何度かネットで調べたことはあったものの、そのどれもが「鷲見小春容疑者が鷲見勇作さんを殺害した」という簡単な事実の列挙に留《とど》まっていた。

ごめんなさい、ごめんなさい、と伯母さんは壊れたオルゴールのように繰り返していたけれど、僕としてもその判断を責めるつもりはない。というかむしろ、しごく妥当なものだと思う。小春さんが父さんを殺したというだけでも天地がひっくり返るほどの衝撃なのに、ましてやその父さんすら自分から死のうとしていたなんて聞かされた日には、どこにどんな感情を向ければいいのかさっぱりわからない。

ただね、としゃくり上げながら伯母さんはこう続けた。

——結局、あの人は最後まで理由を語らなかったの。

曰《いわ》く、逮捕された小春さんは自らの犯行であると即座に認めたものの、その動機についてはいっさいの黙秘を貫いたのだという。なるほどたしかに、ネットの海をいくら漁《あさ》ってみても「警察では詳しい事件の経緯や動機について調べている」以上の続報はついぞ発見できなかった。

一見すると、そこには計り知れない怨恨があったように思えてしまう。自殺なんかでは終わらせない、、、、、、、自らの手で殺めてやらないと気が済まない、、、、、、、という、そんなレベルの、もはや人智を超えた並々ならぬ殺意が。

でも。

——バカなこと考えないで！

そうなると、目の前に立ちはだかるのは、あの日の夜更けに階下から聞こえてきた小春さんの怒鳴り声なのだ。

——約束して！

あれは十中八九、ほぼ間違いなく、父さんに「自殺なんてバカなこと考えるな」と叱責するものだった。なぜってその数時間前、僕が押入れの奥から見つけた段ボール箱に入っていたのは、カセットコンロ、練炭、マジックテープといった「練炭自殺セット一式」だったのだから。

――バーベキューでもするつもりなのかしらね。

――てっきり、隠れてエッチな本でも見てるのかと思っちゃった。

僕が瞬時にそう察したように、小春さんも察したのだ。だからこそ、いたって普段通りを装いつつ、普段なら絶対言わないような軽口を叩いてその場を凌《しの》ごうとしたのだ。

でも、だとしたら、なぜ小春さんは父さんを殺したのだろうか。あれほど必死に「自殺なんてやめろ」と諭していたはずなのに、どうして自分の手で、その説得をなきものにするような蛮行をやってのけたのだろうか。

疑問符の海で溺れかける僕に、伯母さんはこうも言い添えた。

――遺書と思《おぼ》しきものが、キッチンで焼かれていたらしくてね。

曰く、その後の警察の調べで、我が家のキッチンのコンロでなにかが事件直前に焼かれていたと判明したのだという。そして、その残骸を精査した結果、おそらくそれが父さんの書いた遺書であろうことも。

つまり。

——自殺に見せかけようとしたってわけでも、たぶんないはず。

むろん、断定することはできない。

それだって、偽装工作の一つなのかもしれない。

だけど、もし伯母さんの言う通りだとしたら父さんはその日、本気で死ぬつもりだったのだ。そして、小春さんはその邪魔をした。横槍を入れ、水を差した。自分が殺人犯となることすらも厭《いと》わずに。

結局、動機は明らかにされないまま、小春さんは殺人罪で起訴された。死体損壊ではなく殺人で。つまり、小春さんが犯行に及んだ時点で、父さんはぎりぎりまだその命を繋《つな》いでいたのだ。最終的に下された判決は懲役七年——ということは、いまはもう娑婆に出てきている可能性が高い。

——まさか、会いに行こうだなんて思ってないわよね？

——その理由を尋ねようだなんて。

伯母さんの縋《すが》るような念押しに対して、僕はこくりと頷《うなず》いてみせた。

伯母さんに対して、こうも抵抗なく嘘偽りの自分を演じることができたのは、おそらく初めてのことだった。

とはいえ、小春さんの居所に関する手掛かりはない。仮に探し出せたとして、「こういうことだったんでしょ？」と投げつけられるような仮説の一つもない。

だから僕は、そのまま二階の自室に戻り、父さんと母さんの遺品がまとめられた段ボール箱を開けている。お目当ては、かつて二人のもとに届いた年賀状——そこにはきっと、当時の従業員からのものもあるはずだから。単なる事実の列挙ではない、もっと切実な、真に迫る生の声が必要だと思ったから。

「あった」それらしきハガキの束を見つけ、引っ張り出す。

勉強机に向かうと、丁寧に輪ゴムを外し、僕は一枚一枚、その差出人の名前を検《あらた》めていくことにする。

3

「いやぁ、本当に、おっきくなったなぁ」

かつて「鷲見運輸」で働く運ちゃんたちの兄貴分だった東海林《しょうじ》鉄平《てっぺい》さん・通称〝てっちゃん〟は僕に座布団を勧めながら、そう言って目を細めた。

あれから数日後の、時刻は昼すぎ。

大学の授業をサボって、僕は北上尾駅から徒歩十数分のところにある古びた木造アパートを訪れている。

「二十歳ってことは、もう酒も飲めるんか？」

「まあ、いちおう。強くはないですけど」

なんせ、誕生会の翌日には二日酔いでぶっ倒れていたくらいだ。

くたくたになった座布団に僕が正座すると、てっちゃんは「畏《かしこ》まるな、足崩せ」と白い歯を覗かせた。というわけで、遠慮がちに胡坐《あぐら》へと切り替える。

「鷲見家の人間は、昔から大の酒飲みだったからなあ」

久しぶりの来客に気分が華やいだのか、てっちゃんは鼻唄混じりに続けた。そして、身を屈《かが》めるようにして単身用の小ぶりな冷蔵庫を開けると、悪戯っぽく「なんならビールとか日本酒にするか？」と訊いてきた。いえ、さすがにそれは、と断りつつ、みんな大酒飲みだったんですね、と毒にも薬にもならない相槌《あいづち》でお茶を濁す。

ああ、そうだよ、とてっちゃんは上機嫌に笑った。

「春雄さんも、その先代も、お前のお袋さんも。特に、先代は凄《すご》かったな。俺と飲んだときはもう引退してたから、それはもう浴びるようだった」

そこに小春さんの名前は出なかった。あえてなのか、それとも単に小春さんは酒飲みではなかったのか――まあ、たぶん前者だろう。

二本の缶コーヒーを手に、卓袱台《ちゃぶだい》を挟んで僕と向かい合うと、てっちゃんはドカッと腰を下ろした。これでもいいか？　と目顔で尋ねられたので、はい、と目礼する。

プシュッとプルトップを引きつつ、とりあえず僕は先の会話の接ぎ穂を拾い続けることにする。わざわざこうして訪ねてきた理由をてっちゃんは百も承知しているはずだけど、いきなり本題に入るのはやはり気が引ける。

「よく一緒に飲んでいたんですか？」

「忘年会とか、年に一回くらいだけどな。ほら、なんてったって運送会社だし、酒は基本的にご法度《はっと》でさ。そのへんは、かなり厳しかったよ」

「ああ、まあ、たしかに……」

東海林鉄平さん、六十一歳。かつて「鷲見運輸」にてトラックの運転手をしていたものの、例の事件があり職を失った――いわば〝被害者〟の一人だ。いまは個人タクシーの運転手として生計を立てているという。

年賀状に彼の名前を見つけたとき、僕はすぐに当時のことを思い出した。筋骨隆々の逞《たくま》しい体軀《たいく》が自慢で、いつも頭には手拭いを巻いていて、しょっちゅう事務所の前でタバコをふかしていて。見た目こそ厳《いか》つかったけれど、根はとても優しく、トラックヤードでかくれんぼに勤《いそ》しむ僕らを見つけても、苦笑混じりで「ほら、母ちゃんにバレる前に出ていけ」と追い返すだけだった。

あれから八年が経《た》ち、僕の目の前に座るてっちゃんにはさすがに無視できないくらいの経年が滲んでいた。岩山と見紛うほどだった巨軀は萎《しな》びたように縮こまり、顔中に刻まれた皺《しわ》も深くなっている。部屋のどこにも灰皿らしきものは見当たらないし、特にタバコの臭《にお》いも漂ってこないので、もしかすると禁煙に成功したのかもしれない。唯一変わらないのは、僕に向けられる柔和な眼差しだけ。

だけど、そこにはやはり一抹の影が落ちている。

そしてその闇の深奥に、僕はこれからずかずか踏み込もうとしているわけだ。

しばしの間、気詰まりな――互いに間合いを推し量るかのような沈黙が続いた後、ところで、と僕のほうから口火を切ることにした。いきなり「当時の話を聞かせて欲しい」と連絡しておきながら、会話の舵取《かじと》りを丸投げするのはさすがに不躾だろう。

「いくつか、教えて欲しいことがあるんです」

「おう、なんだ」

努めてなんでもないような口調で返してきたけれど、てっちゃんは居住まいを正し、その背に、その肩に、緊張を漲《みなぎ》らせた。

「一つは、当時の会社の状況です」

「会社の状況？」

「父さんは――父は、自殺を考えるほどに追い詰められていたんですか？」

そう尋ねると、てっちゃんはギョッとしたように目を見開き、そのまま僕から視線を外した。唇を噛《か》みしめ、こめかみには血管が浮かんでいる。まさか、僕がその事実を知っているとは思っていなかったのだろう。

でも、隠すわけにはいかない。

すべて正直に開陳しなければならない。

真相へ迫るために。

理由を知るために。

やがて一つ咳払《せきばら》いすると、てっちゃんは重々しく口を開いた。

「不運なことは、重なるもんでな」

黙って頷き、先を促す。

「お前のお袋さんの病気がわかって、てんやわんやしている最中、今度は大口取引先の何社かから契約を切られて——そのうえ、物損事故が起きたんだ。運転手の一人がハンドル操作を誤ってな。積み荷のいくつかが破損して、その賠償やらなにやらで、正直、しっちゃかめっちゃかだった」

「そうだったんですか……」

母さんの病気の件は僕も承知していたけれど、当然、会社の内情に関しては知る由もない。ただ、話を聞く限り、かなりの惨状だったのは間違いないだろう。

「会社を守るためには人員整理もやむなしって状況だったんだが、お前の親父は、それだけは断固として認めなくてさ。家の貯金を切り崩して社員の給料に当てていた、なんて話も小耳に挟んだよ」

偉いよなぁ、とてっちゃんは独り言のように呟《つぶや》いた。

たしかに偉いとは思うけれど、僕としては、そこが父さんの〝弱点〟だったような気もしてしまう。よく言えば真面目で、実直で、義理堅い。悪く言えば融通が利かず、いったん「こう」と決めたら周りが見えなくなる。そんな父さんだったからこそ、そうした状況でどんどん余裕を失い、八方塞がりになっていたであろうことは想像に難《かた》くない。

「そんで、もはやどうにもならないところまで行っちまったんだ」

てっちゃんは悔しそうに声を絞り出すと、力なく肩を落とした。

「いろいろ責任や重圧を感じてたんだろうよ。言うなれば、お前の親父は外様《とざま》で、鷲見家の人間じゃない。それなのに自分の代で会社を潰しちまったら、先代たちに合わせる顔がないって――」

「まあ……」

もちろん、その気持ちだってわからないわけじゃない。

「ただ、だからって死ぬこたぁないのにな」

てっちゃん曰く、父さんには多額の保険金が掛けられていたという。むろん、小春さんが入るように勧めたものではない。それ以前から、経営者の当然の備えとして加入していたのだ。ちなみに、免責期間は過ぎていたらしい。

「そうまでして金を遺《のこ》したって、家族は絶対に喜ばねえ。そんな当たり前のことがわからなくなるくらい、お前の親父は追い詰められてたんだろうよ」

そして、そんな父さんを小春さんはなんとか説得しようとした。

――バカなこと考えないで！

――約束して！

見たことも聞いたこともない剣幕で声を張り上げ、上の階で聞き耳を立てている僕を戦慄させた。それなのに、結果的に小春さんは父さんを殺した。

なぜだろう。

どうしてなのだろう。

そのギャップが、とうてい埋まりようもないくらい途方もなく、果てしないものに思えてしまう。

缶コーヒーを一口啜《すす》ると、いよいよ僕はさらなる核心へと立ち入ることにする。

「なんとなくですが、父がどういう状況に置かれていたのかわかりました。で、もう一つ知りたいのは――」

「あの女の件だろ？」

ぴしゃりと、てっちゃんは僕の言葉を遮った。

まるで、僕にその名を口にさせまいとするかのようだった。

「ええ……まあ、そうです」

なんとなく申し訳ないような、妙な引け目を感じて肩をすくめる。別に、僕がそんなふうに思う必要など微塵《みじん》もないのだけど。

ふん、と鼻を鳴らしつつ、てっちゃんは道端へ唾を吐き捨てるように続けた。

「正直、許せねえよ。許せねえし、意味がわからねえ」

「同感です」

「で、知りたいのは、あの女のなににについてだ？」

あ、えーっと……と口ごもりつつ、訊きたいことを整理し、順序立てる。

「そもそも、あの人はいつから『鷲見運輸』で働き始めたんですか？」

僕自身はその名を出すことにそれほど抵抗があるわけでもないのだけど、てっちゃんが嫌がりそうなので、さしあたり「あの人」と呼ぶことにした。

――にぃに、わたしあの人、嫌い。

いつかの美春みたいだな、と思った。

しばし苦々しげに天井を見上げていたてっちゃんは、やがて僕のほうへ向き直ると、激情を必死に噛み殺すような平坦な声音で答えてくれた。

「正確には覚えてないけど、たしか、お前が生まれてすぐくらいだったかな」

なるほど、それなら僕の記憶とも整合する。

「結婚してたんだ」

「はい？」

意味がわからず——いや、もちろん言葉の意味自体はわかるのだけど、初めて聞く話だったので、自然と卓袱台の上に前のめりになる。

「中学んときの同級生かなにかと結婚して、早くに家を出たんだ。でも、離婚して戻ってきた。うちで働き始めたのは、それからだ」

「そうなんですか、知りませんでした」

でも、そうだとするならば、そのタイミングで祖父母と一緒に暮らし始めたというのも頷ける。

思いがけず飛び出してきた新情報に胸を躍らせる僕をよそに、あくまで噂だけど、とてっちゃんは語を継いだ。

「子供に恵まれなかったのが理由なんじゃないかって言われてたよ」

「どういうことですか？」

「見てた人間がいるんだ。会社の事務員で、たまたまその日が休みで。大宮の産婦人科から旦那と一緒に暗い顔して出てくるところを。たぶん、近所の病院だと知り合いの目があるから——だから大宮にまで足を延ばしたんだろうけど、いるんだよなぁ、たまたまそこに出くわす人間が」

「なるほど」

「もちろん、本当のところがどうだったのかは知らねえよ」

あくまで噂だ、と再三念を押すてっちゃんに、ここぞとばかりに僕は攻め込んでいく。

「父さんとはどういう関係だったんですか？」

「どう、というのは？」

訝《いぶか》しげにてっちゃんは首を傾《かし》げた。当然だ。これはさすがに僕の訊き方が悪い。悪いのだけど、他にどう言えばいいのかわからない。口下手なのはたぶん父さん譲りだな——とかなんとか、およそ関係ないことにいまさら気づく。

「つまり、夫婦みたいなというか、なんというか……」

そこに愛はあったんですか、とは口が裂けても言えなかった。実の息子として親のそういう領域を詮索するのは、さすがにちょっとむず痒《がゆ》くてバツが悪い。

が、実は一番に気になっている点でもあった。

——今日から小春さんと一緒に暮らすことになった。

——本当のお母さんだと思って、頼りにするんだぞ。

もしかして、父さんも〝本当の妻〟だと思っていたのだろうか。腹の底では見合い結婚に不服で、その裏にはなんらかの秘められた——ともすれば不貞ギリギリとも言えるような、そんな恋情の類いがあったのだろうか。

僕の気まずさを察してくれたのだろう、てっちゃんは「ああ」と相好《そうごう》を崩すと、すぐにこう否定した。

「それは、たぶんないな」

「そうですか」

安堵《あんど》した、というべきなのだろうか。うん、たぶんそうだ。そうに違いない。

「あくまで、あれはお前たち兄妹の面倒を見るためさ。ほら、そのときは春雄さんもだいぶ調子が悪くなってたし――」

てっちゃんの言う通り、ちょうどそれは祖父ちゃんの認知症がひどくなり始めていた頃と重なっていた。母さんが入院している間、僕と美春は祖父母宅で面倒を見てもらっていたのだけど、段々と祖父ちゃんの症状が悪化し、夜中に徘徊《はいかい》したり、物を投げたり、周囲に暴言を吐くようになっていったのだ。

その変わりように、僕らは日々恐れ戦《おのの》いていた。別人なんじゃないかって。いま目の前にいるのは、自分のよく知る祖父ちゃんの皮を被《かぶ》った怪物なんじゃないかって。

――にぃに、怖いよ。

荒れ狂う祖父ちゃんを呆然と眺めながら、美春が僕のTシャツの袖をぎゅっと摑《つか》んできたのをいまでも鮮明に覚えている。

父さんは現場に出ていて、母さんは病院のベッドの上で――とにかく不安で堪《たま》らなかった。無我夢中で、すべてをかなぐり捨てるように叫び出したかった。まるで僕ら二人だけが、この世界の片隅に置いてけぼりを食った気がしたから。

――大丈夫よ。

それでも、小春さんだけはいつも視界の端に僕らを留めてくれていた。

――私が付いてるから、安心して。

その声だけが僕の肩をそっと抱き、ささくれだった胸を撫でつけてくれたのだ。

そうこうしているうちに、いよいよヘルパーさんを雇うことになった。と同時に、母さんが亡くなったタイミングで、僕らは我が家に戻ることになった。たぶん、僕らになんらかの危害が及ぶ可能性を考慮してのことだろう。

まあ、あれだよ、というてっちゃんの言葉で、僕の意識は引き戻される。

「なんだかんだいって、お前の親父は春代さん一筋だったたからな」

そう呟く横顔に、この日初めて〝本物〟の微笑が浮かんでいる気がした。在りし日を懐かしむような、アルバムのページを傷めないようにそっと捲《めく》るような。おそらく、尋ねればその証左となるエピソードの一つや二つは出てくるのだろうけど、あえては訊かないでおくとしよう。

そこから、しばし和やかな歓談が続いた。

キャンパスライフはどうだとか、彼女はいるのかとか――ひとしきり僕の近況についての質問攻めに遭い、それを適当にいなし、そろそろお暇《いとま》しようという段になって、僕は追加でいくつか確認してみることにした。

「鉄平さんは、どう思いますか?」

「なにが?」

「あの人が、父さんを殺した理由について」

それまでの穏やかな雰囲気が嘘のように、再びてっちゃんは押し黙った。不愉快な質問で気分を害したというよりも、むしろ、積もりに積もった疑念の塊がついに崩落し、その瓦礫《がれき》の下で押し潰されかけているようだった。

「正直、さっぱりわからん」

やがて、てっちゃんは沈黙を破った。

そのまま、わからんけども、と窓のほうに視線を流す。

「もしかすると、自殺っていうのがポイントかもな」

「ポイント?」

「いろいろ、彼女には思うところがあるだろうし」

その意味深な口ぶりに、僕は引っ掛かりを覚える。

「どういうことですか?」

しかし、てっちゃんはかぶりを振り、忘れてくれ、と言うばかりだった。

いまのはなんだったのだろう。

明らかに、なにかを隠された気がするのだけど。

「じゃあ、あと一つだけ」

「なんだ？」

「あの人の居場所とか、さすがにわからないですよね」

質問の意図を察したのだろう、てっちゃんは大袈裟《おおげさ》に眉を寄せ、やや詰問するような口調で尋ね返してきた。

「知るわけがないけど、なんだ、もしかしてお前、会おうってのか？」

「いや……」

「いまさら会って、どうするんだ？」

鋭い視線に射貫《いぬ》かれ、僕は思わず顔を俯《うつむ》ける。

いまさら会ってどうするのか——僕もまだ、自分で自分のことがわかっていない。罵詈雑言をぶつけてやろうと思っているわけでもないし、謝罪のひと言が聞きたいわけでもない。わからない。なに一つとして、まるでさっぱり。

それでも、会わないといけないと思っている。

本能的に、直感的に。

即座に「会いません」と否定するわけでもなく、ただひたすら沈黙を守ってみせる僕の確たる意志を汲み取ったのだろう、やがててっちゃんは「しょうがねえやつだな」と苦笑し、眉を下げながらこう告げてきた。

「俺は知らないけど、でも、知ってるかもしれない人はいる」

え、と顔を上げる。

「お前の祖母《ばあ》ちゃんだ。二年前に春雄さんが亡くなって、それからいっきに老け込んじまって……いま、この近くのグループホームに入ってるんだ。実の孫だって言えば、会えるんじゃないか？」

なるほど、たしかに。

考えもしなかった。あの事件以来、鷲見家との関係は完全に断絶しているので、こんなにも当たり前の発想にいまのいままで至らなかったのだ。

ぶ厚い雲の切れ間から、一筋の光明が差した気がした。

あの人に――いま現在の小春さんに迫れるかもしれない、次なる一手が。

「まあ、一縷《いちる》の望みだけどな」

その所在地を聞き、礼を言うと、てっちゃんの家を後にする。

たとえそれが一縷の望みだとしても、僕はそこにしがみつき、必死に手繰《たぐ》り寄《よ》せようとしている。

4

その日の夜。

「ねえ、使い切ったらちゃんと次の入れておいてくんない？」

家に帰り、食卓についていて夕食の配膳を待っていると、珠のれんの向こうから美春の怒声が飛んできた。見ると、その手にはトイレットペーパーの芯が握られている。

「あ、ごめん、考え事してて……」

反射的に席を立とうとすると、「私がもう替えたよ」と機先を制された。

「あ、どうも、ありがとう」

「いいえ、どういたしまして」

つっけんどんに言うと、そのまま美春は廊下に姿を消した。

やっちまったな、と自省しつつ唇を嚙む。

もちろん、普段からこんな感じの〝ものぐさ長男坊〟なわけではない。むしろ、割とその辺はしっかりしていると自負しているくらいだ。

言うまでもなく、便座に座りながらずっと思いを馳《は》せていたのは、つい数時間前、去り際にてっちゃんと交わしたやりとりだった。

――もしかすると、自殺っていうのがポイントかもな。

――ポイント？

――いろいろ、彼女には思うところがあるだろうし。

自殺がポイント。

思うところがある。

そのふた言が、ずっと耳の奥で渦巻いていた。

最初に考えたのは、やはり保険金目当ての殺人というセンだ。免責期間を過ぎていたとはいえ、被保険者が経済的な困窮状態にあり、そんな状況下で自殺をしたら保険金が支払われない可能性もあるのではないか。だとしたら、より確実に保険金を得られるように――というところまで考えて、そんなまさか、と自嘲してしまった。さすがに保険会社の目は節穴じゃないし、小春さんもそこまで馬鹿じゃない。詳しく調べたわけではないけれど、こういう筋書きで保険金が支払われるかどうかは微妙だし、少なくとも自殺より確実とは断言できないだろう。

結局、これといった仮説は立てられなかった。

そんなモヤモヤを腹に抱えていたせいで、使い切ったトイレットペーパーの芯を置き去りにしてきてしまったのだ。

「まったく、どっちが歳上かわからないわね」

一連のやりとりを聞いていたのだろう、夕飯の皿を手に居間へやって来た伯母さんがくすりと——どこか不格好に笑った。あの日の会話は全部あの日限りのことだから、と言外に圧をかけてきているようだった。

「あー、腹ペコ」とお腹をさすりながら、長い黒髪を梳《す》き流したスウェット姿の美春が居間に入ってくる。伯母さーん、今日の晩ご飯なにー、と尋ねる口調はいつも通り、部活から帰ってきてシャワーを浴び終えたばかりの、どこにでもいる高校二年生だ。

「豚の生姜焼きよ」

「やった！」

配膳が整い、三人で食卓を囲む。伯母さんと向き合い、僕と美春が横に並ぶ形で。伯父さんは会食とやらで、今日も遅いらしい。これもまた、いつものことだ。

しばし、たわいもない会話に華が咲いた。美春の部活のこと、引退時期のこと、大学受験のこと、とにかくめっちゃウザい先生のこと。美春が鬼のように捲《まく》し立て、伯母さんは嬉しそうに「うんうん」と頷き、僕は黙々と箸を進める。

「——って感じでさ、とにかくめっちゃウザいんだよね」

そう美春が話を締め括《くく》ったときだった。

『続いて、事件です』と、なんとなく垂れ流されていた夜のニュースからアナウンサーの声が聴こえてくる。

『今日午後四時半すぎ、神奈川県川崎《かわさき》市の路上で男性が刃物で刺され死亡した事件で、警察は――』

出たぞ、と思った。

僕らがいる空間でのこうした報道は、この家では基本的にご法度となっている。言うまでもなく、僕らの心中を慮《おもんぱか》ってのことだろう。事実、即座に伯母さんは「あっ」と声にならない声を上げ、弾《はじ》かれたようにリモコンへと手を伸ばした。

しかし。

「別にいいよ」

美春はぴしゃりとそれを制した。

えっ、と伯母さんは動きを止め、僕もちらっと美春の横顔を盗み見る。その表情はやけに大人びていて、同時に、必死に苦悶を押し殺すようでもあった。

はぁ、とため息をつくと、美春は茶碗に箸を渡す。

「むしろ、そうやって過剰に――逐一気にされるほうが嫌なんだよね」

伯母さんが悲しそうに、どこか怯《おび》えた様子で眉を下げたからだろう、美春は「いや、だって、来年にはもう立派な新成人なわけだしさ」と取り繕うように、半ば冗談めかして付け加えた。

「大丈夫。別にそういうニュースを見ても、いまはもう、特になにも思わない」

その声音には、むりやり自分に言い聞かせるような響きがあった。

「そう、ならまあ……」

いいけど、と消え入りそうな声で呟くと、伯母さんはリモコンへと伸ばしていた手を引っ込める。

が、僕にはいまの言葉が嘘だとわかっていた。

といっても別に、そうとわかる美春特有の癖や仕草があるわけではない。

単純な話だ。

僕らが特になになにも思わないはずなどないのだ。

それは、ほとんど〝呪い〟と言うべきかもしれない。テレビで、ネットで、週刊誌の中吊り広告で、ほとんど毎日のように殺人事件の報道を目にする。そしてそのたびに、あの日の光景が僕の脳裏を駆け巡る。倉庫で首を吊る父さん、そこに刃物を突き立てる小春さん、遠くから聞こえてくるパトカーのサイレン、宵闇を切り裂く赤色灯、家の前に張り巡らされた規制線。最初の二つは僕だけのもので、美春は知らないはずだけど、それでも置かれている状況はほぼ同じだ。僕ら兄妹は八年前のあの日から、宛先不明の――途中で下ろすことなどできやしない、一生運び続けなければならない〝重荷〟をその背に負っているのだ。

でも、美春の言うこともわからないわけじゃない。

そうやって腫物に触るように扱われると、却《かえ》って〝患部〟が浮き彫りになってしまう。完治しないどころか、じわじわ膿《う》んでいき、赤黒さを増し、余計に際立ってしまう。どうせ一生下ろすことのできない〝重荷〟だとしたら、わざわざ荷台に載っていることを意識したくないし、させられたくない。そんな切なる思いがコップの縁ぎりぎりまで溜まっていき、今日この瞬間、ふと零《こぼ》れ落ちたのだろう。

しばし、気まずい沈黙が流れた。

カチャカチャと食器の音だけが響き、そのせいで余計に静寂が存在を誇示している。なんでだろうね、と美春が口を開いたのは、夜のニュースが終わり、テレビの画面が陽気なクイズ番組へと切り替わってすぐのことだった。たぶん、そのタイミングを待ち構えていたに違いない。

「どうして、あいつはお父さんを殺したんだろうね」

瞬間、伯母さんは僕に目配せをしてきた。いや、〝目配せ〟などという生半可なものではない。激怒だ。もしやあんた、あの件を美春に話したの――と、その目は間違いなく僕を問い質《ただ》していた。まさか、話してないよ。そう肩をすくめてみせると、ようやく伯母さんの顔に安堵の色が差す。

「もう、たぶん出てきてるはずだよね」

伯母さんはなにも言わない。

もちろん僕も口を挟まない。

先日、この空間で繰り広げられた僕と伯母さんのやりとりは、ある種の並行世界の出来事であって、美春の生きる世界線には存在しないし、するべきではないのだ。

「もしもどこかで会ったら――それこそ、例えば駅のホームとかで見かけたら、私、突き落としちゃうかも」

「ちょっと、美春」

伯母さんが諫めると、美春は「冗談だよ」と笑った。

「さすがにそんなことしないから、安心して」

ごちそうさまー、と両掌を合わせると、美春は自分の食器を手にそそくさ席を立った。

「まったく……口が悪いんだから」

「母さん譲りだね」と適当に相槌を打ちつつ、このときもまた、僕は先ほどのてっちゃんの渋面を思い出していた。

――もしかしてお前、会おうってのか？

――いまさら会って、どうするんだ？

その答えはいまだ見つかっていない。

美春みたいに父さんの仇《かたき》を討ちたいとも、逆に赦《ゆる》しを施そうとも思っていない。

それでも明日、僕はまたしても上尾を目指すことになる。

突き動かされるように、本能の赴くままに。

目当てはもちろん、祖母ちゃんが入所しているというグループホーム『憩いの家・ふるさと上尾』だ。

5

「今日はちょっと調子が悪いみたいですけど……」

もしなにかあれば呼んでください、と言い残して『憩いの家・ふるさと上尾』の職員さんは颯爽《さっそう》と去っていった。

明くる日の昼すぎ。

正面玄関から入ってすぐのところにある談話スペースにて、僕は八年ぶりに祖母ちゃんと向かい合って座っていた。ベージュ色の寝間着姿で、髪も真っ白になって、視線もどこかぼんやりと虚《うつ》ろで――だけど間違いなく、僕のよく知る祖母ちゃん本人だ。

とはいえ、特にこれといった感慨はない。

懐かしさに目を細めることもない。

久しぶりだね、元気だった？　となにごともなく笑いかけられるほど、祖母ちゃんとあの事件の〝距離〟は離れていない。

「祖母ちゃん……」

恐る恐る呼びかけてみるも、いっさいの反応はなかった。その視線は奥の壁に掛けられた抽象画、部屋の隅にちょこんと置かれた観葉植物、そして庭を一望する掃き出し窓の間をさまようばかりだ。

「祖母ちゃん」

もう一度、いくらか強めの口調で声をかけると、ようやく祖母ちゃんの両目が僕を捉える。

そして――

「ああ……」

急速に焦点を結び、その目が見開かれていく。

よかった。

どうにかこうにか、気付いてもらえたようだ。

「どうしたんだね、急に……ずうっと顔も見せないで」

いったいぜんたい、どこに行ってたのよぉ、と祖母ちゃんの瞳が見る間に潤んでいく。

ごめん、と微かに首《こうべ》を垂れる。

あんな事件があったのだから当然と言えば当然な気もするけれど、たしかに祖母ちゃん自身が父さんになにかしたわけではない。あんたの教育が悪かったから――と責任を問うつもりもない。だけど、僕ら兄妹は祖母ちゃんの前から忽然《こつぜん》と姿を消した。父方の伯父さんと伯母さんに引き取られ、鷲見家とのいっさいの関《かかわ》りを絶った。別れの挨拶も、恨み言の一つもなく。

「何年ぶりだね？」

「八年くらいかな」

「八年？　そんなもんじゃきかないでしょうよ……」

祖母ちゃんは首を捻《ひね》っていたけど、これはさすがに僕が合っている。既に人生の大部分を折り返した祖母ちゃんと僕とでは時の流れの体感速度が異なっているのか、あるいは、単にボケ始めてしまっているのか——まあ、たぶん後者だろう。

「ああ、よかったよぉ、ハルヒコがこうして顔を見せてくれて」

「春斗、だよ。春斗」

それでも祖母ちゃんは「ハルヒコ、ハルヒコ」と連呼した。

——今日はちょっと調子が悪いみたいですけど……。

なるほど。毎日接しているだけあって、やはり職員さんの見立ては正しい。なんせ、初孫の名前すらあやふやになっているのだから。

思い返すと、それは在りし日の祖父ちゃんと重なる部分があった。口ぶりはしっかりしているけれど、内容はいろいろと混濁して、支離滅裂で——おそらく、認知症が発症しかかっているのだろう。

その祖父ちゃんも、二年前に他界したとてっちゃんは言っていた。

その報《しら》せすら、僕のもとには届かなかった。

それくらい、僕と鷺見家の人たちの間には断絶が生じているのだ。

大丈夫かな、といまさらながら不安になる。

はたしてこの果てしない隔たりを瞬時に埋め、そのうえ、こんな状態の祖母ちゃんから情報を引き出せるだろうか。いや、そもそも祖母ちゃんは小春さんの居所を知っているのだろうか。あまりにもすべてが不確定で、見切り発車なのは否めない。

あのさ——となんの前置きもなく、出し抜けに本題へ踏み込もうとすると、祖母ちゃんは「ほら、さっさとしな」とそれを遮った。頑として譲らない、確たる芯のようなものがその声音には一本通っていた。

「ん？　なにが？」

聞き返すと、祖母ちゃんは「ふん」と鼻を鳴らした。

「こんなところで呑気《のんき》に油を売ってる暇があるなら、さっさと春代と小春に顔を見せてやんなさいって」

「え？」

「ほら、言われたらすぐに、ちゃっちゃと動く」

その口ぶりは、僕の知る祖母ちゃんと寸分違わず同じだった。ちゃきちゃきと、てきぱきとあちこちに指示や檄《げき》を飛ばして、さすが親子というべきか、家での母さんとそっくりだったのを覚えている。

「祖母ちゃん？」

「なぁにが祖母ちゃんさ、寝惚《ねぼ》けたこと抜かして」

「いや……」

「特に、小春だよ。小春にまず会いに行ってやりなさい」

図らずも、まさに僕が望んでいることを祖母ちゃんは言い当ててみせた。どういう風の吹き回しだろう。

いずれにせよ、この好機を逃すわけにはいかない。

「うん、そのつもりなんだけど……どこにいるか知らない？」

「なに言ってんのさ、うちに帰ればいるでしょう」

ダメだこりゃ、と挫《くじ》けそうになる。

口ごもり、半ば諦めの境地で祖母ちゃんの顔を見つめていると、祖母ちゃんも祖母ちゃんで神妙に眉を下げた。

「あの子、あの日からずっと泣いてたんだよ」

「………」

あの日というのは、いつを指すのだろう。事件の日のことだろうか。それとも、父さんが自殺を企てていると知った日のことだろうか。あるいは、離婚して実家に帰って来たときのことだろうか。祖母ちゃんの中では時系列が錯綜しているはずなので、僕が生まれるずっと前の話かもしれない。

「それこそ毎日毎晩、泣いてたんだ」

ずっと自分を責めてたんだ、と祖母ちゃんは独り言のように呟いた。

「へえ……」

なんだかひどく言い訳じみていて、小春さんを庇《かば》っているようにすら思えてきて、僕の胸には次第に不快感が膨らんでいく。意図的な発言ではないのかもしれないけれど、それでもやはり、祖母ちゃんにとって小春さんは自身の腹を痛めて産んだ我が子なのだ。無意識のうちに——それがどれほど道理に反し、無謀なことであっても、祖母ちゃんは常に小春さんの側に立っているのかもしれない。

「春代と違って、あの子は特に下の子の面倒見がよかったから……」

いよいよ我慢ならなくなり、祖母ちゃん、あのさ、と口を挟もうとした、まさにその瞬間だった。

「どうして止められなかったんだろうって、気付いてやれなかったんだろうって、自分を責め続けて、しまいにはあんたに恨み言まで言うようになって」

そのひと言を、僕は聞き逃さなかった。

あんた、だと？

いま、祖母ちゃんは僕に「あんた」と言ったのか？

「それ以来、性格も変わっちゃってね。昔は春代と同じくらいやかましいおてんば娘だったのに、まるで別人みたいに塞ぎ込んじゃって――」

「ねえ、祖母ちゃん？」

それ、なんの話？　と尋ねる間も与えずに、祖母ちゃんは捲し立てる。

「正直見てられなかったよ、あまりにも可哀そうで。だから――」

いの一番に、小春に顔を見せてやるんだよ。

そう言い置くと、祖母ちゃんはすっと視線を窓のほうに移し、そのまま黙《だんま》りを決め込んでしまった。

窓から差す柔らかな陽光。

ゆったりと流れる午後の時間。

その真ん中で、僕はポツンと一人取り残されている。

いましがた祖母ちゃんが口にしたことの意味へと思いを馳せている。

――八年？　そんなもんじゃきかないでしょうよ。

――ああ、よかったよぉ、ハルヒコがこうして顔を見せてくれて。

――なぁにが祖母ちゃんさ、寝惚けたこと抜かして。

――しまいにはあんたに恨み言まで言うようになって。

そして——

「——祖母ちゃん？」

あらためて呼びかける。

胡乱《うろん》な目が、ゆっくりとまた僕の顔を向く。

「祖母ちゃん？」

その瞳が焦点を結ぶ。

黒目の奥が揺れ、潤み始める。

「ああ……」

次の瞬間、堰《せき》を切ったように「ごめんよ、ごめんよ」と嗚咽《おえつ》混じりの謝罪がその口から繰り出され始めた。

「うちの馬鹿が、うちの馬鹿が——」

それが誰を指しているのかは、もはや尋ねるまでもなかった。

「私が謝ったって意味がないのはわかってるけど、それでも言わせておくれ」

ごめんよ、ごめんよ、とただひたすら祖母ちゃんは繰り返した。

いま、祖母ちゃんは我を取り戻している。

きちんと、あの事件以後の時間を生きている。

それを確信した僕はテーブルに身を乗り出し、その上でぎゅっと固く結ばれた祖母ちゃんの両拳を自分の掌で包み込む。骨ばって水気を失ったその両拳は、憐《あわ》れなほどに小刻みに震えている。

祖母ちゃんに謝ってもらう必要はないし、謝られたところで困ってしまう。

だから僕は、なにも言わない。

いいよ、とも、いまさら遅いよ、とも。

なにも言わず、ただその拳に自らの掌を重ね続けるだけだ。

「――ねえ、祖母ちゃん？」

やがて祖母ちゃんが落ち着きを取り戻したところで、静かに、一音一音嚙みしめるように問いかける。

「僕が誰だか、わかる？」

祖母ちゃんの目がきょとんと見開かれる。

「春斗だろ？」

なに言ってんのさ、と祖母ちゃんは小さく笑った。

なるほど、別に僕の名前を忘れてしまったわけではない。

「じゃあ、もう一つ」

「なに？」

「小春さんの居所とか、知らないよね？」

「わかるわよ」

即座に言われ、一瞬、呆けたように口を開けてしまう。

不意に時間の流れは止まり、あたりは静寂に包まれる。

「え、わかるの？」

「ええ」

顎を引くと、祖母ちゃんは用意していたかのように、一枚の便箋《びんせん》をテーブルの上に差し出した。見ると、そこには携帯の番号と思しきものが記されている。

「半年くらい前に一度だけ、ここに顔を見せたの。もしなにかあったら、この番号に連絡してくれって」

だからそれ以来、肌身離さず持ち歩いているのよ、と祖母ちゃんは眦《まなじり》を下げた。

どくん、どくん、と心臓が早鐘を打ち始める。

呼吸が浅くなり、視界が狭まっていくような錯覚を覚える。

たった十一桁の数字の羅列が、ひどく恐ろしく、触れてはならない禍々《まがまが》しきものに思えてくる。

「これ、メモしていい？」

力ずくで奪っても、勝手にスマホの写真に収めてもよかったのだけど、僕の中の最後の良心がそれを許さなかった。

祖母ちゃんは悪くない。

祖母ちゃんに対して、そんな不義理なことはできない。

しばし思案顔で押し黙る祖母ちゃんだったけれど、すぐに諦めたように頷き、弱々しく微笑《ほほえ》んでみせた。

「もちろんよ」

「ありがとう」

心拍数は極限まで跳ね上がっている。

ついに、あと一歩のところまできた。

この番号の向こうに、あの女が——小春さんがいる。

「ねえ、春斗」

「ん?」

「最後に一つだけ、言わせてほしいの」

「なに?」

スマホのメモ帳に番号を打ち込みつつ小首を傾げてみせると、祖母ちゃんは束《つか》の間瞑目し、意を決したようにこう続けた。

「あの子がしたことは、もちろん、絶対に許されないこと。なにがあっても、どんな理由があろうとも。それは変わらない」

だけどね、と悲壮な笑みが零れる。

それは爪先が触れただけでも瓦解しそうなほど脆《もろ》く、危ういものだった。

「すべては、あなたたち兄妹のことを思ってのことよ」

「うん」

「本人に訊いたわけじゃないけど、わたしにはわかる」

「うん」

「それだけは、信じてちょうだい」

「わかってるよ」

話を切り上げるための投げやりな相槌でも、祖母ちゃんを安心させるための出まかせでもなかった。

なぜって、おそらく僕は辿《たど》り着いているから。

どうしてあんな蛮行を犯したのか。

どうして放っておいても死んだはずの父さんを殺す必要があったのか。

根拠はほとんどない。

けど、皆無でもない。

微かに——ほんの僅《わず》かにだけど、その痕跡は、僕のこれまでの人生の中できちんと示されていた。祖母ちゃんに会ったことで、その離れ小島のような点と点に、ようやく一本の橋が架けられたのだ。

「じゃあ、またね」

「ええ」

いつでもおいで、と手を振る祖母ちゃんに背を向けると、僕はその場を後にする。

ようやく、小春さんの居所に関する手掛かりを得た。

「こういうことだったんでしょ？」と投げつけられる仮説も手にした。

あとは、いましがた開通したばかりの〝架け橋〟を渡り、その先で待つ本人と対峙するだけだ。

6

さらに数日後の、時刻は午後一時すぎ。

僕は東京都墨田《すみだ》区の隅田公園に来ていた。

浅草《あさくさ》駅から「すみだリバーウォーク」を渡り、隅田川を越えてすぐのところにあるその公園は、目と鼻の先に天高く東京スカイツリーが聳《そび》え、春には都内屈指の桜の名所としても知られているという。

休日の午後ということもあり、園内はすこぶる賑《にぎ》わっていた。

芝生の上を無邪気に駆け回る子供たち。

レジャーシートに座してそれを見守る両親。

日本最高峰のタワーを背に自撮りを楽しむカップル風情。

フリースペースにはキッチンカーが並び、大道芸人が自慢の演目を繰り広げている。

それら〝平和の象徴〟たちを他人事《ひとごと》のように眺めつつ、僕はまっさきに、桜の木の下に並んだベンチの一つへと目を留める。

そこに座る一人の女性。

目深《まぶか》に被ったキャップ、顔の下半分を覆い隠すマスク、薄手のカーディガンにジーンズというシンプルな装い。凡庸極まりない日常風景の中、まるでその一角だけが切り取られたかのように、ぽつんと浮いている。

間違いない。

小春さんだ。

どうしてこの場所が指定されたのかはわからない。いま現在この近くに住んでいるのかもしれないし、あるいは、まったくもって縁もゆかりもない場所をあえて選んだのかもしれない。どうでもいい。そんなことはいまこの瞬間、些細《ささい》な問題にすぎない。

少し離れた位置で足を止め、じっと見つめていると、ベンチに座る女は――小春さんは、小さく頷いた。躊躇《ためら》いがちに歩み寄り、同じベンチの端に、いくらか距離を空ける形で腰を下ろす。

最初、電話は通じなかった。

むろん、折り返しの連絡もなかった。

だからショートメッセージを送ることにした。

『春斗です。祖母ちゃんから連絡先を聞きました。会えませんか？』と。

ようやく返ってきた文面は簡潔だった。

『三日後の午後一時に、隅田公園で』

そして今日、ようやくその日を迎えたわけだ。

抜けるような青空から、重苦しい沈黙が落ちてくる。

小春さんはまっすぐに前だけを見据え、頑《かたく》なにこちらを見ようとはしない。まるで僕など存在していないかのように。眼前に広がっているのはどこまでも果てなき荒涼とした砂漠であるかのように。マスクに隠れているせいで表情は判然としないけれど、おそらく、その唇は真一文字に引き結ばれているはずだ。時間の無駄よ、あなたに語るべきことなんてなに一つない。そんな決意が全身から漲っている。

でも、彼女は返事をくれた。

僕と会うことを了承してくれた。

だから——

「わかったんです」

やがて、僕はそう口火を切った。

「どうしてあなたが、父さんを殺したのか」

やはり、小春さんは微動だにしない。

それでも、耳を傾けてくれていることだけはわかった。

その横顔に——涼しげな目元に、わずかな〝揺らぎ〟が生じたから。

太腿《ふともも》の上で拳を握り、腹を括り、僕はこう断言する。

「自殺させるわけにはいかなかったんでしょ？」

当たり前の日常が揺蕩《たゆた》う昼下がりの公園に、その言葉はあまりに不釣り合いだった。

が、誰一人として聞き咎《とが》める者はいない。

いまこの瞬間、この空間には僕と小春さんしかいない。

「もし仮に自殺なんかしたら、僕らが一生責め続けるかもしれないからでしょ？」

誰を？　決まっている。

自分自身を、だ。

どうして、止められなかったんだろうって。

どうして、なにもできなかったんだろうって。

もちろん、当時まだ幼かった僕らには、そもそも為《な》す術《すべ》などなかったかもしれない。それはそうなのだけど、後年になってその事実すら僕らが責め苛む可能性はある。あのとき自分たちがまだ幼かったばっかりにって――

「でも、それだけじゃない」

そう、もう一人いるのだ。

もう一人、僕らが責めかねない対象が。

「どうして自分たちを置いて行ったんだって、勝手なことりんなよって、バカなことしやがってって。そうやって、父さんのことすら責めかねないから――」

だから、小春さんは殺したのではないか。

僕らが一生背負うことになるであろう〝重荷〟の中身を土壇場で入れ替え、僕らが自分自身や父さんでなく、小春さんのことを恨むように仕向けたのではないか。

「あなたは、僕が例の段ボール箱を見つけたあの日の夜、父さんを説得しようとした。自殺なんてバカなこと考えるなって、懸命に呼びかけた」

だけど結局、父さんは翻意しなかった。

それくらい父さんは追い詰められ、決意を固めていた。

そのことを、事件のあったあの日の夜、小春さんは確信したのだ。

「あくまで想像だけど、あの日の晩、あなたは夜中に目覚め、父さんが寝床にいないことに気づいた。そしてたぶん――おそらく居間のテーブルの上とかに、父さんの遺書を見つけた。で、そのときに確信したんだ。もう、父さんを止めることはできないって。あれだけ怒鳴りつけても、それでも改心しないくらい、父さんの意志は固いんだって」

たとえ今日この瞬間どうにか食い止めることができても、いずれまた時を置かずして父さんは自らの命をなげうとうとするはず――なんなら次は水を差されないよう、誰の手も及ばない場所や手段を選ぶ可能性すらある。

「だからでしょ？」

遅かれ早かれ、僕らが〝重荷〟を背負いこむのなら。

それが、不可避の〝運命〟であるとしたら。

そうして小春さんは、その場で心を決めたのだ。

あまりにも常軌を逸したシナリオを描いたのだ。

遺書を焼き、自殺の証拠を隠滅しようと。

そして、父さんが自ら命を絶つ前に、自分の手で殺《あや》めようと。

「僕らには、自分と同じ想いをさせたくなかったから」

そのとき、小春さんの横顔に明確な〝動揺〟が走った。

僕は確信を強める。

「あなたたちは二人姉妹じゃない。一番下に弟がいたんでしょ？」

いまだ前方を見据え続けるその目と瓜二つの目を、たしかに僕は知っている。いまでも昨日のことのように覚えている。ぼんやりと遠くを見ているようで、その視線の先には在りし日の一幕がはっきりと浮かんでいるような、あの目。

「名前は『ハルヒコ』でしょ？　で、その『ハルヒコ』はずっと昔に、おそらく自ら命を絶ったんだ」

――もしかすると、自殺っていうのがポイントかもな。

――ポイント？

――いろいろ、彼女には思うところがあるだろうし。

古くから「鷲見運輸」に勤めていたてっちゃんは知っていたのだ。

僕がみんなと顔馴染みだったように、彼もまた従業員と顔馴染みだったのだ。

だからあのとき、思わず口を滑らせた。

そして、だとすれば、あの日の祖母ちゃんの言葉もすべて筋が通る。

――どうしたんだね、急に……ずうっと顔も見せないで。

――何年ぶりだね？

――八年？　そんなもんじゃきかないでしょうよ……。

――なぁにが祖母ちゃんさ、寝惚けたこと抜かして。

ボケ始めているから支離滅裂なんだと思っていた。

時系列が錯綜し、現在と過去が入り混じっているのだと思っていた。

でも、そうじゃない。

あの発言はすべて、一貫して、ある一つの痛ましい過去の出来事を指していたのだ。

――あの子、あの日からずっと泣いてたんだよ。

――どうして止められなかったんだろうって、気付いてやれなかったんだろうって。

――自分を責め続けて、しまいにはあんたに恨み言まで言うようになって。

むろん、『ハルヒコ』の身になにがあったのかは知る由もない。

知りたいとも、聞き出そうとも思わない。

でも、そういう非業の死を遂げた弟がいたことだけは、たぶん間違いない。

「根拠なら、いくつかあるよ」

まず一つは、折に触れて母さんがぼやいていたあの言葉だ。

――本当は、東京で華のＯＬになるはずだったのにさ。

あれはおそらく、諦念を含んだ憧憬の類いなどではない。

本来は『ハルヒコ』が「鷺見運輸」を継ぐはずだったのだ。だから、酔っ払って箍《たが》が緩んだ母さんは、いつも「本当は」というひと言を枕詞《まくらことば》として添えていたのだ。

が、これだけでは確定ではない。

単に「そうとも解釈できる」という話に過ぎない。

「もう一つある」

そう断じると、ここでようやく小春さんは僕のほうに向きなおった。

中空でぶつかる視線と視線。

火花は散らなかった。

へえ、なんだろう？　よかったら、聞かせてくれないかな——その瞳には、そんな驚きと慈愛が満ちているように見えた。

「コーラだよ」

そう告げると、あっ、と小春さんの目が見開かれる。

「あなたが供えたあのコーラは、よく考えたら不自然なんだ」

——鷲見家の人間は、昔から大の酒飲みだったからなあ。

——春雄さんも、その先代も、お前のお袋さんも。

——特に、先代は凄かったな。

——俺と飲んだときはもう引退してたから、それはもう浴びるようだった。

あの時点で、あの墓には曽祖父ちゃんまでが入っていた。

てっちゃんの言うところの、浴びるように酒を飲んでいた先代までが。

「そんな故人を偲《しの》ぶのであれば、供えるべきはコーラじゃない」

日本酒とかウイスキーとか、そういうものにするのが通常の感覚ではないだろうか。

だけどあの日、小春さんはコーラの缶を置いた。音もなく、滑らかに、しめやかに。それは、あの墓石にコーラを好んで飲んでいた人間が入っていることの証拠と言えるのではないか。

「いずれにせよ、あなたは『ハルヒコ』の死をずっと背負ってきた。なにもできなかった自分のことを、そして、そういう判断を下した『ハルヒコ』自身のことを、ずっと責め苛んできた。一生下ろすことのできない〝重荷〟を、あなたも負っていたんだ」

だからって、とうてい赦される話じゃないし、理解できる話でもない。もっと他にやりようはあっただろって、そんなことで僕らが救われるとでも思ったのかって、そう胸倉を摑んでやることはできるし、そうしてやりたい気持ちもある。

だけど。

――すべては、あなたたち兄妹のことを思ってのことよ。

――本人に訊いたわけじゃないけど、わたしにはわかる。

――それだけは、信じてちょうだい。

父さんが追い詰められていたのと同じように、おそらく、小春さんも袋小路に追いやられていたのだろう。既に転がり始め、止める術を失った〝運命〟を前に、まっとうな判断ができなくなっていたのだろう。

――春代と違って、あの子は特に下の子の面倒見がよかったから……。

その結果、僕らが自分自身や父さんを責めないことを最優先させたのだ。

——大丈夫よ。

——私が付いてるから、安心して。

小春さんは、いつも僕ら兄妹を視界の端に——いや、それどころかむしろ、中央に置いてくれていたのだ。

「馬鹿げてるよ」

やり場のない憤りと虚《むな》しさを、そのひと言に押し込める。

「あまりにも、馬鹿げてる」

それっきり、語るべきことを失った。

子供たちの歓声を乗せたそよ風が、頭上の枝葉を揺らす。

燦々《さんさん》と降り注ぐ陽射しはほんのりと温かく、どこか丸みを帯びていて柔らかい。

なるほど、これならたしかに、六月は「春」に含めてもいいのかもしれない——そんな気がしてくるほどの、憎らしいまでの陽気だ。

どれだけの時間が経っただろう、やがて小春さんは静かに口を開いた。

「——遺されたいい側はね」

「え？」

不意のことに、思わず訊き返してしまう。

が、誰を指しているのかは、あえて確認するまでもなかった。

かつての小春さん自身であり、また、父さんが自殺を完遂した世界線における僕らのことだ。

黙って頷き、紡がれる言葉の先に耳を澄ます。

「遺された側は、ずっと考えてしまうの。ひたすら空想して、永遠の〝もし〟に囚《とら》われてしまうの。どうしたら食い止められたんだろうって。もしあのとき気付いてあげられていたらって」

でもね――

しばしの静寂。

鍔《つば》迫《ぜ》り合いのような空隙。

でもね、と小春さんは繰り返す。

「本当に辛いのは、自分はその程度だったんだって思い知らされること。彼にとって、私は遺していってもいい、置いていってもいいと思えるような、そんな取るに足らない存在だったんだって。歯止めになるほどの価値はなかったんだって」

ぐらりと視界が揺れた気がした。

その言葉には、実際に遺された側となった人にだけ込められる〝迫真〟があった。

もちろん、極限まで追い詰められた人にそこまで気を回す余裕なんてないはずだとは思うし、そのことを責めるのは酷だとも思う。

　が、遺された側としては、そう簡単に割り切れる話でもない。

　こういう感覚に陥ったとしても、なんら不思議ではない。

　それでも僕自身は、そんなふうに思ったことがなかった。

　まったくのゼロではないものの、そこまで身につまされたことはなかった。

　なぜって、そう思うより先に、父さんに刃物を突き立てる小春さんの姿ばかりが瞼《まぶた》の裏に浮かんだから。自殺者の遺族ではなく、殺人事件の被害者遺族という意識のほうが遥かに強かったから。

　もしかして、これこそが小春さんの真の——

　絶句する僕をよそに、ところで、と小春さんは話題を変える。

「いま話してくれた仮説をぶつけるために——」

　凍《い》てついた視線。

「そのためだけに、私を探したの？」

　冷ややかな口ぶり。

　にわかに早鐘を打ち始めた心臓の鼓動を遠くに聴きつつ、気を取り直して「まさか」とかぶりを振ってみせる。

「そんなわけないじゃん」

え、と小春さんの目が瞬《しばたた》かれる。

「僕が――いや、僕ら兄妹が、そんな片道だけで終わらせるようなこと、するはずがないでしょ」

だって、そんなことしたら、また母さんにドヤされる。

――ちょっとあんたたち、そこに正座しな。

――ほら、美春も並び。

得心がいったのか、小春さんはほんの僅かにその目を細めてみせた。

「なにかを持ち帰りたかったんだ」

今日の〝帰り道〟のために。

いや、先日ちょうど折り返し始めた人生の〝復路〟のために。

「もちろん、あなたを赦すつもりはない」

八年前、僕らは途中で下ろすことのできない〝重荷〟をその背に負わされた。往路も復路も関係なく、一生運び続けなければならない〝重荷〟を。

ふざけんな、と思って生きてきた。

それと同時に、なぜ、どうして、と疑問の渦に呑まれてきた。

そうやって小春さんを恨み、倉庫での理解不能な光景に懊悩《おうのう》し、もはやなにかを憎んだり悩んだりすること自体に疲れ果てていた。

でも、だからこそ、せめて〝復路〟くらいは有意義にしたかったのだ。

得体の知れない〝荷物〟の中身を知ることで。

たとえ一生下ろせない〝重荷〟だとしても、それを荷台に放り込んだ張本人の意図を汲み取ることで。

「そういうふうに、小さい頃から身体に叩き込まれてきたからさ」

――行きも帰りも有意義なものにする。

――必ずなんらかの目的と意味を持たせる。

どうして二十歳と決めていたのか。

どうしてそこに線を引くことにしたのか。

ようやく、その理由がわかった気がする。

「なるほどね……」

そう呟くと、小春さんはまた僕から視線を外した。

結局、最後まで僕の仮説があっているとも、間違っているとも明言しなかった。

「――じゃあ、もう一つだけ教えて欲しいんだ」

やがて小春さんは、ぽつりとそう呟いた。

「なに？」

「いまの話を、美春ちゃんは知っているの？」

「いまの話、というのは？」

「あなたがあの日の夜に見てしまったものと、それから、いまあなたが私にしてみせた話の、どっちも」

そういう意味かと納得しつつ、先日の〝冗談〟が脳裏をかすめる。

――例えば駅のホームとかで見かけたら、私、突き落としちゃうかも。

いまでも美春は、まっすぐに、ちゃんと小春さんのことを恨んでいる。

自殺者の遺族としてではなく、殺人事件の被害者遺族として。

「知らないよ」

「そう」

安堵したように顎を引くと、小春さんは、じゃあさ、と続けた。

「美春ちゃんには、内緒だよ」

その瞬間、ふと涙が込み上げてきた。

込み上げてくるのを止められなかった。

――春斗くん、こっちおいで。

小春さんは、昔から口数の少ない人だった。思ったことが検閲なしにそのまま口から放り出される母さんとは違って、必要最低限の言葉に秘めたる想いをぎゅっと濃縮するような人だった。

――ママには内緒だよ。

――でも、歯は大事だから、ちゃんと歯磨きすること。

――約束ね？

「約束ね？」

いつかの声と、その声が重なる。

寸分のずれもなく、端から端までぴったりと。

ぎゅっと瞼を閉じ、唇を引き結び、嗚咽を悟られまいとする。

「うん……」

わかった、と返事ができたかどうかは定かでない。

たぶん、言葉としての生を授かる前に、麗らかな陽気の中に吐息として散っていってしまったように思う。

僕ら二人の間を吹き抜ける一陣の風。

それは、僕の背をそっと押してくれている気がした。

いや、僕だけじゃなく、そこには小春さんも含まれるのかもしれない。

これからも人生の〝復路〟を歩んでいく二人の足取りが、ほんの少しでも軽くなりますようにと――

まるで、そう願っているみたいだった。

J MYSTERY 2023

拾った男

*

阿津川辰海

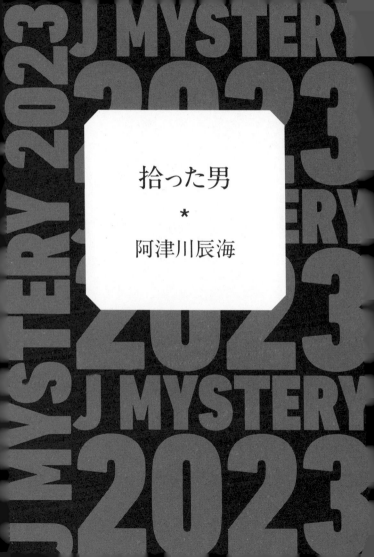

阿津川辰海

(あつかわ・たつみ)

1994年東京都生まれ。東京大学卒。2017年『名探偵は嘘をつかない』が、光文社の新人発掘プロジェクト「カッパ・ツー」に選ばれデビュー。以降、『星詠師の記憶』『紅蓮館の殺人』『透明人間は密室に潜む』『蒼海館の殺人』『入れ子細工の夜』『録音された誘拐』と精力的に本格ミステリー作品を発表。多くの作品がミステリーランキングの上位を席巻する。また、若手屈指の本読み作家としても知られ、『阿津川辰海 読書日記 かくしてミステリー作家は語る〈新鋭奮闘編〉』も注目を集めた。

夜明日出夫の観察眼と判断は、いまや本物になっていた。経験と技術だけではなく、それを本能的な習性が補うので絶対といえた。たとえば犯罪の匂《にお》いを嗅《か》ぎ取るとなれば、的中率は百パーセントであった。

——笹沢左保《ささざわさほ》『一方通行　夜明日出夫の事件簿』（講談社文庫）

第一幕　初乗運賃

1

冬の横浜。夜の冷たく、甘い空気を、橙《だいだい》色の車体が緩やかに切り裂いていく。

タクシー運転手、朝比奈《あさひな》拓郎《たくろう》の車だった。

朝比奈の車が交差点に差し掛かった時、斜向かいの歩道に、男の姿が見えた。紺のスーツを着ている。右手を上げつつ、左手でネクタイを緩めていた。重そうなスーツケースと大きな紙袋が傍らの地面に置かれている。

朝比奈の頭は半ば無意識に、客の素性を「見立て」た。長年の習慣によるものだった。

——年齢は二十代後半から三十代前半。会社員。スーツはブランド物、腕時計も高級品。年齢の割に稼いでいる。スーツケースと、お土産が入っていると思《おぼ》しき紙袋から見て出張帰り……。

ここまで、朝比奈の脳は一瞬で弾き出した。

男はまっすぐ、朝比奈の車を見ていた。その視線を感じながら、朝比奈は白い手袋をした手で、ハンドルを、トン、トンと叩く。

――男のいる位置に行くには、右折して、向こうの道につけなければならない。右車線に入るには、少し遅すぎた。ちょうど向かって左の方に、別のタクシーの姿も見える。あれに拾ってもらえばいいだろう。

心の中でそう呟《つぶや》いて、直進する。男は朝比奈の車に向けて手を振り回していた。悪態をついているようだ。

――今夜は、仕方がないのだ。

心の中で、朝比奈はそう言い訳する。

朝比奈拓郎はこの道十五年のタクシー運転手である。以前はサラリーマンだったが、業界では中堅どころのタクシー会社である日乃本《ひのもと》交通に就職し、真面目に勤めてきた。

朝比奈の勤務形態は隔日勤務である。点検や点呼を済ませ、午後三時半にはタクシーが出庫し、翌日の午前十一時半までの二十時間、ぶっ通しで運転したら、昼には帰宅して泥のように眠る。

今は午前一時だから、勤務を始めてから、ざっと九時間半経ったところである。いつもならそろそろ休憩を取る。休憩は二十時間の中で三時間取らなければならない。こまめに取ってもいいし、まとめて取得してもいい。

ただ、今日の朝比奈は、まだ休むわけにはいかなかった。今夜は、朝比奈にとっていつもと違う夜だったからだ。彼には、なすべきことがあった。

過酷な労働環境であることは間違いない。だが、朝比奈にとっては、これが一つのリズムを形成していて、飽きが来ない。先輩から深夜にうまい定食を出す店を教わり、効率の良い休み方も学んだ。今では、仕事に自信もついている。

BGM代わりにかけているカーステレオのラジオからは、なんの代わり映えもしない芸能・政治ニュースが垂れ流されている。

アイドルグループ「サザナミ」のメンバー・上田《うえだ》タケシ君に熱愛報道……政治家・岡本信二《おかもとしんじ》に不正献金疑惑……。

山下《やました》公園の近くで、また乗車希望の客を見つける。今度は男女の二人組で、男の方が手を上げている。

朝比奈は素早く、男女を観察する。

男は身長が高く、すらっとしている。焦げ茶色のコートを着ており、フォーマルな装いの好青年だった。

女は男より頭一つ分身長が低く、マフラーと手袋のフル装備だった。パンツスーツ姿がサマになっている。

　二人とも酒に酔っている様子はない。荷物は男が薄めのリュックのみ、女の方はブランド物のハンドバッグを持っている。

　朝比奈は、彼らを拾うことに決めた。

「助かりましたよ。捨てる神あれば拾う神ありだ」

「所長はいつも大げさなんですから」女の方が呆れたように言った。「すみません、お世話になります。新宿の方までお願いします」

　――新宿か。横浜からなら一万円を超えるだろう。

　今の会話だけでも、大体二人のキャラクターは読めた。朝比奈は軽く笑みを浮かべながら、二人に聞く。

「新宿というと、都庁の方ですか？」

「ああ、いえ」男が言った。「ゴールデン街の方です。近くなったら、詳しい道をお伝えします」

　朝比奈がさりげなく聞いたのは、ひとくちに「新宿」といっても広いからだ。運転手の方で決めつけては、あとあとトラブルになりかねない。イエス／ノーで答えられる質問でエリアのあたりをつけておくだけでも、ルート選びの参考になった。

「有料道路、使います？」

「いえ……」男が顎《あご》を撫《な》でた。「ちょっと考え事もあるので、一般道で行ってください。一時間くらいですよね」

「道が混んでいなければ、ですが」

「ええ、ではそれで」

ゴールデン街の方には、彼らの住む家か、あるいはオフィスがあるのだろう。この時間に帰社するとすれば気の毒だが、職種次第ではあり得る話だ。

「ん、すみません、後方トランクが少し開いてしまったようです。様子を見てきますね」

二人にそうことわって、朝比奈は車を降りる。しばらくトランクのあたりでもたもたしてから、朝比奈は車の中に戻った。

「失礼しました。もう問題ありません」

「そうですか。いやあ、それにしても今夜は寒い。このタクシーが拾えなかったらと思うと、ぞっとしますよ」

「ははは、それは良かったです」

朝比奈は客と話す時間が好きだ。ただ、客にも色々いて、職業などパーソナルな部分に触れてほしくない時もあるし、その逆もある。寝かせてほしいという客もいる。

今日、話し好きの男を拾えたのは、幸運だった。

「大体」女が男に突っ込む。「ちゃんと時間管理していれば、こんなことには……仕事にのめり込むと周りが見えなくなる癖、変わっていませんね」

「悪かったよ」

ばつが悪そうに、男は頬を掻《か》いた。

その時、なぜか、女がビクッと体を跳ねさせた。

朝比奈はバックミラー越しに、その様子を見ていた。なんだろう。朝比奈は考えた。

朝比奈は五十代で、顔も強面《こわもて》の部類に入る。確かに、女性客が一人で乗って来た時には、おじさんだと警戒されることもある。だが、彼女は彼氏だか同僚だか知らないが、二人連れなのだ。それに、朝比奈を見て警戒するなら、乗った瞬間だろう。さっきは普通に喋っていた。

女はもう、スマートフォンを弄《いじ》り始めている。

――見間違い、だろうか。

朝比奈の目は、座席後方を盗み見るように見つめていた。朝比奈は思考を振り払って、車を発進させる。

男はおもむろに身を乗り出すと、朝比奈に聞いた。

「時に運転手――朝比奈さん、ですかね」

男はタクシーの名札を見ていた。

「ええ、なんでしょうか」

「ミステリーはお好きですか？」

朝比奈は当惑した。随分、唐突な質問である。

「ミステリー、ですか」

「そうです。タクシードライバーといえばミステリーじゃありませんか」

「……ええ？」女がスマートフォンを操作しながら言った。「そうですか？」

「笹沢左保の『アリバイの唄』に始まる〈夜明日出夫《よあけひでお》の事件簿〉シリーズだよ。『タクシードライバーの推理日誌』というドラマにもなっている」

「ああ。渡瀬恒彦《わたせつねひこ》さん主演のアレですか」

朝比奈が相槌を打つと、男は目を輝かせた。

「朝比奈さん、あなたもいける口のようですね」

どうやら、男のお眼鏡に適《かな》ったようだ——朝比奈は、内心苦笑する。

「タクシードライバーは隔日勤務で、休みの日はパッと楽しめる娯楽が欲しくなるんですよ。それで、若い頃から薄めのミステリーを読んだり、ドラマを見たりして」

「いやあ、喜ばしいことですね」男は続ける。「そうそう、多島斗志之《たじまとしゆき》の『二島縁起』『海上タクシー〈ガル3号〉備忘録』は珍しくも海上タクシーの世界を描いていて……」

「……職業病、ですね」女が呆れたような声音で言った。「あっ、グループＬＩＮＥ、来ているみたいですよ」

「む、そうか」

女に促され、男がスマートフォンを操作する。彼は微笑を浮かべたまま、パチン、と指を鳴らした。

「さてはともあれ。朝比奈さんもミステリーがお好きということなら、ちょっとお知恵を拝借したいのですが」

「はあ、どういったことでしょう」

「最近読んだミステリー小説で、結末が分からないのがあるんですが、これが、問題編だけを雑誌に載せて、解答を公募してから解決編を掲載する……という懸賞企画のものでしてね。答えがとんと分からず、困っていたんですよ。今からその筋を話しますから、思いついたことがあれば、ちょっと教えてくれませんか」

滔々《とうとう》と語る男を、女は白けた顔つきで見ている。

「おっと、スマホを落としてしまった……」

男が後部座席で身をかがめて、足元を探っている。おっちょこちょいな男だった。

朝比奈は頷《うなず》いた。彼らの「見立て」が完成したのだ。

――男は推理小説家。女はその編集者だ。「最近読んだミステリー小説」などという言葉を強調したのがみそだ。見え透いた嘘である。男がミステリーに詳しいことや、それを指して女が「職業病」と言ったことも、この推測を裏付けている。こんな遅くに公園の近くにいたのも、取材でこの辺を連れ回されていたに違いない。今から語られるのは、この男が「書こうとしているミステリー小説」の筋立てなのだろう。まさか本当に、通りすがりのタクシー運転手の発想をあてにしているわけでもないだろうが、口を動かしながら頭を整理するタイプなのかもしれない。

いずれにせよ、面白そうだ、と朝比奈は思った。

「私なんぞで良ければ、構いませんよ」

男はバッと身を起こした。スマホを拾えたらしい。

「しめた！　じゃあ話しますよ――」

そうして、男の話は始まった。

時刻は午前一時八分。

車は、まだ横浜駅を通過したところだ。

2

男は「ここにあらすじのメモをまとめていましてね」と言って、スマートフォンを操作しながら話を始めた。

横浜臨海のきらびやかな夜景が、窓の外を流れていく。

「この事件は、遺言状の開封をきっかけにした一族の骨肉の争いです。長女の綾女《あやめ》と、一郎《いちろう》、二郎《じろう》、三郎《さぶろう》の三兄弟の四人が、父親の遺産を争ったわけですね。ちなみに、母親の方は亡くなっていて、相続権を有するのは四人のみ、というわけです」

　ベタな筋である。一郎・二郎・三郎という過度に記号化された名前も、いかにもそれらしい。

「次に起こる展開は」朝比奈は口を挟んだ。「遺言で、その長女が全ての財産を相続するよう書かれていた——というわけでしょう」

「あはは、これは一本取られちゃいましたね……」

　女が笑う。少し声に張りがないようにも思ったが、女の席は朝比奈の後ろで、座席に深くもたれかかっていたので、表情が見えなかった。

「これじゃあ作者も赤面ものですね」男はどこか照れくさそうに言う。「おっしゃる通りです。遺言には果たして、『土地・財産その全てを、長女・綾女に相続させる』と記されていた。もちろんこれにも理由はあって、それを示すために、登場人物たちを紹介しましょう。

まず綾女。彼女は病身の父親と二人暮らしで、ずっとその介護をして暮らしてきました。

綾女自身は健康マニアで、日ごろからジム通いに打ち込み、親の健康のために減塩食や制限食の献立を考える際も才能を発揮したようです。常にスマートウォッチを身に着け、自分の健康管理を疎《おろそ》かにしたことがないというのが、自慢でした。

　一方の三兄弟は、それぞれ家を出て、盆と正月にも実家に顔を出さないほどでした。

長男の一郎はベンチャー企業の社長で、資金繰りのために遺産が必要でした。もっとも、これには金遣いの荒さも祟《たた》っていたようで、高級な外車を何台も買って乗り回していた、なんていう証言もあるくらいです。

次男の二郎は小説家ですが、これがまったく鳴かず飛ばずで、遺産を食いつぶして生きる目論見《もくろみ》だった。実家を軽んじていたことを考えると、ムシの良い話ですが、遺言状の開示を受けて逆ギレ……というわけです。

三男の三郎はテレビ局に勤めていたのですが、ロケ車を運転しろと言われて、免許を持っていないから出来ないと返答したのをきっかけに、『仕事が何一つ出来ない』とパワハラを受けて退職。以降職を転々としていました。彼もまた、遺産をアテにしていたのは間違いありません」

「三人とも、それぞれに、綾女を殺す動機がある……ということですね」

朝比奈がそうまとめると、男は頷いた。

「で、いよいよ事件が起こります。舞台は……と、すみません、そこのコンビニで停《と》めていただけませんか。あ、もちろん、メーターは倒したままで構いませんので」

男が出し抜けに言った。

「えっ、ああ、はい」

話に集中し始めた時だったので、朝比奈は出鼻をくじかれた気分になった。

「じゃ、LINEで送ったものを買ってきてくれるかい。これ、お金」

「……わ、分かりました」

男は鷹揚《おうよう》に五千円札を渡し、女に買い物を頼んでいた。

車内に二人きりになると、男は「さて」と話を続けた。

「いよいよ事件、というところでしたね。舞台は、海辺の断崖に立つ館でした」

「てっきり私は、瀬戸内海域の孤島、とでもいうのかと思いましたよ。大横溝《よこみぞ》の向こうを張ってね」

朝比奈としては、男が小説家ではないかと、かまをかけたつもりであった。

「はっは」しかし、男は笑って受け流す。「さすがにそこまでは申しませんが、この海辺のロケーションというのが、案外大事なのです……」

男は咳払いをして続けた。

「綾女の死体は、この館の裏手、断崖の先から発見されました。断崖に逆さ吊りの状態になっていたのです。朝になって、崖が見える海岸を歩いていた近隣住民が発見し、地元警察に通報したという経緯ですね。

警察からの連絡を受け、家族も、二郎の運転する車で現場に向かいました。この崖の上には、家族が以前使っていた小屋が立っていますが、現在の本宅からは車で十分、徒歩で三十分弱ほどの距離にあり、最近は使われていない、という状態でした。小屋の近くには二台分の駐車スペースがあり、家族が到着した時点では、被害者・綾女の車が停まっていました。綾女の車のキーは、車のボンネットの上に載せられていました。キーには被害者の指紋さえついておらず、恐らく、犯人が拭ったものと思われます。車には車上荒らしの形跡はなく、車の中に置いてあった被害者の財布も手付かずの状態でした。なので、犯人と被害者が揉み合った際に落ちたのを、犯人が何気なく拾い上げ、慌てて指紋を拭い、ボンネット上に放置したものと考えられます。

死亡推定時刻は、死体発見の前日の午後九時から十一時の間。しかし、その時間帯にはまだ、死体は崖に吊り下げられていなかったと、十一時半頃に夜釣りに出かけていた目撃者が証言しています。事件の日は金曜で、毎週金曜の夜に釣りを楽しむのがこの男の習慣でした。どこかで殺した後、深夜から朝方にかけて、死体に工作を施したようなのです。

死体の両足にはロープが結ばれ、そのロープの先が、崖に生えた大きな松の木に結ばれていました。犯人は、死体に残酷な装飾を施すために、こんな細工をしたようだ……地元警察は、そんな風に判断したようです」

「ところが、意味はあった」朝比奈は言った。「そういうわけでしょう?」

「話を先走ってはいけませんよ」男はニヤリと笑った。「まさしく、お見立ての通りですがね。その話に行く前に、少し現場の手掛かりについて描写しておきましょう」

その時、コンビニから女が帰って来た。冷たい夜気が車内に侵入した。レジ袋を手から提げている。

「ありがとう」男はすぐに袋を受け取って、中を検《あらた》める。「朝比奈さん、コーヒーは微糖とブラックなら、どちらがお好きですか？」

「はい？」

「彼女にね」男はニヤリと笑って、袋から缶コーヒーを二つ取り出した。「買ってきてもらったんですよ。お好きな方を、ぜひ」

「ええっ、いやいや」朝比奈は思わず、助手席に置いてあった私物のバッグから、長財布を取り出して開く。「悪いです。お支払いしますよ」

「いいですよ、このくらい」

男はにこやかに笑った。気のいい男だと、朝比奈は思わず気が緩んだ。深夜勤務の時に、缶コーヒーを差し入れてくれる客ほど、ありがたいものはない。

「お言葉に甘えて、ありがたく頂戴します。ブラックをいただいてもいいですか」

「構いませんよ。徹夜にはこれが欠かせませんからね」

プルタブの部分がかなり固く、手袋をしたままだと開けづらい。手の中で滑って、こぼすのも嫌だし、やむなく、一度両の手袋を外して、プルタブを引き開けた。

男はこれも買ってきてもらったのであろう、週刊誌をぱらぱらとめくりながら、話を続けた。

「えーっと、現場の手掛かりについての話でしたね。事件に使用されたロープはペンキで黒く塗られていました。そしてロープが投げ出された断崖の近くには、ガラスの破片のようなものが落ちていた」

「ガラスの破片……？」

「今は、そう言っておくにとどめておきましょうか。あとは、そうですね……死体の第一発見者がいた海岸からは、黒いビニールシートが発見されています。魚が食いちぎったのか、ずたずたの状態でした。嫌ですねえ、海にプラスチックが投棄されるのは。自然分解されないから、こうして魚の体に入り、私たちの体にも——」

「脱線しています」

女が鋭く言う。男は頰を掻いた。

「ああ、すまなかった。現場の手掛かりの話だったね。ええっと、どこまで話したかな。ロープ、ガラスの破片、ビニールシート……ああ、重要なものを忘れていた、この崖の近くにあった水車小屋のことです」

「ああ、家族が使わなくなった小屋と言っていた、あれですか。水車小屋とは、ますます古色蒼然とした道具立てになってきましたね」

朝比奈は心に少し余裕が出てきて、からかうような口調で言った。男は微笑んで答える。

「もうお分かりかと思いますが、水車の回り車に、ロープで擦《こす》れたような跡がありました。

犯人はこの水車を用いて、一度、被害者に結んだロープを巻き取り、死体を崖の上に引き上げたようなのです。具体的には、松の木に端を結んで、最初に死体を吊り下げたロープがロープAとすると、このAが松の木と接しているあたりにもう一本のロープBを結び、これを水車小屋と結ぶ。ここで松の木からAを外すと、AとBが結ばれたロープで死体が吊り下げられるので、水車で引き上げられる、ということですね。Aのロープの途中に、擦れた跡があったので、この手口が分かりました」

「そのBは黒く塗られていた？」

「回り車に黒い汚れはなかったので、否ですね。ちなみに、犯人はBのロープで死体を引き上げた後、再度Aで死体と松の木を結び、再び、死体を崖から落としました。水車小屋は放置され、半ば朽《く》ちかけていたので、犯人はかなり苦労して引き上げたようですね」

「どうして、そんな手間のかかることを……？」

朝比奈は内心、首を捻った。

「本題は犯人当て、つまりフーダニットなのですが、ではそれを一つの問題にしましょうか。なぜ犯人は、そんなことをしたのでしょうか。ヒントは……そうですね、色、とでも言っておきましょうか」

「色……」

朝比奈は目下考えなければならないことは一時忘れて、男の出題に意識を没頭させる。

今の話は、男が考え出した「小説」の筋立てに違いないが、文字で書かれていれば気にならないようなことが、プロットの骨組みだけを切り取って話されると、随分あからさまに聞こえる。

ビニールシートは、恐らく元々黒かった。しかし、ロープについて男は、あえて「ペンキで黒く塗られていた」と言ったのではなかったか。元々そうでなかったものを、黒くしたなら、そこには目的があったはずである。

そこまで考えた時、朝比奈はピンときた。

「ははあ、なるほど。要点はアリバイトリックですか」

男はニヤリと笑った。

「ご明察です。それにしても早かったな。自信をなくしますよ。まるで小説の中の名探偵みたいですね」

——自信をなくしますよ、か。

朝比奈は内心でほくそ笑んだ。

——男はいよいよ馬脚を露《あらわ》したわけだ。この事件は自分の読んだ作品の話だと言っていたのに、自分の書いた作品であると口を滑らせた。やはりこの二人は、推理小説家とその編集者で間違いない！

朝比奈が何より喜びを感じるのは、客についての自分の「見立て」が的中した時だった。

「名探偵は、おおげさです」朝比奈は形ばかり謙遜する。「あなたが分かりやすく筋を話してくれたので、ピンときただけですよ」

「一応、解説を拝聴しましょう」

「色がヒントだというのは、ペンキで塗られたロープと、黒いビニールシートのことでしょう。犯人はなぜロープを黒く塗ったかといえば、ロープを夜の闇に紛れさせるためです。恐らく、死体は死亡推定時刻の、発見前夜九時から十一時の間にはもう吊り下げられていて、死体はビニールシートで覆われていたんでしょう。夜十一時半に、金曜夜の習慣通りに夜釣りに来た目撃者のおかげで、死体遺棄の工作はそれ以後に行われたと考えられていた。死体遺棄の時間を誤認させることでアリバイを作ったのです。ビニールシートの先は岩に括《くく》り付けてあって、潮の満ち引きと共に、その岩が動くようにしておく。そうすると、岩に引っ張られてビニールシートが落ち、証拠が隠滅される。すると、まるで、朝になってから死体が忽然《こつぜん》と現れたように見える……そんな按配《あんばい》ですね」

「水車小屋のことを、あなたが『古色蒼然』と言いましたが、まさしくそんなアリバイトリックですね」

自分で考えたくせに、しらじらしい、と朝比奈は内心笑う。

「ところが、犯人は自分のミスに気が付いた」

「さて、そのミスとは？」

男の方も興が乗ってきたようだ。ワクワクするような口調でそう促す。

「被害者のスマートウォッチですよ、もちろん。スマートウォッチには脈拍が記録される。現場にそのまま残しておいては、アリバイトリックが意味をなさなくなる。現場に被害者のスマートフォンがあったかどうか、あなたは描写していませんでしたが、犯人がスマートウォッチと共に持ち去ったのでしょう。今は、スマートフォンとデータが同期されているものもありますからね」

「ああ、その点は話し忘れていましたね。失礼しました」

男はさっきの失言を皮切りに、次々ボロを出す。想像力が豊かで、ちょっとそそっかしい推理小説家──朝比奈はそう判断を下す。

──願わくば、詮索好きでないことを祈るばかりだ！

「続けると」朝比奈は言った。「犯人は死体を崖下に投下した後、被害者のスマートウォッチの存在を思い出し、なんとしても回収しようとする。そこで、例のロープAとB、水車小屋を使った力学で、死体を引き上げる。この時崖にスマートウォッチが当たり、ガラスが割れた。これこそ、あなたが手掛かりとして挙げた、ガラスの破片の意味です」

「お見事」男が拍手し、次いで、残念そうに顔を歪《ゆが》めた。「ただまあ、ここがこの『犯人当て』の辛《つら》いところで、アリバイトリックの意味が分かっても、事件が解決しないのです」

男は週刊誌を膝の上で弄《もてあそ》んでいたが、スマートフォンが振動すると、そちらに目をやり、何やら興味深そうな顔つきになった。

「どういうことですか」

「なんと」男はその姿勢のまま話を続ける。「一郎・二郎・三郎の全員が、午後十一時から朝までのアリバイを有しているのです。死体遺棄時間を錯誤させるトリックを使った犯人なら、ぜひともアリバイを作っておきたい時間帯に。この三人と三郎の友人を加えた四人で、自宅で麻雀卓を囲んでいたという具合で。離席したのはトイレの五分程度で、車を使っても行き来出来ません。だからアリバイトリックが分かっても、犯人が絞れないんです」

「ちょっと」女が口を挟む。「話し過ぎじゃないですか」

「いいんだよ、この人は鋭い人だ。それに、こうして口を動かしていないと、眠ってしまいそうだ」

男はまた朝比奈に向き直る。

「そうなんです、頭を悩ませているのはまさにここで……犯人だけが分からない、それが悩みのタネでして……」

男が眉根を寄せる様子が、いかにも芝居がかっていて、朝比奈は思わず笑った。

「またまた、あなたも人が悪い」

「はい？」

「犯人なら明白じゃありませんか」

時刻は午前一時三十五分。

二人組が乗車してから、三十五分ほど経った。途中寄り道したのもあり、車は川崎《かわさき》を出たところだった。

3

朝比奈の一言で、車内の時間が止まったようになった。まるでドラマの主人公になったようで、朝比奈の気分は密かに高揚した。

「——失礼、今なんと？」

ミラー越しに、男が食い入るような目を朝比奈に向けているのが見えた。

失言だっただろうか、と朝比奈は考える。彼の作家としてのプライドを、ひどく傷つけたのだろうか。内心の動揺が運転に表れないよう、朝比奈は前方に視線を戻す。

「……ええ。私は、三郎が犯人だと思います」

「なぜ？」

「死体を引き上げるのに、綾女の車を使わなかったからです」

ああ——と男はため息を漏らす。

「それか……」

「あんまりあなたが強調して喋るので、きっとお気づきなのだと思っていました」

朝比奈は若干の皮肉を込めて、強調するように言った。

「被害者の車のキーは、犯人が拾い上げ、指紋を拭い、ボンネットの上に載せたと考えられる……あなたはそんなような趣旨のことをおっしゃっていました。この事実が意味するところは一つで、犯人は、被害者の車が使える状態にあることを知っていたのです」

男は唸《うな》り声を上げた。

「だとすれば、使われていなかった水車小屋を苦労して動かすような手段を取らなくても、車でロープを牽引《けんいん》して死体を持ち上げることが出来る……」

「その通りです」朝比奈は頷いた。「では、なぜ、犯人は使える状態にある車を使わず、水車小屋などという迂遠《うえん》な手段を取ったのか」

「犯人は、車で死体を牽引するという発想を思い付かなかった人物。あるいは、車を使えなかった。つまり、車の運転が出来なかった人物」

「それさえ分かれば、消去法の条件は明白です。一郎は外車を乗り回すほどの車好きで、免許を持っていないとは思えないので消去。殺害現場に家族が車で向かうところの描写では『二郎の運転する車で』とあなたはおっしゃっていた。だから二郎も消去。

一方で三郎は、ロケ車を運転しろと言われて、免許を持っていないから出来ない、と返答したところ、パワハラの被害に遭ったのでしたね。つまり、三郎は運転免許を持っていない」

「だから犯人は政男《まさお》だ、というわけですね」

朝比奈は硬直した。知らない名前が飛び出したからだ。

しかし、朝比奈の反応をよそに、男は大げさなほど悔しそうな口ぶりで言う。

「あの」女が口を挟んだ。「設定、忘れていますよ」

「ああ、そうでした。『三郎』でしたね……」

男が頭を掻きながら言う。顔は笑っているが、目が笑っていない。

朝比奈は凄まじい違和感に襲われていた。ハンドルを指で叩く。急に、車の走行音がうるさく感じる。

――政男、とは一体なんだ。どこからその名前が現れた。それに、『設定』とは?

大体、ガラスの破片や黒く塗られたロープなどの手掛かりを明瞭に提示してきた小説家が、「三郎犯人説」を思い付いていなかったはずはない。だから朝比奈は「人が悪い」と言ったのだ。「分かっていて私を試しているんでしょう」という意味で。第一、三郎犯人説を思い付いていない小説家が、あれほど克明に、車周りの手掛かりの描写を行うだろうか。

朝比奈はその時、自分の勘違いに気付いた。

別の解釈がある。偶然に張った伏線などではない、という解釈が。この男が読んだ「犯人当て」の内容でも、この男が考え出した「小説」でもないという解釈が。

――現実なのだ。

「いやあ、本当に失礼しました」

男がはにかんだように笑って、言う。

「しかし、この事件に頭を悩ませていたというのは本当の話なんです。どうにも犯人の目星だけがつかず困っていたのを、頭の整理がてら、あなたに話してみたわけで」

「どうも、話が見えませんね、お客さん」朝比奈は自分の声が震えていることに気が付く。

「今の話は、お客さんの読んだ小説の話だったんじゃ」

「そこが失礼の理由なのです。実はこの事件、ある場所で本当に起こったことなんです。守秘義務に引っ掛かるので、関係者の名前を口にしたのは忘れていただけると」

やっぱりそうだ、と朝比奈は内心で頷く。

「あの、あなたは……」

「申し遅れましたが、私、こういうものでして」

ミラー越しに、男が名刺を掲げているのが見えた。

『大野探偵事務所　所長
大野《おおの》糺《ただす》』

名刺には、そう記されていた。

時刻は午前一時四十二分。

車は大田区まで来ていた。

4

朝比奈はかなり動揺していたが、生来のプロ意識のなせるわざか、運転だけは乱さなかった。

朝比奈の首筋が、汗でじっとりと濡れる。

「いやぁ、朝比奈さんの名探偵ぶりには感服しました。『タクシードライバーの推理日誌』というのも、満更嘘ではありませんでしたね」

「またまた、何をおっしゃる……」朝比奈は、自分の顔が引き攣《つ》っていないか心配になった。

「本職の方には敵《かな》いませんよ。あんなのは、ビギナーズラックです」

本職の方には……。そう言って、朝比奈は自分の勘違いを誘発した大野の発言のことを思い出す。

朝比奈がアリバイトリックのことをすらすら推理した時、大野は「自信をなくしますよ」と言った。あれを朝比奈は、「自分の考えたプロットを、こうも即座に見抜かれては、小説家としての自信をなくす」という意味に受け取った。だが、そうではなかった。自分が職業探偵だからこそ、素人の朝比奈にすんなり追いつかれたのが悔しかったのだ。

スマートフォンの情報を大野が語り落としたことを指摘した時、「話し忘れていましたね」と彼は言った。朝比奈としては、プロットがフェアでないと揶揄《やゆ》したつもりだったが、大野は本当にただ忘れていただけだった。

言葉通りに受け取れば、朝比奈ももっと早く気付いていたかもしれない。

大野は額をぺしん、と打つ。

「いやあ、まさかこれほどのミステリー好きとは。いえね、なんとか自分の職業のことは話さずに済めばと思って誤魔化していたんですが、名前のことは失言でした。『三郎』と呼んでいたのを忘れて、うっかり本当の名前を喋っちまうなんて。

もうそこまで言ったんだから洗いざらい話してしまいますが、今日は仮名・一郎の身辺調査で横浜に来たんです。しかしもう、一郎の旧友だという男性が、これがびっくりするほどの酒豪で。結局、こんな時間まで付き合わされた……ということなんです」

「そういうことでしたか。ええと、そちらの女性も、ご同業で？」

女はピクッと背筋を伸ばし、礼儀正しくお辞儀した。

大野が彼女を示して言う。

「彼女は山口《やまぐち》美々香《みみか》と言いまして、私の事務所で働いている助手なんです。口数が少なくて、今も大層機嫌が悪く見えるかもしれませんが、有能なんですよ」

「所長、別にいいですから、そういうの」

美々香の声は随分冷たく聞こえた。

「……はあ」と朝比奈は首をすくめる。

「彼女には、一つ取り柄がありましてね」

大野は、自分の耳をぐい、と引っ張った。

「耳が良いんですよ」

「耳？」

朝比奈はバックミラー越しに大野を見た。大野の口元には、ニヤニヤとした笑みが浮かんでいる。

「ええ。人が聞き逃すような微細な音や些細な違和感、それを捕まえてくるのが抜群に上手いんです。どんなに微《かす》かな物音も聞き逃さない、といった具合でして」

「……それは、素晴らしいですね」

朝比奈は、美々香をちらりと見ながら言う。

「はい」大野はバックシートに深々ともたれかかった。「これが意外にも多くのことが分かるものでね。大いに重宝しているんです」

「……その耳というのは、どこまで……」

朝比奈の言葉を遮《さえぎ》るようにして、大野は続ける。

「いやあ、それにしても、あなたの名探偵ぶりは素晴らしい。おみそれしましたよ」

——この男を前にしていると、ペースが乱される。

「そこでもう一つ」大野は言った。「お知恵を拝借してもよろしいですか？」

ミラーを見た。彼は、イタズラ小僧のような笑みを浮かべて、シートから身を乗り出している。

——一体、何を考えているのか。

朝比奈は、静かに、恐怖した。

大野の肩越しに、タクシーの後方を見やった。

彼の『秘密』が眠っている、車のトランクの方を。

時刻は午前一時四十九分。

大野と山口が車に乗り込んでから、四十九分ほどが経過していた。五反田《ごたんだ》駅付近まで辿り着き、新宿まではあと二十分もない。

新宿まで辿り着けば、もう彼らとはお別れなのだ。

——それなのに、どうしてこの夜が、こんなにも長く感じるのだろう……。

第二幕　長距離賃走

1

午前一時。

「……こんな時間まで調査なんて、最悪ですよ……しかも調査っていうか、ほぼほぼ飲んでるだけ……」

「……悪かったと思ってるよ……」

大野探偵事務所の探偵たち、大野紀と山口美々香は、山下公園のあたりを、ゾンビのような足取りで歩いていた。公園からはベイブリッジや赤レンガ倉庫などの夜景を一望出来るし、カップルも多いが、彼らは夜景を楽しみに来たわけではなかったし、カップルでもなかった。事件関係者の情報を得るために、中華街でさんざっぱら飲まされて、ともかく夜風に当たりに来たのだった。

「所長、でもどうするんですか。こんな時間じゃ、もう終電もないですよ」

「仕方ない、タクるか……」

「あっ、じゃあ」美々香の背筋がスッと伸びた。「費用は所長持ちでお願いします。今日は事務所に泊まりでもいいので」

「お前なー、ちょっと現金じゃないのか……」

大野は露骨に舌打ちした。

大野と美々香は、大学時代からの付き合いである。大野が先輩、美々香が後輩だ。美々香の「耳の良さ」を買って、大野の起ち上げた事務所に雇ったのだ。

その先輩、後輩の気安さもあってか、自然と会話も砕けたものになる。大野探偵事務所は、大野と美々香、そして望田《もちだ》という、カウンセラーあがりの男の三人の探偵が所属する、小さな事務所だった。

タクシー利用を決意し、通りに出てきた大野の視界に、橙色のタクシーが飛び込んできた。大野は手を上げる。タクシーは彼らの目の前に、滑らかに飛び込んできた。

車に乗り込むなり、大野は言った。

「助かりましたよ。捨てる神あれば拾う神ありだ」

運転手はちょっと強面の男性で、見たところ、四十代後半から五十代前半といったところだろうか。眼光が鋭く、彼の目の前では全て見透かされてしまうような気がした。

そのまま、行き先だとか、社交辞令だとか、一般的な会話を続ける。

「大体」美々香が大野に突っ込む。「ちゃんと時間管理していれば、こんなことには……仕事にのめり込むと周りが見えなくなる癖、変わっていませんね」

「悪かったよ」

ばつが悪そうに、大野は頬を掻いた。

その時、だった。

美々香が隣で、ビクッと体を跳ねさせた。

――それだけじゃない。美々香の表情がおかしい。

大野はすぐさま異変を感じ取った。

さっきまで、美々香は、帰りの足を確保した安心感で表情も和らいでいた。それが、急に強張って、自分の息も潜めている様子だった。

――自分の、息も。

大野はすぐさま思い至る。彼女は今、音を聴いているのだ。

美々香はスマートフォンを取り出し、いじり始める。

その時、運転手の視線を感じた。ちらりと前方を見ると、運転手は美々香の様子を気にしていないようだった。

――さらに、どこか、後方のあらぬ方向を見ていた。運転手は、大野の視線には気付いてもいないようだった。

大野は、密かな高揚を感じた。さっきまでの疲労感も眠気も、吹っ飛んでいった。

大野は身を乗り出した。

「時に運転手――朝比奈さん、ですかね」

「ええ、なんでしょうか」

朝比奈は何事もなかったかのように言う。

「ミステリーはお好きですか？」

朝比奈の目が、困惑気味に瞬いた。

「ミステリー、ですか」

そのまま大野は、時間を稼ぐ意図で、ミステリーについての話を一席ぶつ。

「……職業病、ですね」美々香が呆れたような声音で言った。「あっ、グループLINE、来ているみたいですよ」

「む、そうか」

大野の読み通りだった。

グループLINE、などというのは嘘で、大野の個人LINEへのメッセージが送られていた。美々香がスマートフォンを操作し始めた時、彼女が自分に密かにメッセージを送ってきているのを、察したのである。

さっき、体を震わせた時、何を『聞いた』のか？

大野の手の中には、その答えがあった。

『トランクの中に、誰か入っています』

冒頭の一行を読んだだけで、大野はパチン、と指を鳴らしてしまった。

興奮が大野の全身を襲っていた。今日は長い夜に——それも、面白い夜になりそうだった。

『トランクの中に、誰か入っています。

物音がしたのでそれと気付きました。全身が脱力していて、車の微かな揺れで動いています。明らかに意識がありません。男女の別は不明。運転手がトランクの中に入れたものだと思われます。

この運転手、どう考えてもヤバいです。犯罪者ですよ。どこかで降りて、通報しましょう』

美々香のメッセージの全文は、以上の通りだった。

大野は顎を撫でながら考えた。

——美々香の提案は、実に常識的だ。普通はそうするべきだろう。

だが、大野はそうしたくなかった。

後部座席の足元、運転席からは死角になるところで、何かキラッと光った。

「おっと、スマホを落としてしまった……」

口で言いながら、足元にスマホを落とし、スマホついでに、その光るものを拾い上げた。

金の指輪だった。ゴテゴテした装飾がついた、趣味の悪い指輪だ。

――あの運転手の趣味とは思えない。トランクの中にいる、何者かの持ち物だろうか？

大野は金の指輪を、朝比奈に見咎められないように、素早くポケットにしまった。ポケットの中に、さっき飲み屋のトイレで外した、自分の指輪が入れっぱなしになっているのに気が付く。

――さて、今必要なことは……。

第一に、時間稼ぎ。さっきまで扱っていた案件を、「知恵を借りたい」という口実で語りながら、時間を稼ぐ。犯人の目星がついていないのは本当だが、大野としては、話しながら頭の整理になればいいという程度にしか思っていない。

第二に、三人目の探偵の活用である。

大野はスマートフォンを操作して、美々香にメッセージを送る。

『コンビニを見かけたら停めてもらう。買い物メモをLINEで渡しておくから、それをこなすのを口実に、望田君に電話しなさい。今夜は事務所に泊まると言っていたはずだ。彼に協力を仰いで、朝比奈の尻尾を摑《つか》む』

『あの』

美々香は続々と短文を送り付けてくる。

『そんなの』

『いいので』

『早く降りましょ』

『望田君も、もう寝て』

それを押しとどめるように、大野は長文を送った。

『望田君にやってもらいたいことはこうだ――』

送信ボタンを押した瞬間、大野は窓の外に、コンビニの看板を見つけた。

「……と、すみません、そこのコンビニで停めていただけませんか。あ、もちろん、メーターは倒したままで構いませんので」

「えっ、ああ、はい」

大野は美々香に言った。

「じゃ、LINEで送ったものを買ってきてくれるかい。これ、お金」

「……わ、分かりました」

五千円札を渡している間も、美々香は「どうかしているんじゃないか、この人」と言わんばかりの絶対零度の瞳を大野に向けてくる。

「さて、いよいよ事件、というところでしたね。舞台は、海辺の断崖に立つ館でした」

「てっきり私は、瀬戸内海域の孤島、とでもいうのかと思いましたよ。大横溝の向こうを張ってね」

大野は内心ほくそ笑んだ。朝比奈という男には、推理などは期待していなかったのだが、この男、なかなかのミステリー好きらしい。相槌もテンポ良く、ツッコミも的確だ。

実のところ、大野は朝比奈と話すのが楽しくなってきていた。

2

「ねえ、美々香さん。所長に言ってやってくれませんか。今、何時だと思っているのか、って」

『うん。言った』

「私はもう寝るところだったんですよ？」

『うん。分かってる』

「さっきまで報告書作りで手一杯で……ああもう」望田は、重苦しい頭を押さえながら、ボールペンを手に取った。「何交通でしたっけ？」

美々香が電話口で、ホッと息を吐くのが聞こえた。

『ありがとう。ええっとね――』

望田は手元のメモに、「日乃本交通」と書きつける。

傍らのデジタル時計を見る。午前一時二十分。十五分ほど眠れたらしい。

「所長って、どうしてこう人使いが荒いんでしょうね」

『びっくりするよね。今だって、何を考えているかサッパリ分からないの』

――それにしても、トランクの中の死体、とは。猟奇じみた事件ではないか。

望田はうーん、と唸った。美々香は事態に怖気《おじけ》づいているせいか、「死体」という言葉こそ口にしなかったが、状況を聞く限り、トランクの中の何者かが、もう生きているとは、望田には思えなかった。

「その車、今すぐ降りた方がいいのでは。今、コンビニなんですよね。そのまま逃げては」

『あのバカな先輩一人置いて、逃げられませんって。一人にしたら何しでかすか分からないんだから』

それもそうか、と望田は口元で呟く。

「であれば」望田は言った。「過去の事件で関わった警察関係者に、コンタクトが取れないか試してみます。タクシーの最終目的地は、この事務所なんですよね？」

『所長はまだ、住所までは伝えてないけど、新宿のゴールデン街あたりとまでは言っているし』

「もっと捕り物に良さそうな立地もあると思いますが、まあ、相手に怪しまれては元も子もありませんしね。やれやれ、深夜の大捕り物ですか。新宿は今日も賑やかですね」

望田の口調が次第に恨みがましいものになっていく。なぜ自分はこんな深夜に駆けずり回らなければならないのか。

『もちろん、まだ疑惑の段階だから、所長はこれから朝比奈さんを揺さぶって、証拠を探そうとしているみたい』

「なんだか私は」望田は言った。「目を付けられた相手の方がかわいそうですよ」

電話を切って、すぐに朝比奈の勤務先である日乃本交通について調べる。中堅どころの事業所だ。個人タクシーなど、小さなところとは違う。そんな事業所の車を犯行に使って、朝比奈はどうするつもりなのだろうか。

――殺人は突発的なもの？

そう考えた方が良さそうだった。やむにやまれず、死体をトランクの中に隠して、処分するタイミングを窺《うかが》っている、ということだろうか。

スマートフォンが振動する。大野からＬＩＮＥが来ていた。どこかの住所だった。神奈川県川崎市高津《たかつ》区……。

『缶コーヒーの代金を払うと言って、朝比奈が財布を開いた時に免許証の住所欄がチラッと見えた。まあ、見えたもんは仕方ない。カードのポケットが浅すぎると、セキュリティーがダメだね。そこから引っ越していると、裏面に住所が記載されるから、本当は裏も見せてほしかったけど、贅沢は言えない。可能なら、その住所も調べてみてほしい』

「可能ならって、どうすればいいんですか」

望田は深夜の事務所で一人ぼやいた。あと、大野の前で安易に財布を開かないようにしようと心に決めた。

大野からは、無音カメラで撮影した、車内に設置されたドライブレコーダーの写真も届いている。製品を調べて、録画時間や、エンジンを切った時に録画をするかどうか調べてほしいと書いてあった。今は、目の前を人が通るだけで、自動で撮影するタイプもあるらしい。写真だけで製品や型番を特定するのは、至難の業だった。

――それに、そんなことを調べて、何になるのだ？

日乃本交通は二十四時間電話を受け付けていた。配車依頼や、問い合わせなどで電話番号が分かれているので、問い合わせにかけてみる。

「あの、朝比奈というドライバーのことで」

そう言った瞬間、えぇっ、という声が、電話の向こうから聞こえた。

『……またその人のことか……』

か細い声だったが、確かにそう聞こえた。

「また？」望田は食いついた。「またとは、どういうことですか」

コールセンターの職員も、深夜の勤務でガードが緩んでいただけだったのだろう。思わず呟いたのを、望田に捕捉されて、恐縮しきっていた。

その人の言うことには、数分前にも、同じように朝比奈のことで苦情を言って来た男性がいたという。朝比奈に乗車を拒否された、というのだ。

望田は詳細を聞き出して、段々と頭が冴えてくるのを感じた。

「大野所長……あなたの勘、ピタリですよ」

3

大野は言った。

「だからアリバイトリックが分かっても、犯人が絞れないんです」

——おっと、くだんの事件については語り終えてしまった。時間稼ぎは、ここで終わりか。

その時、スマートフォンが振動する。手元に視線を落とすと、望田からの報告が上がって来ていた。

——ほう、これはこれは。

大野はほくそ笑みそうになるのを堪《こら》えた。

望田によれば、「朝比奈」という運転手の件で、今夜は会社の問い合わせセンターに二度、電話があったという。一度目が、大阪からの出張帰りの男、二度目が望田だ。

この一度目の電話の内容が重要だった。

男は横浜駅付近の交差点で、橙色のタクシーに向けて手を上げていた。「タクシーの運転手も、ハッキリと自分に気付き、視線も交わした」と男は訴えた。「にもかかわらず、その運転手は交差点を直進し、自分のことを無視したのだ」と。この野郎、乗車拒否なんてしやがって、と、恨みを込めて車のナンバーを記憶したのだ。折よく、別のタクシーをすぐつかまえられたのだが、それでも怒りは収まらず、乗ったまま電話をかけてきたのだという。

もちろん、男はナンバーで把握していたので、名前が「朝比奈」とまでは分からなかった。センターの職員の方で、一日のうちに二度も同じ運転手の件で電話を受けたせいで、思わず口を滑らせた、ということらしい。

大野の頭は高速で回転していた。

——さりげない出来事だが、その意味するところは大きい。

悪質な乗車拒否を繰り返すドライバーには、会社側から罰則が与えられたり、再研修のためのセンターに放り込まれたりする。朝比奈としても、理由もなく拒否したはずがない。まして、出張帰り、終電を逃したサラリーマンとくれば、長距離の客である可能性もある。みすみす目の前の大魚を逃す理由があるだろうか？

ここで重要なのは「大阪からの出張帰り」という部分だ。彼はスーツケースやボストンバッグなど、大きな荷物を抱えていたのではないか。

トランクを開けざるを得ないほどの。

ひるがえせば、朝比奈は、トランクに「見られたくないもの」を入れていることになる。

これだけではまだ、朝比奈を追い詰める材料にはならない。だが、ここに自分たちを加えればどうか？

言い換えれば、なぜトランクに見られたくないものを入れているのに、大野と美々香の乗車は受け入れたのだろう？

一つには、大野と美々香が大きな荷物を持っていなかったという理由もあるだろう。大野は薄めのリュック、美々香はハンドバッグのみを持っていた。どちらも、トランクを開けるほどの荷物ではない。

だから、朝比奈のお眼鏡に適った——しかし、本当にそれだけだろうか。

大野はまだその先があると確信していた。自分と美々香には、もう一つ、大きな役割が与えられているのだ、と。朝比奈は、自分と美々香のことを「利用」したつもりでいるのだと。

しかし、そうは問屋が卸さない。

その時、朝比奈が笑った。

「またまた、あなたも人が悪い」

「はい？」

大野が聞き返すと、朝比奈は得意げに言った。

「犯人なら明白じゃありませんか」

大野の背中に、ゾクゾクッ、と震えが走った。

――この男、期待以上だ。

大野は頭の中で、朝比奈という男を吟味する。

――かなりの推理力・洞察力あり。長年の勤務経験で培《つちか》ったものか。己の技術には絶対の自信を持っている自信家タイプ。ハンドルを指で叩く仕草は、苛立《いらだ》ちを抑えている時に出る。人当たりの良い笑顔を浮かべながらも、その裏では、冷静に客を観察し、値踏みしている……。

大野はほくそ笑んだ。今大野が思いついた戦略が、この手の男には最も有効だからだ。

朝比奈の推理を一通り聞いて満足した後、大野は名刺を取り出した。

「申し遅れましたが、私、こういうものでして」

朝比奈はミラー越しに、大野の掲げた名刺を見た。

その瞬間、朝比奈の表情が固まるのが、大野にはハッキリと見えた。

――さあ、ここからが狩りの本番だ。

第三幕　降車

1

——この男、どこまで気付いている?

時刻は午前一時五十分。車を走らせながら、朝比奈はミラー越しに、大野の表情を窺っていた。

朝比奈の脳裏に、あの男の姿がちらつく。自分を恐喝していたあの男……水元《みずもと》という名前の、あの男。

彼は、朝比奈のタクシーのトランクに横たわっている。

勤務中に水元と会う予定はなかった。電話で呼び出され、やむなく「迎車」の表示を点灯させて、指定された河川敷に向かった。彼は右手に金色のゴテゴテとした指輪を嵌《は》めていて、嫌味な成金趣味を見せつけていた。

朝比奈は二十年前、まだ以前の会社に勤めていた頃、轢《ひ》き逃げの罪を犯してしまったことがある。今ほど防犯カメラやドライブレコーダーが普及していない時代だったため、逃げおおせていたが、水元が偶然、自分のタクシーの乗客となった時、彼の記憶が呼び起こされたようだ。彼は「あの轢き逃げ現場の近くに住んでいた。あんたの顔はよく覚えている」と言い出したのだ。轢き逃げの相手は軽傷で済んだと新聞で読んだし、今では当時のようなミスをすることもない。しかし、会社にバラされれば、致命的なのは間違いなかった。

それから彼は轢き逃げのネタで朝比奈を強請《ゆす》り始めた。毎月、一定の金額をむしり取られ、今月になって金額を吊り上げてきた。払えない、と言ったところ、彼は朝比奈のタクシーに乗り込んできて、脅迫行為を繰り返した。口論になり、朝比奈もカッとなって——。

ぐったりとした水元を見て、あるトリックを思い付いた。トランクにビニールシートを敷き詰め、そこに水元の体を押し込んだ。必要な工作を済ませて、彼をトランクの中に閉じ込めておく。

朝比奈のタクシーのドライブレコーダーは、エンジンがかかっていない間は、録画しないタイプのものだ。もっと高性能で高価なものも今はあるが、経費の節約のため、やや安価なものを会社が選んだ。朝比奈はこの仕様を知っていたので、水元と会う時はエンジンを切っておいたのだ。その慎重さが功を奏し、犯行の決定的瞬間や、水元をトランクに詰めた場面も、映っていないというわけだ。映像の空白時間は、休憩していたと言えば済む。

水元のカバンの中には恐喝のネタがあるはずだった。彼は「目撃した当時、ガラケーで撮った写真がある。画質は粗いが、ナンバーは割り出せるはずだ」と言っていた。本当のことかどうか分からなかったし、そんなものを撮っていたなら、当時警察に届けていたのでは、とも思った。だが、会社にバラされる恐怖を思うと、言いなりになるほかなかった。

だが、カバンの中を探っても、問題の写真は見つからない。彼は他にも金蔓《かねづる》を何人も抱えていたらしく、カバンの中は雑然としていた。帰宅後にじっくりと用を済ませることにして、一旦自宅に戻り、カバンは部屋に放置した。


朝比奈はハンドルを操作しながらも、トランクの中に横たわる、水元の存在をひしひしと感じていた。

――くそ。どうしてよりによってこんな奴らを。

あの時乗せたのが、私立探偵などでなかったら。自分の計画はもっと上手くいっていたはずなのだ。

「それで、どうでしょう？」

出し抜けに大野が言った。

「はい？」

「まだお返事をもらっていませんよ」大野がにこやかに笑った。「もう一度、お知恵を拝借したいのです。あと一つ、どうしても解けない事件がありましてねえ」

大野の口調は明るい。だがその声が、朝比奈には、ねっとりと耳にまとわりついてくるように感じられる。

「いやあ、しかし、あれはただのビギナーズラックで」

「ご謙遜を。まぐれであんな推理は出来ませんよ」

朝比奈の営業スマイルは、次第に強張っていく。

——二十分、たかが、二十分の辛抱じゃないか。

その瞬間、ぐうう、と誰かの腹が鳴った。

美々香が顔を赤らめて、素早く腹を押さえる。大野は「それにしても」とすかさず言った。

「腹が減ってきましたね。そうだ。この近くに、夜中もやっている定食屋とかラーメン屋はありませんかね」

「では」朝比奈は慌てた。「新宿のお店をお教えしますよ」

「いやあ、今すぐ食いたいし、あなたのお話をもっと伺いたいですからね。あ、もちろん、飯を食っている間もメーターは倒しておいてもらって構いませんから——」

朝比奈は気が遠くなった。

——悪夢だ。

朝比奈はやむなく、深夜三時までやっている近くの定食屋に連れて行った。店の前に小規模ながら駐車場があり、車を停められるので、タクシー運転手に人気の店だ。今日も、二人ばかり同業者がいた。

とはいえ、彼らは一人で黙々と食っているのであって、客と食うことなどまずない。

——どうして、こんなことに。

美々香が唐揚げ定食に小さな牛皿まで付け、大野が肉野菜定食を食べる中、朝比奈は妙な胃の痛みを感じていたので、卵かけごはんと漬け物の定食だけ頼むことにした。

「所長、肉野菜炒め少しください。唐揚げ一個あげますから」

「うん、あげるのは構わないんだが、そんなにお肉ばっかり持って行かないでくれる？」

美々香という女性は、細い体のどこにあんなに入るのかというほどすごい勢いで飯を食べている。

一方の大野は、黙々と食べるばかりで、なかなか本題に入ろうとしない。

朝比奈は次第に焦れてきた。ペースを乱されるばかりだ。大野の言う「事件」とやらを聞きたかったわけでもないが、こうも焦らされると、内容が気になってくる。

「あの、さっきの——」

「死体はある山の中のダム湖で発見されました。あ、そこの胡椒《こしょう》取ってもらってもいいですか?」

大野が出し抜けに言ったので、朝比奈は驚いた。反射的に胡椒のビンを取り、大野に渡してしまう。

「いえ、先ほどとは趣向を変えようと思いまして。今回はショッキングなシーンを冒頭に持ってきたわけです」

「はあ……」

「被害者の名前はそうですね……実際の名前を使うわけにはいきませんから、仮名で、田上《たがみ》さんとしておきましょうか。女性の方です。ある土曜日の朝七時に、地元住民によって発見されました」

美々香は口を挟まずにモリモリと飯を食べていた。

「田上の死因は溺死。肺の中からは、このダム湖の水と同じ成分が検出されました。被害者はカナヅチで、湖に落ちて溺れ、死に至ったものと推定されます。

現場の状況について補足すれば、このダム湖の近くに、湖を見渡せる小さな東屋《あずまや》があって、東屋のベンチの上に被害者のハンドバッグが放置されていました。岸辺には争ったような形跡もあり、東屋周辺の地面と水面とは二メートルほどの高低差があるので、落ちるとなかなか上がれない。実際、これが原因で死亡事故も起きていて、地元の住民はこの東屋にはあまり近づかなかった……こんなところですね。近くには田上が乗っていたと思しき車はなかったのですが、山奥で、徒歩で来るのは困難なため、犯人の車に同乗してやって来たものと思われます」

「つまり犯人は」朝比奈は言った。「その東屋に被害者を連れ出し、湖に被害者を突き落とした……そういうことですか」

「少なくとも、警察はそう見立てているということです」

微妙な言い方だが、ニュアンスは伝わって来た。

「さて、ここで少し先走りましょう。犯人と目されるのは、本岡《もとおか》という男です」

「いきなりですね」

「そうですねえ、根拠は様々あるのですが……おや、食があまり進んでいないようですね」

「え、ええ」朝比奈はたじろいだ。「夕飯を食べるのが遅かったものですから……」

「夜勤の方は生活リズムを整えるのが大変ですよねえ。お察しします」

「所長、お漬け物苦手でしたよね。もらっていいですか？」

「ええ……いや、別にいいけどさ……」

朝比奈は貧乏ゆすりを始めていた。

——いいから、先に進んでくれよ。

「すみません、ちょっとお手洗いに」

大野がサッと席を立ち、店の奥に行った。

――くそ、彼がいないと話が前に進まない……。

その瞬間、朝比奈の脳裏に不安がよぎった。彼は素早く立ち上がり、美々香に向けて言った。

「すみません。私もこのタイミングで、一服してきても？」

「どうぞ」

美々香は大野の分の漬け物に手をつけながら言った。

店に裏口があることを思い出したのだ。もし大野が、トイレに行くふりをして、裏口から回り込んでタクシーのトランクを調べているのだとしたら……。

朝比奈は外に出て、自分のタクシーに駆け寄る。すぐに車の後部トランクを見て、異変がないことを確かめた。

朝比奈は一息つき、タバコを吸い始める。

――今なら、機会はある。しかし……。

店の窓越しに、水を飲んでいる美々香が見えた。

そのまま、朝比奈の動きが凍り付く。

――しまった。

大野の動きはミスディレクションだ。本当の狙いは、美々香が朝比奈の様子を観察することだったのだ。自分の危機を察知して、秘密のある場所に駆け寄るかどうか。

朝比奈は手の中でタバコを捻り潰した。

――自分は完全に、彼らの手のひらの上だった。

2

午前二時二十分。神奈川県、高津駅近辺。

「望田君のところの所長は、最悪だな」

「分かっていただけますか、田辺《たなべ》さん」

田辺警部補は牛のような体軀《たいく》を寒さで丸めながら、大きなあくびを一つした。望田は深夜に彼を呼び出した責任を、ひしひしと感じていた。

彼は以前関わった事件で知り合った警察関係者で、連絡したら「明朝の仕事に備えて泊まり込んでいるが、今は暇だから」とやって来てくれた。彼もワーカホリックなのである。以前の事件で、大野たちが貢献したのもあってか、親身に協力してくれる刑事の一人だ。

二人は朝比奈の家に来ていた。大野からＬＩＮＥで送られてきた住所を田辺に伝え、現地合流としたのだ。望田は事務所に停めてあった自分の車で、田辺はパトカーを飛ばして来た。

「少し待たせたかな」

「いえ。ドライブレコーダーの製品当てゲームをしていたので、退屈しませんでした。結果は報告済みです」

田辺は苦笑する。

マンションの管理人に聞くと、朝比奈の部屋の隣が空き部屋だと言うので、田辺は「非常事態だ」と説明し、空き部屋のベランダを渡った。

「ですが、窓はどうするんです」

望田が聞くと、田辺は「このタイプの窓なら……」と呟いて、おもむろに窓を揺らし始めた。クレセント錠が劣化していて、窓枠の振動で外れてしまうのだ。

「警察というより、これは空き巣の手口なのでは……」

「君のところの所長が、情報を欲しがっているんだろ。さあ、行くぞ」

いかにも男の一人暮らしという感じの、雑多な部屋だった。その玄関先に、朝比奈の趣味と思えない、ゴテゴテした飾りがいっぱいついたボディバッグがあった。

田辺は手袋をはめて、そのバッグを手に取った。

「ビンゴだ」

件《くだん》のボディバッグは、水元という男の物だった。

バッグの中には、手帳が入っていた。強請っている相手の名前や、特徴、金額などが書きこまれている。朝比奈以外にも、強請る相手が四、五人いたらしい。

手帳には、前夜の十時に、二子玉川《ふたこたまがわ》の河川敷で「A」と会う旨が書かれていた。彼には轢き逃げ現場を写した写真があると嘘をついているが、写真はなく、自分の記憶だけが頼りだと、手帳の日記欄には書かれていた。このことを朝比奈が知ったら悔しがるだろう。

「このAが」望田が言った。「朝比奈、というわけですね」

「間違いないだろう」田辺が頷く。「二子玉川の河川敷で水元と会い、口論になり、殴るなどして水元を自分のタクシーのトランクに詰め込む。突発的な犯行だ。恐喝のネタをじっくり処分するため、バッグは奪って、自宅に放置しておいたんだろう。そして、山下公園あたりまで繰り出してきて、大野さんや美々香さんを拾う」

「しかし一体、なんのために」

「そのあたりは彼らが解くだろうよ。——ん、これは」

田辺が手帳に挟まっていた紙を取り出した。

何かの預かり証だった。昨日の日付で、矢田《やだ》という男から、払えない分の金額をまかなうため、金の指輪を「質草」がわりに水元に預けるという内容が書かれている。手帳によれば、昨日は夜十時に朝比奈と会う約束があり、矢田に会ったのはその直前、夜七時のことだったようだ。

その時、望田に電話がかかってきた。大野からだ。

いわく、朝比奈をなだめすかして定食屋に入り、時間を稼いでいるという。トイレに立つと言って、裏口を出て電話をかけているとのことだ。

『美々香が二人分は食っている。あれってもしかして怒っているのかな』

「間違いないと思いますよ。大体なんですか、こっちは腹ペコなのに、のんきにご飯なんか食べて……」

望田は苛立ちを抑えつつ、調査の報告をした。

『ふむ。そろそろ大詰めかな』

大野が嬉しそうに言い、電話を切った。

隣で、田辺はニヤリと笑う。

「さ、今午前二時三十七分ってところだ。ここから新宿まで、パトカーで飛ばせば、ギリギリ大捕り物に間に合うだろうよ」

パトカーをタクシー代わりに使うのも悪くないな、と望田は思った。乗って来た自分の車は、事件が解決した後に取りに戻ることにした。

3

時刻は午前二時四十分。

朝比奈たちは車に戻って来ていた。

――あと二十分、たった二十分の辛抱だ。

彼は必死に、自分にそう言い聞かせていた。

車内は静かだった。美々香は食べて満足したのか眠たそうだし、大野も手持ち無沙汰に週刊誌をめくっている。

「それで」朝比奈はイライラを抑えながら言った。「本岡が犯人だというのは、なぜ分かったのですか」

――くそっ。これでは、自分が大野の話を聞きたがっているみたいではないか？

朝比奈は心の中で毒づく。

「そうですね」大野は顎を撫でた。「動機があった、という点を強調しておきましょうか。本岡は田上に恐喝のネタを握られていて、それゆえ殺す理由があった」

朝比奈はハンドルを強く握りしめた。恐喝、という言葉に反応したのだ。

「その、ネタというのは？」

「まあ」大野はひらひらと手を振った。「そこまで明かす必要はないでしょう。守秘義務というものがありますし」

「はあ」

「もし疑問を感じるようなら、田上の手帳に本岡と会う予定が書きこまれていたことも付け加えましょう」

「少なくとも、その男が犯人であると考えてもいい、ということですね」

「そうです。この事件の問題は、本岡という男に鉄壁のアリバイがあることでして」

大野が舌でぺろっと唇を舐めた。

「田上の死亡推定時刻は、金曜日の午後七時から午後十時の間。その時、本岡は大学時代の友人三人と、車で旅行に行っていたんです。全員、金曜の勤務を終えてから集合し、本岡の運転する車で向かったので、ちょうど午後七時に東京駅に集合し、高速道路を利用して、午後十時に宿に着いたという流れだったようです」

「出来すぎたアリバイですね。溺死体の死亡推定時刻というのは、そこまで確実に絞り込めるものですか？」

大野が一瞬、動きを固めた。

「まあ、発見が早かったからでしょうね」大野が咳払いをする。「さて、田上の死体が浮いていた湖と、本岡たちが泊まっていた宿とは、車で三時間半の距離です。一方、本岡たちは午後七時から十時まで、ずっと車の中で一緒にいて、本岡が一人になったのは、サービスエリアで夕飯を食べた時に、本岡がトイレに立った時だけ」

「到底、行き来は不可能だった」

「その通り。そして本岡たちは、午前二時に宿で就寝するまで、宿ではずっと一緒にいて、風呂も、食事も共にしたそうです。では、どのようにアリバイを作ったのか」

朝比奈は動揺した。

今回も、すぐに謎が解けてしまったからだ。

――皮肉なものだ。犯罪者として、トランクの中のものの始末に困っている時に、探偵としての自分の才覚が開花していく……しかし……これは……。

朝比奈には、その解答を口にすること自体、何かの罠に落ち込むような感じがしていた。

大野が「ふむ」と鼻を鳴らした。週刊誌を見ている。

「なかなか面白い心理テストだな。美々香、ちょっと答えてみてくれよ。『あなたはどこかに自分の本棚を置こうと思っています。さて、どこに置きますか？　A、窓のない物置き。B、南向きと東向きの窓が二つあるリビング。C、西向きの窓がある自分の部屋』」

突然心理テストが始まった。朝比奈は困惑したが、美々香は唐突な流れに慣れっこなのか、平然と答え始める。

「A」

「朝比奈さんは？」

「私も？」朝比奈は内心イライラしていた。「ではBで」

うっふふ、と大野は気色の悪い、しかし機嫌の良さそうな笑い声を立てる。

「それで、本岡のアリバイなんですが――」

「ちょっと待ってください所長。心理テストの結果は？」

美々香が言ってくれたおかげで、朝比奈はツッコまずに済んだ。

「『隠し事をするのが上手いかどうか』らしいよ。Aの部屋を選んだ美々香は『隠し事上手』。Cは『人に話すとダメなタイプ』。そして朝比奈さんのBは──」

大野はにやにやと笑っていた。

「『顔に出やすいタイプ』らしいですよ。どうも隠し事が下手なようですね」

ふふふ、と大野はまた笑う。

朝比奈はハンドルを指で叩いた。

「はあ、そうですか。でも私、そういうものは信じないことにしているのでね」

「それがいいですよ」美々香が饒舌《じょうぜつ》に割り込んだ。「Cは西日で本が傷むし、Bはリビングなので本棚は置きたくない。Aだって通気性が悪くて嫌ですし。所長、その心理テストを作ったやつ、適当ですよ」

「そう言ってやるなよ美々香。朝比奈さんの言う通り、こんなもの信じないくらいがちょうどいいのさ」

ですが、と大野は続けた。

「一つ、合っていることもあるようですね。朝比奈さんは、隠し事をなさるのが下手らしい」

え、と朝比奈の口から声が漏れた。

「今、本岡のアリバイトリックが分かったんですよね。でも、口に出す事が出来ないでおられる」

「何を馬鹿な――」

「本岡の使ったトリックは」大野がすかさず言った。「あなたが企んでいるものと全く同じだったから」

時刻は午前二時五十五分。

いよいよ、タクシーは新宿に辿り着くところだった。

4

「あ、そのまま紀伊國屋《きのくにや》書店の方へ向かってください」

大野はさっきまでの気迫はどこへやら、普通に道案内をし始めた。

「そんなことよりも、大野さん」朝比奈は自分の声が震えないようにするので精一杯だった。

「さっき、とんでもないことをおっしゃられましたね」

――あなたが企んでいるものと全く同じだったから。

大野の指摘は、正鵠《せいこく》を射ていた。だからこそ、なぜ大野が自分にこの話をしたのか分かったのだ。大野が関わっている事件に、自分と同じ発想の事件があったのなら、自分の企みが見抜かれていても不思議はない……。

「とんでもないこと？　いえいえ、私からすれば、このタクシーに乗った瞬間から頭の中で組み上げてきた、当然の思考の帰結に過ぎませんよ。あ、そこは直進で」

朝比奈は今すぐにでも車を停めて、この男を問い詰めたかったが、長年の習性のなせるわざか、運転だけは安全に、確実にこなしていた。

「まず、本岡の事件の話からしましょうか。

本岡の使ったアリバイトリックは、簡単かつ絶大な効果を上げるものです。つまり、本岡は三人の証人の前で、堂々と田上を殺したのです。

本岡はまず、田上をのちに遺棄する湖の水を汲み出し、ペットボトルに保管しておきます。さらに、友人たちと合流する前に、田上を気絶させ、自分の車のトランクに乗せた。そして、証人たちと合流して旅行に出かける。あとは、サービスエリアで食事中、トイレに立つと言って、自分は駐車場に舞い戻り、トランクの中の田上を殺害する。洗面器に湖の水を溜め、顔を押し付けて殺す。こうすることで、田上の肺に湖と同じ成分の水が残るので、湖で死んだと見せかけることが出来る……」

「人気《ひとけ》のあるサービスエリアで、人殺しが出来ますか」

朝比奈のツッコミを無視して、大野は続ける。

「他の三人を酔い潰して、午前二時に眠らせた後、三時間半かけて車で死体を運搬し、午前五時半に湖に遺棄する。午前七時の発見に充分間に合います」

「しかし」朝比奈が言った。「戻ってくるまでに、証人たちが目を覚ましたら？」

大野は右上に視線をやりながら、顎を撫でた。

「本岡が宿に戻るころには九時を過ぎますが、まあ、酔い潰れた連中ですから、目覚めないと踏んだのでしょう」

「しかし所長」美々香が首を傾げる。「それが朝比奈さんの考えたことと同じ、というのは？　確かに、トランクに誰かが眠っている、という点では同じですが……」

美々香がそう言った瞬間、朝比奈の心臓は跳ねた。

——やはりこいつら、気付いていたのか。

「それだけじゃない。同行者二人を証人に仕立てて、目の前で殺害した。この点までそっくりなんだ」

「え」

美々香が目を丸くする。

「今の道をまっすぐ行ったら、二つ目の信号で右に入ってください」

——こいつはなんでこんなに冷静なんだ。

朝比奈は内心で毒づいていた。

「私たちが乗り込んだ直後、あなたは不自然に、トランクの後ろに回り込みましたね。少し開いてしまったようだとか、苦しい言い訳をして。あの瞬間、あなたは私たち二人の目の前で、堂々と凶行に及んだのです。トランクから出しておいた針金か何かを引っ張って、トランクの中の被害者を絞殺した。犯行後は、トランクを小さく開けて針金を押し込んでしまえば、外からは異変に気付かれない。絞殺した際に死体が失禁するでしょうから、中にはビニールシートか毛布でも敷いてあるんでしょう。あの短時間でも、これなら人を殺せます。車内後方を映すドライブレコーダーの死角にもなる。死亡推定時刻となる時間にレコーダーを起動させ続ければ、アリバイが完成するという寸法です。あなたの車のレコーダーが、エンジンを切れば録画しないタイプなのは、うちの優秀な探偵である望田君のおかげで裏が取れています。死体の出し入れも、これなら問題ありませんね」

　朝比奈は絶句した。

「あとは、適当に私や美々香の会話に入っていって、私たちの記憶にしっかりと残れば仕上げは完了です。いざあなたが疑われた時、私や美々香がアリバイ証人として名乗り出てくれれば重畳《ちょうじょう》といったところ」

　その通りだ、と朝比奈は内心で認める。当初勘違いしていた通り、大野が推理小説家なら、うってつけの証人になってくれたはずだった。

「被害者の名前は水元さん。あなたを恐喝していた男で、日付が変わる前、昨夜十時に会う約束があった」

「その時間はもう勤務に入っていました。水元などという男は、知りません。今夜も会っていない」

「さて……着きましたよ」

朝比奈は顔を上げる。大野探偵事務所の看板があった。

「しかし、あなたが言っているのはただの想像だ」朝比奈はそれでも言った。「証拠などどこにもない」

「一つだけありました」

大野は手のひらの上にハンカチを乗せて、朝比奈の前に差し出す。

「足元に落ちているのを見つけたので、落としたスマホを探すフリをして拾っておいたんです」

あの時か、と朝比奈は唸った。

「被害者がこのタクシーの中に入って来たんでしょうかね。レコーダーを切っているのを被害者も察していたから、犯行の記録が残らないと彼も分かっていた。だから彼は気絶する直前、自分の持ち物をあなたに見つかりにくい後部座席に落とし、証拠を残そうとしたんでしょう」

「……大野さんは、一体何を見つけたんですか？」

「指輪です」

朝比奈の表情が、ハッキリと固まった。

「ははは……なんの不思議もありませんよ。それは、私の指輪です」

「いえ、実はその可能性がないことは確認済みなんです。そのために手袋を外してもらったのですから」

あっ、と朝比奈は声を漏らした。

「まさか、あの缶コーヒーのプルタブが異様に固かったのは」

「私が美々香に指示して、特定の銘柄を買わせました。微糖とブラック、どちらを選んでも、あなたは一度手袋を外さざるを得なくなる仕掛けでした。あなたの指には、指輪の跡など一つもなかった」

ギリッ、と朝比奈は奥歯を噛む。

「とすれば、この指輪は被害者のものと考えるのが妥当です」

大野はそこでハンカチを開いた。

中に入っていたのは、細い銀の指輪だった。

朝比奈はポカンとしてから、肩を震わせて笑った。

「それで終わりですか？」

「はい？」

「あなたの手はそれですべてですか？　ということです。カマをかけるのはやめてもらいたいな。そんな指輪が、証拠になるはずがない」

「どうしてまた？」

「あいつの指輪は、趣味の悪い金の指輪で――」

朝比奈はピタッと固まった。

大野は、ふふ、と愉快そうに笑った。

「あなた、やはり隠し事はなさらない方がいい」大野は言った。「すぐに顔に出る」

大野は銀の指輪をつまみ上げた。

「おっしゃる通り。この銀の指輪は、私のものです。飲み屋のトイレで外したのを、ポケットにしまったままにしていたんですよ。こちらが、本物です」

大野は左のポケットからティッシュにくるまれたものを取り出した。中には、金の指輪が入っていた。

「あなたは今、水元さんの指輪が『金の指輪』だとおっしゃった。しかし件の指輪は、昨夜七時に、水元さんが矢田という男から『質草』代わりに奪い取ったものだった」

朝比奈の額が、脂汗で濡れた。

「つまり、金の指輪を嵌めている水元さんを見ることが出来たのは、昨日夜七時以降なのです。あなたはもう勤務に入っている。だがあなたは『今夜は水元さんに会わなかった』とおっしゃった。だとすれば、どうしてあなたはこの金の指輪が水元さんのものであることをご存知だったんですか？」

大野は、両手を広げる。

「何か、反論はありますか」

朝比奈は力なく首を振った。

「いえ……ありません」

ビルの中から、コート姿の男たちが出てくる。車を取り囲むように、強面の男たちが、五、六人ほどいた。

朝比奈の全身から、力が抜けた。

「さあ、いよいよ全てが明るみに出る時です。降ろしてもらえますか、朝比奈さん」

朝比奈には言うことを聞いてやる義理はなかったが、後部座席のロックを外してやった。

大野は意気揚々といった足取りで降りていき、トランクに手をかける。

「あなたの『隠し事』、その全てを——！」

衆目の前で、大野はトランクを開けた。

その中には。

「んー！　んー！　んー！」

怯《おび》えた顔つきの男が、猿轡《さるぐつわ》を嚙まされ、両手を縛られていた。彼は助けを求めて暴れている。

どこからどう見ても、生きていた。

「…………は？」

大野は固まっていた。

彼の背後から、牛のような体躯の男が近付いてくる。

「どういうことだね、大野さん……君の話では、俺たちの前に殺人犯を連れてくる、ということだったが……」

「いや、その、これは」

「あの、所長、さっきは言いづらかったんですが」

美々香が車の窓から顔を覗かせて、おずおずと言った。

「私、トランクの中の人が死んでいるなんて、一言も言っていないです」

「え」

「全身が脱力していて、意識がないと言っただけです」

「え、え」

「犯罪者としか言っていないです。殺人犯とは一言も」

「え、え、え」

「だってどう考えても監禁ですし。それに、呼吸音は聞こえていましたから。いや、なんというか、死体を乗せているよりもある意味気味が悪かったんですよ。所長の説明で、ようやく、私たちの目の前で殺してアリバイを作るつもりだったんだ、っていうのが分かったくらいで――」

五、六人の強面の男たちが、一斉にため息をついた。

「ま、何はともあれ、良かったじゃないか」牛のような体軀の男が言った。「誰も死なずに済んだんだから」

誰もが一様にため息をつく中、朝比奈もまた、ため息を漏らした。

それは、安堵のため息だった。

5

刑事たちは、水元を拘束から解放し、事情を聴取するのを優先したので、放心状態の朝比奈は未だタクシーの中に留まっていた。抵抗の意思なしとみなされて、近くに大柄な刑事が張り付いているほかは、放っておかれている。美々香と彼女に「望田」と呼ばれていた男は、ほうほうの体《てい》で事務所に戻り、一休みするという。

大野は再度タクシーに乗り込んできた。

「まさか、未遂だったとはね」

大野は苦虫を嚙み潰したような顔つきで言った。朝比奈はなんだかそれが可笑《おか》しくて、少しだけ笑った。

「勇気が出なかったんです。チャンスは二度、ありました。最初に車の後ろに回り込んだ時。二度目は、定食屋で、タバコを吸いに行くと言って出て行った時」

「しかし、あなたは踏みとどまられた。立派なことです」

「何が立派なものですか」朝比奈は苦笑する。「それに、あなたが語った二番目の事件……田上と本岡の事件の話を聞いて、諦めがつきましたよ。私の考えるようなことは、もう誰かが思いついたことなんだ、とね……まさに、現実の力ですね」

「ああ、あれですか……」

大野はニヤリと笑った。

「あれ、実は私の創作なんですよ」

「――は？」

「全てアドリブです。あなたを揺さぶるために考え出したシナリオでして。解答があなたの殺人計画と同じだと気付いた時のあなたの表情を見られただけでも、私にとっては、推理の裏付けとして充分でした。もちろん、溺死体の死亡推定時刻はそこまで正確に割り出せるのかとか、人目につくサービスエリアで殺害できるのかとか、本岡が宿に帰る前に友人たちが目覚めたらどうするのかとか、あなたにツッコミを受けた時には焦りましたがね。ダメですねえ、素人考えのプロットでは……」

大野が困ったように笑う。

その時、後部座席に放置されていた週刊誌の表紙が、朝比奈の目に留まった。

——アイドルグループ「サザナミ」のメンバー・上田タケシに熱愛発覚！

——政治家・岡本信二に不正献金疑惑！

ああ、と朝比奈は嘆息する。それらの見出しは、彼らを山下公園で拾う前、カーラジオから聞こえてきたニュースと同じだった。

上田をひっくり返して、田上。

岡本をひっくり返して、本岡。

大野は架空の事件について語るために、パッと目についた名前を利用したのだ。

朝比奈はなんだか笑い出したくなった。彼の目の前にずっと、あの話が創作である証拠は差し出されていたのだ。小説家の創作だと思っていた話が現実であり、現実だと思っていた話は探偵の創作だった。そんな一事をとっても、朝比奈は彼に振り回され通しだった。

「私はね、大野さん」朝比奈は座席にもたれながら言った。「タクシーというのは、一期一会の空間だと思っています。一度乗った車にもう一度乗ることはまずないし、同じ運転手に出会うこともない」

「そうでしょうね」

「しかし、一度きりだからこそ、良い運転手だと思ってもらわないといけない。そう見えなければいけない。それが日乃本交通という会社のためにもなると、この十五年、私は勤めてきました。車で人を傷つけた罪を、少しでも償いたかったのかもしれません」

「立派な信念です」

「だからこそ思うのですよ」朝比奈は目を閉じた。「今日……私が拾った男が、あなたで良かったと」

もし違う男を乗せていたら。朝比奈は、自分の考えたトリックを実行に移し、水元を殺していたかもしれない。なけなしの勇気を、奮い立たせていたかもしれない。そうして、取り返しのつかない結果を生んでいたかもしれない。

「そう言っていただけるのなら、何よりです」

大野は静かだが、温かい声で言った。朝比奈が目を開けて振り返ると、大野は微笑んでいた。

「またタクシーを御利用の際には日乃本交通に御用命を」

「ぜひ」大野は頷いた。「こんな刺激的な旅が出来るのであれば、いつでも大歓迎ですよ」

大野の口ぶりに、朝比奈は笑った。

「さて、大野さん。それでは、お代を頂戴しましょうか」

大野はしばらく動きを固めてから、やがて、プッと噴き出した。

「ねえ、朝比奈さん。きっと、こんなミステリーは例がないでしょうね！　探偵が、犯人に金を払って幕を引くなんて！」

J MYSTERY 2023

ロイヤルロマンス
（外伝）

*

真梨幸子

真梨幸子

（まり・ゆきこ）

1964年宮崎県生まれ。多摩芸術学園映画科卒。2005年『孤虫症』で第32回メフィスト賞を受賞し、デビュー。『殺人鬼フジコの衝動』がベストセラーに。その他の著書に『向こう側の、ヨーコ』『シェア』『さっちゃんは、なぜ死んだのか？』『4月1日のマイホーム』など多数。

※最初にお断りしておきます。この小説はあくまで、フィクションです。実在の人物や団体などとは関係ありません。また、人物・団体などの名前は仮名、またはイニシャルとしています。

1

『X子さま、熱愛発覚！』

そんな見出しを見つけ、早苗《さなえ》は思わず、ラックから女性週刊誌を引き抜いた。続けて、もう一冊引き抜く。……そしてもう一冊。

三冊を抱えるようにレジに向かうと、見出しが店員にも読めるように表紙を逆にして、カウンターに置く。

「X子さま、熱愛ですってね」

早苗は、息を弾ませながら店員に話しかけた。

「X子さま？」

東南アジア系の男性店員が、きょとんとしてこちらを見る。

「あら、知らないの？　X子さまは、我が国のプリンセスよ」

「プリンセス？　……はいはい、ワタシの国にもプリンセス、います」

「あら、あなた、タイから？　それとも……」

「ブータンです」

「ブータン！　ブータンなら、X子さまも訪問したことがあるわよ」

「そうでしたっけ？」

「まあ、いずれにしても、おめでたいことよ。ほんと、めでたいわ！　祝杯をあげなくっちゃ！」


コンビニを後にすると、早苗は早速、息子にメールを送る。

『僕ちゃん、記事になっているわよ！　熱愛だって！』

数秒後、早速返事が来る。

『うん。今、ネットニュースで見た。ちょっとびっくりしている。いくらなんでも、不意打ちだよ』

『X子さまはなんておっしゃっているの？』

『ごめんなさい……って、さっき、メールが来た』

早苗は、その文面を追いながら、体が震えるような幸福感を覚えた。いや、幸福感というより、勝利の酩酊《めいてい》感だ。

そう、あたしは勝ったんだ！

あたしをずっとバカにしてきた人たちに。あたしを無視し続けた世間に。あたしに不当な評価しか与えてこなかったバカ者たちに！

あたしは、完全勝利したのよ！

『でも、ママ。まだ内緒だからね。X子さまの相手が、僕だということは。分かってる？』

え？　そうなの？

早苗は、買ったばかりの女性週刊誌を改めて確認した。

『X子さま、熱愛発覚！』

ではなくて、『X子さま、熱愛発覚（か）！』になっている。

慌ててページを捲《めく》ると、記事は、

『郊外の大学に通われているX子さま、意中の彼ができたようだともっぱらの噂《うわさ》だ。』

という文章からはじまっている。

え？　噂？

『そう。今回は、まだ僕の名前は出さないんだって。本当は出る予定だったけど、それは当局が止めたらしい。でも、ゆくゆくは、僕の名前も出るだろうから覚悟しておいてくださいって、X子さまから連絡が来た』

覚悟……ということは、僕ちゃんがX子さまのフィアンセになる覚悟ということだ。

ここで、早苗はまたしても、震えた。

あたしの息子が、プリンセスのフィアンセ！

つまりそれは、ゆくゆくは息子がロイヤルファミリーの一員に、そう、〝殿下〟になることを意味している。もっといえば、あたしは、〝殿下〟の御母堂。〝早苗さま〟だ。

早苗さま！

なんて、高貴な響きなのだろう。まさに、あたしに相応《ふさわ》しい称号だ。

そうよ。そもそも、あたしは高貴な星の下に生まれたのよ。なにかの間違いで、ど底辺の庶民の家に生まれてしまったけれど。でも、それは試練だったんだと、今ならわかる。神様に、試されていたんだと。

あたしは、その試練も乗り越えて、本来あるべき場所に戻るんだ！

そう、あたしは早苗さまよ！

地域猫の黒猫が横切る。早苗は、猫に向かって言った。

「あなた、なんて不敬なの！　早苗さまの前を横切るなんて！　人間だったら、首チョンパよ！　よかったわね、猫で！」

職場のスタッフルームに着くと、早苗は着替えもそこそこに、買ったばかりの女性週刊誌の一冊を、テーブルに置いた。

　仕事前のお茶を楽しんでいたパート社員の視線が、いくつか注がれる。

「X子さま、熱愛ですって」

　早苗は、またもや息を弾ませて言った。

「X子さんって、プリンセスの？」

　パートのボスが、くまモンのマグカップを傾けながら女性週刊誌を引き寄せた。

「まあ、でも、X子さんだっていい大人だもん、彼氏ぐらいいるでしょう。ワタシなんて、結婚前は五人ぐらいボーイフレンドいたわよ。仕事中も、デートしない？　ってちょくちょく声をかけられてさ。断るのも大変だった」

　この女は苦手だ。なんだかんだと、前職を出して、マウントをとってくる。なんでも、前職はスッチーだったらしい。本当かどうかはわからないけれど。

「うちも、旦那とは高校のときから付き合ってたな。うち、読モやってたから。その関係で、広告代理店に勤めていた旦那にナンパされたんだ」

　パートのナンバーツーが会話をつなげる。

　この女も苦手だ。なんだかんだ、夫の職業を出してきて、マウントをとってくる。なんでも、夫は大手広告代理店の社員らしい。本当かどうかはわからないけれど。

「ってか、X子さまって、何歳だったっけ？」

ナンバーツーの質問に、

「二十一歳よ」

と、早苗は、白い作業着に着替えながら言った。

「二十一歳なら、彼氏いても不思議じゃないよね。というか、いないほうがおかしいよ」

ナンバーツーが、興味なさそうに、蒸しパンを頰張る。この女は毎回そうだ。破棄BOXから出来損ないの商品をピックアップしては、それを朝食にしている。

TY線沿線のJ駅から歩いて十五分、小さなパン工場が早苗の職場だ。朝の九時から夕方四時まで、延々とパンを作り続ける。

採用された当時はコッペパン担当だったが、半年前から菓子パン担当に昇格した。……時給は同じなので昇格もなにもないけれど、パートの中では、貴族と平民ほど差がある。もちろん、菓子パンが貴族で、コッペパンが平民だ。菓子パンの中でもさらに細かい階級があって、下から、アンパンやクリームパンなどの和製パン、ベーグルやドーナッツなどのアメリカで人気のパン、アップルパイやディニッシュなどのヨーロッパ発祥のパン、そして、最上級に位置するのは、フランスの香り漂うフレンチトーストおよびクロワッサン。クロワッサンは厳密には菓子パンではないけれど、この工場では菓子パン扱いで、しかも、値段も群を抜いて高い。

そう、この階級は、値段とリンクしている。三百九十円する「プレミアムクロワッサン」

を頂点に、値段ごとのヒエラルキーが出来上がっているのだ。ちなみに、最安値のコッペパンは、九十円。

早苗が担当しているのは、アンパンだ。が、ただのアンパンではない、北海道産の小豆で作った極上のあんこを使用し、酒粕《さけかす》入りのパンでくるんだ、プレミアムアンパンだ。ひとつ、三百二十円。プレミアムクロワッサンにも匹敵するのだが、ディニッシュ担当のナンバーツーは、なにかと早苗を下に見ている。

なによ、ひとつ二百八十円のクリームディニッシュ担当のくせに。あたしのほうが、四十円も高いのに。

「ふーん」

ボスが、くまモンのマグカップを片手に、女性週刊誌を次々と捲る。

ボスは、悔しいけれど、プレミアムクロワッサン担当だ。これを担当するのはパートではボスだけで、それゆえの、〝ボス〟だった。そう、彼女は総勢十五人のパートの頂点に立つ。そのせいか、いちいち、偉そうだ。

「X子さんってさ――」

X子さまに対しても、偉そうだ。〝さん〟ではなくて、〝さま〟でしょ！　まったく、そこらの人を呼ぶような馴《な》れ馴れしさで、X子さまを呼ばないでほしい。穢《けが》らわしい。

「X子さんって、大学、どこだっけ？」

待ってました！

早苗は、白い作業帽を深々とかぶると、

「ＫＫ大学よ」

「ＫＫ大学？　どこ、そこ」

え。信じられない！　偏差値六十八の名門校なのに！　なんで、知らないの？　そりゃ、確かに、知る人ぞ知る……的な名門校だけど。東大ほどには有名じゃないけれど。でも、少なくとも、首都圏の人なら誰でも知っている。ある程度の階級にいる人はね。あんた、本当に元スッチー？　やっぱり、元はただの田舎のヤンキーなんじゃないの？　だってあなた、北関東のイントネーションあるし、私服もアレだし、髪はプリンだし。そもそも、スッチーという略語がいかにも、古臭い。最近は、客室乗務員《CA》って言うのよ！

「ＫＫ大学は偏差値六十八の名門校よ」

早苗が言うと、

「へー」と、ボスは気のない返事。もしかして、この女、偏差値という言葉も知らないんじゃないかしら？

「うちの僕ちゃん……息子も、ＫＫ大学なのよ」

早苗は、いよいよ、自慢の息子を話題にした。

今の今まで、息子のことを話題に出したことはない。なぜなら、息子に強く言われているからだ。

『ママ、僕のことは口外しないでね。特に、パート先とかで』

わかっている、わかっているけど。

でも、言わずにはいられないのよ！

あたしの息子は名門大学の学生で、卒業後はメガバンクの東京本店に就職が内定していて、しかも、プリンセスと交際しているのよ！　ゆくゆくは、結婚するのよ！　あたしと息子は、ロイヤルファミリーの一員になるのよ！

そんなことを言ったら、こいつらはどんな顔をするかしら？　ああ、その顔を見てみたい。今すぐに！

『だめだよ、ママ』

そんな声が聞こえてきて、早苗はぐっと言葉を呑《の》み込んだ。

ところが、

「あら、早苗さんの息子さん、KK大学なの？」

と、今、出勤してきたばかりの正社員《プロパー》のヨシコさんが嘴《くちばし》をはさんできた。この工場において、プロパーは王族も同然だ。ふんぞりかえっているボスも、姿勢をただした。

「早苗さんの息子さん、優秀なのね。あそこは、英語で授業をするんでしょう？　なら、英語もペラペラなんでしょうね」

「ええ、まあ。……アメリカに留学していましたので」

一ヶ月の短期留学だが、留学には違いない。

「まあ、留学もしていたの。すごいわね」

ヨシコさんは、工場長代理のようなことをしていて、二年前、早苗がここの面接を受けたときも採用側の席に座っていた。だから、早苗の家庭の事情はある程度把握している。夫を亡くして、一人息子を女手一つで育てていること、生活はかつかつだということ。かつかつを強調したくて、同情を買いたくて、面接のときは息子の大学のことまでは言及しなかった。下手にそんなことまで言ったら、採用が見送られると思ったからだ。「あの大学に息子を通わせているなら、金銭的に余裕があるのだろう。なら、なにもうちで働かなくても。どうせひやかしか、暇潰しだろう。すぐに辞めるに違いない」と思われたくなかったのだ。

「……でも、あの大学、私立の中でも授業料とか入学金が高いって聞いたけど――」ヨシコさんの独り言に、

「奨学金をもらってますので」

と、早苗は、言い訳するように言った。

「学年で一人だけのスカラーシップに選ばれたんです。だから、返済の必要もないんです」

ここは微妙に嘘《うそ》を言った。奨学金は本当だったが、返済義務のある普通のやつだ。卒業後は、決まった額を返していかなくてはならない。……まあ、これも、ロイヤルパワーでちゃ

らになるだろうけど。

「スカラーシップに！　本当に優秀な息子さんなのね。羨ましいわ」

王族も同然のプロパーから、「羨ましい」という言葉を引き出した早苗に、ボスとナンバーツーが、なにやら複雑な視線を送ってきた。

早苗は、見下すように顎をしゃくる。

ふん！　愚民どもめ。驚くのはこれからよ！

2

『ママ、相談があるんだけど。……お金が必要なんだ』

午後四時過ぎ。仕事が終わってスタッフルームで着替えをしていると、息子からのメール。

早苗は、早速返信する。

『お金？　どうして？』

『X子さまに、指輪をプレゼントしたいんだ』

指輪？　……つまり、エンゲージリングってこと!?

『彼女はいらないっていうけど、そういうわけにもいかないだろう？』

ええ、もちろんよ！　エンゲージリングは必要よ！　だって、結婚の契約のようなものだもの。

『で、いくら、必要なの？』

『そんなに高いものでなくていいと思うんだけど……。いくらぐらいが相場なんだろう？』

世間では、よく、月給の三ヶ月分っていうけど。息子はまだ大学生でアルバイトをしている身。アルバイト代は月に五万円いくかいかないか。それの三ヶ月分ということは、十五万円？

十五万円か……。ちょっと安すぎないかしら。そりゃ、庶民だったらそれでも充分だけど。……相手は、プリンセスよ？　見たこともないような大きくて照りのあるパールのネックレスをあの若さで着けているような人よ？　あのネックレス、百万円はくだらない。……うんうん、もっとするはず。そんな相手に贈る指輪が十五万円だなんて。

早苗は、いったんメールの画面を閉じると、ウェブブラウザを立ち上げた。そして、『指輪　セレブ　ブランド』と入力し、検索。セレブも愛用しているブランドなら間違いないだろう。

「ああ、やっぱり、最低でも百万円よね……」

つい、口にしてしまう。

ボスとナンバーツーと、そしてプロパーのヨシコさんの視線が飛んでくる。

「あ、なんでもないの。……今、ちょっと、息子から相談のメールが来て。彼女に指輪を贈りたいんだけど、なにがいいかな？　って」

「そんなことまで、母親に相談するの？　おたくの息子さんは」

ボスが、呆《あき》れた表情をしてみせた。その口はどこか笑っている。

「羨ましい。うちの息子はまだ高校生だけど、メールどころか、ろくに口もきいてくれない」

「それだけ自立しているのよ」

ナンバーツーが、やっぱりどこか笑いながら話をつなげた。

「だって、そうじゃない？　高校生にもなって彼女のこととか相談されてもね。お前一人で解決せい！　ってなるよ」

「だよね」

「息子と母親の関係なんて、ちょっと距離があるぐらいがちょうどいいのよ」

「だよね！」

「だってさ。母親と密着しているマザコンの男なんて、ちょっとアレだもん」

「ほんと、そう。マザコンなんて、女にモテないよね。ワタシも遠慮したい。はっはっはっはっはっ」

「ほんと、ほんと。ふふふふふふふふ」

ボスとナンバーツーが笑いながら、部屋を出ていく。

なによ。なんなのよ！

早苗は、ドアを睨《にら》みつけた。

うちの僕ちゃんは、マザコンじゃない。母親に優しいだけだ。それに、僕ちゃんは、女にモテモテだ！　初めて彼女ができたのは小学校六年生のときだったし、それ以降、彼女が途切れたことはない。しかも、どの彼女もお金持ちのお嬢様だ。プリンセスと付き合う前には、年商百億円の社長令嬢が彼女だった。どの彼女も僕ちゃんにメロメロで、デートのときだって僕ちゃんには一銭も使わせないほどだ。だから、僕ちゃんは、デートのときは財布を持っていかない。

そう、僕ちゃんは女性にモテモテなのよ！　あのX子さまだって、僕ちゃんにメロメロなんだから！

「気にしないほうがいいよ」

ヨシコさんの優しい声。

「あの二人、本当は悔しくてたまらないのよ」

「え？」

「さっきもね、トイレでずっとKK大学のことを話題にしていた。腐《くさ》してた。自分たちの子供には縁がないことを理解しているからよ。酸っぱい葡萄《ぶどり》の心理よ」

「酸っぱい葡萄。……イソップ物語の？」

「そう。人間、どうしても手が届かないものに対しては悪口を言ってしまうものなのよね。……ふん、あんなの大したことない、きっと不味《まず》いに違いない……ってね。そうやって合理化して、胸が張り裂けそうな悔しさを慰めているのよ」

つまりそれは、

「あたしが羨ましいってこと？」

「そりゃそうよ！　だって、息子さんをアメリカに留学させて、名門大学にまで入れて。KK大学っていったら、いまやロイヤル御用達。なにしろ、プリンセスがお通いになる大学だものね。ほんと、すごいわ、羨ましいわ。……あ、ということは、もしかして、息子さんとプリンセスは、大学ですれ違っていたりして？」

すれ違うどころか。……付き合っているんですけど！　いずれは結婚するんですけど！

早苗は、そう声を大にして言いたかった。が、『ママ、だめだよ』という声がまたしても

聞こえてきて、ぐっと言葉を呑み込んだ。

「そういえば、どこかの週刊誌に書いてあったけど。プリンセスがあの大学を選ばれたのは、どうやらお婿さん探しのようよ」

「え？」

「ほら。本来は、ロイヤル御用達のG院大学に進まれるのが慣例じゃない？　それを蹴ってKK大学に進まれたのは、キャンパスで伴侶を見つけなさいってことみたいなの。家柄など

には囚《とら》われず、自由に恋愛をして、本当に好きな人と結ばれなさい……っていう、お父様である殿下の教えからなんですって。G院大学だと、どうしてもお相手は限られてくるでしょう？　だから、より開かれた大学を選ばれたみたいよ。KK大学ならば、国際的な感覚を持った優秀で発想豊かな男性がいるだろうって。そして、実際に、X子さまはそんな男性を見つけたってことよね。……なんか、素敵ね。……ドラマみたい」

ヨシコさんは、うっとりとした表情で言った。

「プリンセスのハートを射止めた男性って誰なのかしら」

それは、あたしの息子です！

言葉がそこまで出かかったが、早苗は慌てて呑み込んだ。

が、ニヤニヤが止まらない。

ああ、本当に、息子をKK大学に進ませてよかった。そりゃ、金銭的に大変だったけど。でも、たかが「お金」のことで、息子の才能と将来を潰したくはなかった。あの子は、優秀なのだ。語学の才能もある。いつか観てもらった占い師も言っていた。「この子はなにか大きなことをやり遂げる運命」だって。だから、分不相応だなんだと言われながらも、小学校から私立に通わせた。ピアノも習わせた。習字、そろばん、絵画の教室にも通わせた。それらの費用を捻出するために、詐欺まがいのこともやってきたけれど、仕方ない、息子の運命を開花させるためだ。……だって、少しぐらい手を汚さなくちゃ、こんな世の中、生きていけない。

「ところで、早苗さんの息子さんは、今、何年生？」

「三年生です」

「じゃ、就活の真《ま》っ只中《ただなか》ね」

「ええ……。内定もいくつかもらってます」

「へー、そうなんだ！　で、どんな会社？」

「銀行とか。ゆくゆくは、海外で働きたいって」

「銀行から内定もらっているの？　つくづく、凄《すご》いわね！　本当に、自慢の息子さんね！」

そんなことを言われて、早苗の口元がさらに緩む。

もう、我慢できない。

呑み込んだ言葉たちが喉のあたりで暴走をはじめる。もう限界だとばかりに、口から飛び出そうとしている。

「実はね――」

そうして早苗は、いよいよ、すべてを暴露した。

「うそ。……息子さん、X子さまとお付き合いしているの？」

そう言ったあと、ヨシコさんは気絶したかのように動きが止まった。口だけが、金魚のようにぱくぱくと蠢《うごめ》いている。

そりゃそうよね。

あたしだって、一週間前、息子からその話を聞いたとき、こんな感じだった。

「でも、このことは、どうか内緒にしておいてくださいね。あたしたち二人だけの秘密に」

「うん、うん」

ヨシコさんが、硬直したままで、頭だけを上下に振った。

「その代わりに、結婚式のときには、特別にお呼びしますので」

「けっ、けっ、けっ」

しめられる前の鶏のように、ヨシコさんが呻《うめ》く。

「結婚式って、つまり、ロイヤルウエディング!?」

「はい、そうです。帝国ホテルあたりでする予定です」

「帝国ホテル？　いやだ、そんな。ええええ、どうしよう、何着ていけばいいのかしら？」

顔を赤くしたり青くしたりしながら狼狽《うろた》えるヨシコさん。

と、そのとき、着信音。

『ママ、お金、用意できそう？』

息子からのメールだ。

ああ、そうだった。指輪を買うお金を工面しないといけないんだった。

早苗は、改めて、セレブ御用達のブランドのサイトにアクセスしてみた。

「やっぱり、最低でも百万円はするか……」

もちろん、そんなお金はない。

亡くなった夫が残してくれた生命保険金は、息子が大学に入学した時点で底をついた。今は、寡婦年金とパート代と、寂しい一人暮らしのじじいたちの援助でなんとか凌《しの》いでいる。逆立ちしても、百万円なんて出てこない。

でも、ここでケチってはいけない。

いつかは、その何十倍となって戻ってくるのだから。ロイヤルファミリーの一員になれば、黙っていてもあちこちから金が舞い込んでくるはずなんだから。

よし。

「ヨシコさん、ちょっと相談があるんですけど。……投資とかに、興味あります？」

「投資？」

「そう。投資。確実に、何倍にもなって戻ってくる投資です」

「そんな都合のいい投資なんてあるの？」

「あるんですよ、それが。さっきも言ったように、うちの息子はプリンセスと付き合っているんです。相手がプリンセスともなれば、色々とお金もかかるんですけど――」

「そりゃ、そうよ。だって、相手はロイヤルなんだもの」

「ですよね？　で、X子さまに、息子が指輪をプレゼントしたいって」

「つまり、それって、婚約指輪ってこと？」

「そうです。指輪を贈れば、婚約も正式に成立。そんな大切な指輪なんだもの、ケチるわけにはいかないんですよ」

「そりゃ、そうよ。だって、相手はプリンセスなんだもの」

「でね。………息子に、百万円、投資してくれないかしら？　婚約が成立したら、倍にして返しますから」

「倍にして？」

「なんでも、婚約が成立したら支度金というのを、殿下が用意してくださるようなんです。息子が言うには、一億円は用意してくださるだろうって」

「い、い、一億円！」

ヨシコさんの声が裏返る。

「そう、一億円」

本当は、そんな話はまだ出ていない。でも、いずれは、支度金みたいなものは出るだろう。

「支度金をいただいたら、真っ先に倍にして返しますから。……だから、百万円、どうにかならないかしら？」

3

『僕ちゃん、お金、なんとかなったわよ。明日にでも、百万円、振り込めそう。例の口座でいい？』

帰りの電車に揺られながら、早苗はうきうきと、息子にメールを返した。

現在、息子は大学の寮に入っているので、連絡はもっぱらメールだが、最近はこうやって一日のうちに何度もやりとりしているので、離れ離れという気はしない。

いや、むしろ、一緒に住んでいた頃より、近くに感じる。

『ママ、ありがとう！　よく、工面できたね？』

愛する息子のためなら、百万円だろうが二百万円だろうが、用意するのが母親ってもんよ。……どんな手を使ってもね。

『これで、指輪のほうは一安心だ。あとは。……ううん、これはいいや。自分でなんとかする』

『僕ちゃん、どうしたの？　なんでもママに言ってごらん。隠し事はダメだからね』

『実はさ。彼女に、旅行に誘われているんだよね。来月から、公務でヨーロッパに行くらしいんだけど、公務が終わったあと、プライベートで旅行をしないかって。ヨーロッパ一周旅行』

『ヨーロッパ一周旅行？　素敵じゃない！　行きなさいよ、絶対に行きなさいよ！』

『でも、費用が。……五百万円は必要だって、明日までに』

明日までに、五百万円……。

『五百万円なんて、無理だよね？　やっぱり断るよ』

だめよ、断っちゃだめ。プリンセスの誘いを断るなんて、そんなことしちゃだめ！　なんとかする。ママがなんとかするから！

早苗は、早速名簿を表示させた。男性の名前がずらずら並んでいる。どれも、マッチングアプリで知り合ったパパたちで、寂しい一人暮らしのじじぃたちだ。

早苗は、その中から『スズキ　ゲンエモン』という名前を選択した。騙《だま》されやすく気前のいいじじぃだ。一方、オッパイの画像を送れだの、一度会ってニャンニャンしたいだの、エロ発言も多い。だから、最近はメールをブロックしていた。金輪際、連絡することはないだろう……と思っていたが、今はそんなことを言っている場合ではない。

『ゲンちゃん、お久しぶりです。ルミ子です♪』

〝ルミ子〟とは、パパ活のときに使用している源氏名だ。

『ご無沙汰してしまって、本当にすみません。実は、あたし、留学中に体を壊してしまって、入院しているんです……』

〝ルミ子〟は大学生という設定だ。実家が貧しくて、学費もろくに支払えず、せっかく交換留学生に選ばれたのに費用が出せない……と相談すると、ゲンエモンはぽーんと百万円を振り込んでくれたのだった。二年前のことだ。そのお金は言うまでもなく、僕ちゃんの留学費用になった。

まったく、じじぃは本当にちょろい。女子大生とかお金に困っているとか言うだけで、一度も会ったことがない人物に大金を振り込むんだから。そんなんだから、振り込め詐欺のターゲットになるのよ。

まあ、そんなアホがいるから、あたしは助かってるんだけど。

『連絡がとれないと思っていたら、ルミちゃん、入院していたの？』

目がくらくらするような大量の絵文字とともに、ゲンエモンから返事が来た。

『そうなんですぅ。指定難病にかかってしまって。……手術すれば助かるようなんですけど。……そんなお金、なくて。……あとは、死を待つだけです。死ぬ前に、ゲンちゃんにお礼がいいたくて、メールしたんですぅ』

我ながら、こんな出鱈目《でたらめ》をよく思いつくもんだ。

『弱気になっちゃだめだよ。手術すれば、助かるんでしょう？　絶対、生きて！　そして、おれとにゃんにゃんしよう！』

まったく、これだから、このエロじじぃは。

でも、今日は、そのエロにのっかろう。

『はい。あたしも、ゲンちゃんとニャンニャンしたかった。……あたしの処女をあげたかった。でも、それも叶《かな》わぬ夢。代わりに、あたしのオッパイ、送りますね。形見にしてください』

そして、早苗は、アダルトサイトから適当なオッパイ画像を拾うと、それをゲンエモンに送った。

返事は、すぐに来た。

『ルミ子ちゃん、生きて、絶対に生きて！　お金、送るから！　手術代、送るからさ！　いくら、必要なの？』

ほらね、簡単に食い付いてきた。本当にちょろい。

『とりあえず、五百万円あれば……。明日までに……』

『うん、わかった。必ず、送るよ』

『本当ですか？　ありがとうございます！　一生、恩にきます！』

『いつもの口座でいいんだよね？　お母さんのサナエさんの口座で』

『はい。それでお願いします。母も喜びます！』

『今すぐに、送るからね。だから、頑張って生きるんだよ！』

よっしゃ。これで、五百万円はゲット。

ガッツポーズを小さく作ると、早苗は、早速、息子にメールを送った。

『五百万円、工面できたわよ！』

4

自宅に戻ると、善子《よしこ》は、三面鏡の前に座った。母の形見の三面鏡、この引き出しのひとつには錠がついていて、貴重品をしまっている。夫にも子供たちにも内緒の隠し場所だ。

善子は財布から小さな鍵を取り出すと、それを引き出しの穴に差し込んだ。

がちゃり。

その音を聞いた途端、緊張が走った。毎回そうだ。だって、この引き出しの中には、自分のすべてが入っている！

夫との仲がどうしようもなくなったとき、いち早く離婚するための離婚届、実家の合鍵、そして、なにかあったときの軍資金。軍資金は、定期預金という形にしている。母が亡くなったときに、遺産として分けてもらった百万円。もちろん、夫は知らない。これは、私の命綱。

結婚したときは、夫は優しかったし頼りにもなった。が、リーマンショックで会社を追われたときから、様子がおかしくなった。納得いく仕事がなかなか見つからず、酒に溺れるようになったのだ。酒が入ると、お決まりの暴力と暴言。そんなだから、仕事も長続きしない。ふたりの子供を育てるために、実家に何度も泣きついた。自分も働きに出た。今のパン工場だ。最初はパートからはじめたが、頑張りが認められて、六年前に正社員に昇格した。今となっては、善子がこの家の大黒柱だ。それが気に入らないのか、夫はいじけて、ますます酒を呷《あお》るようになった。

ああ、これが、私の運命なんだろうか？　このまま、酒乱の夫に振り回されながら生きていかなくてはならないんだろうか？

どこで、間違ってしまったんだろうか？

こんなはずじゃなかったのに。

キラキラと輝く素晴らしい人生を送るはずだったのに。

小さいときは、プリンセスに憧れたものだ。白馬の王子がいつか、迎えにきてくれる……と。馬鹿馬鹿しいと笑われることもあったが、でも、実際に、庶民からロイヤルファミリーになった人は多い。

善子は、引き出しの奥から、スクラップブックを取り出した。スクラップしているのは、世界中のロイヤルたち。これをはじめたのは、小学三年生のときだ。英国のロイヤルウエディングに心を奪われ、気がつけば、切り抜きをせっせと集めだした。これを集めて眺めているときだけ、現実の嫌なことを忘れることができる。そして、自分もロイヤルの一員になるという妄想を繰り広げることで、生きる活力を見出《みいだ》していた。

社会人になる頃には、そんな妄想もしなくなった。やはり、自分の手には届かない世界なんだ。自分には関係のない世界なんだ。……なのに、このスクラップブックを、今の今まで大事に保管し、そして、時折、眺めている矛盾。

惨めになるだけなのに。

そう、昨日までは思っていた。

でも、今は違う。

職場のパートである早苗さんは言った。

「息子とX子さまは付き合っている」と。さらに、

「結婚式に呼んであげる」と。

正直、早苗さんは苦手だ。いい歳《とし》して若作りだし、甘い声を出して男性従業員に媚《こ》びるし、なにかと言い訳が多いし、なんだかんだとサボろうとするし。

でも、シングルマザーで息子を育てている点は、評価していた。息子の教育のためならお金を惜しまない点も。一度、「うちの息子の動画、見ます？　英語のスピーチ大会で優勝したときのやつと、文化祭でピアノを弾いて拍手喝采を浴びたときのやつ」と言われ、無理やり動画を何本か見せられたことがあるが、なるほど、自慢するだけあって、好青年だった。

英語もペラペラで、ピアノも達者で。トンビが鷹《たか》を生むとはまさにこのことか。

しかも、ＫＫ大学の学生。

あの息子なら、Ｘ子さまのハートを撃ち抜いてもおかしくはない。

っていうか、究極のシンデレラボーイじゃないの！

まさに、私が夢見ていた玉の輿《こし》ストーリー。それを、早苗さんの息子はやってのけたのだ！

こうなると、悔しいとか妬ましいなどの感情は一切ない。ただただ、感服。そして、あやかりたい！

ああ、あやかりたい！

そう、早苗さんはゆくゆくは、ロイヤルファミリーの一員となるのだ。その早苗さんの〝とりまき〟になれば、私もロイヤルの世界に片足を突っ込むことができる。早苗さんの〝ご友人〟として、メディアのインタビューを受けたりすることもあるかもしれない。

「いやだ！　そしたら、なに着ていこう？」

紅潮した頬を両手で挟んだときだった。

スマートフォンから着信音。

早苗さんからのメールだ。

『投資の件。大丈夫でしょうか？』

善子は、すぐさま、返信した。

『もちろん、大丈夫。約束通り、明日の朝一には、指定の口座に振り込むわ』

5

翌朝。職場には一時間遅刻すると連絡を入れて、早苗は銀行に走る。

昨夜、僕ちゃんから念押しのメールが来た。

『指輪、明日買いに行こうと思う。ママがお勧めしてくれた、百万円のやつ。だから、お金、必ず、振り込んで。できたら、午前中に』

さらに、

『さっき、彼女からメールが来た。欧州旅行の代金五百万円、至急、用意してくれって。外務省から催促されたって。だから、五百万円のほうも、よろしく』

外務省も絡んできたとなると、いよいよ本格的だ。躊躇《ちゅうちょ》してはいられない。

まずは、ATMで残高を確認する。

例のじじぃから五百万円の入金。

よし。相変わらず、騙されやすく、律儀なじじぃだ。

あれ、でも。

ヨシコさんからの入金は、まだない。

今日の朝一に振り込むって言っていたから、午後には入金されるかしら？

念の為、メールを入れる。

『振り込んでくれました？』

返事はまだないが、まあ、とりあえず、まずは五百万円を、僕ちゃんの口座に振り込んでおこう。外務省を待たせてはいけない。

が、五百万円という大金を、ＡＴＭで息子の口座に振り込むことはできない。早苗のカードでは、その日に振り込みができるお金は五十万円までだ。

あ、着信だ。

『ママ、振り込んでくれた？　外務省の人が待っているよ。今すぐ、振り込んでよ』

もう少し、待って。今、窓口で振り込むから！

『午前中に振り込みの確認がないと、旅行がおじゃんになるんだって。だから、早く、振り込んで！』

うん、うん、わかった、わかった、すぐに振り込む！

早苗は、備え付けの振り込み用紙に必要な項目を書き込むと、小走りで窓口に向かった。

そして、通帳とハンコと運転免許証をトートバッグから取り出す。

「お客様。順番にお呼びしますので、整理番号をお取りになり、ソファーでお待ちください」

窓口の女性が、困惑した表情で言った。

「待っていられないのよ。今すぐ、振り込まないと。だから、急いでちょうだい！　今すぐよ！」

女性の顔が、一瞬ひきつる。そして、なにやらブザーのようなものを押した。

すると、

「お客様。ちょっといいですか？」

と、背後から男性の声。

6

「お客様、ちょっといいですか？」

背後からそう言われて、善子は、恐る恐る、振り向いた。

背広姿の強面《こわもて》の中年男が、立っている。

その異様な雰囲気に、善子は手にしていた振り込み用紙と通帳とハンコと運転免許証を、次々と落とした。

慌てて拾い集めていると、

「お客様、どうか、ちょっと落ち着いてください」

と、中年男が言葉を投げつけた。

落ち着いています！　私は、落ち着いてますすって！

そんなことより、早くお金を振り込まないと！　朝一で振り込む約束だったのに、もう十時になってしまった。寝坊してしまったのだ。……スマートフォンを見ると、早苗さんからの念押しのメールが届いていた。

『振り込んでくれました？』

ああ、急がないと。……急がないと！

「すみません、そこ、どいてください！」

と、善子が中年男を撥《は》ね除《の》けようとしたとき、

「確保！」

という怒声が響いた。

と、同時に、どこからともなく制服警官が二人飛んできて、善子の腕を摑《つか》む。

え？　なに？　なんで、警察？

なんで⁉

「私、なにも悪いことしていません！」

銀行の応接室。

警官と銀行員を前に、善子は泣きながら洗いざらい、ぶちまけた。

あれほど秘密だと言われていたのに、X子さまと早苗さんの息子が交際していることを白状してしまった。

だって。なんだか知らないけど、警官二人に連行されたのだ。黙秘することなんてできなかった。豚箱行きなんて、まっぴらだもの！　でも、それでよかったのかしら？　私が秘密を漏らしたことで、X子さまの結婚が流れでもしたら。……私、もしかして、大変なことをしてしまった？　警察どころか、国家機密漏洩《ろうえい》で公安とかに目をつけられたりして？　ああ、どうしよう、どうしよう……。

啜《すす》り泣いていると、

「つまり、あなたは騙されていたんですよ」

と、警官の一人が言った。

「は？」

「最近、多発しているんです。ロイヤルファミリーの一人と交際している、結婚するにはお金が必要だ……とかなんとか言って、お金を騙し取ろうとする詐欺が。いわゆる『ロイヤルロマンス詐欺』です」

7

「ロイヤルロマンス……詐欺？」

銀行の応接室。

早苗は、魂の抜け殻のごとく力なく座っている。

「そう、ロイヤルロマンス詐欺」

警官の一人が、子供をあやすように言った。

「ちなみに、息子さんとのやりとりは、メールですか？」

「はい」

「そのメールアドレス、ずっと同じものですか？」

問われて、「あ」と、早苗は小さく叫んだ。

そういえば、「メアド、変更したんだ」と、一週間前にメールが。……そのメールで、X子さまと交際していると打ち明けられた。

「メールアドレス、変更になっているんですね」

警官が、これ見よがしにため息をつく。そして、

「メールの内容は、『メアド、変更したんだ。これからは、このメアドからメール送るね。

……ああ、それと。ずっと秘密にしていたことがあるんだけど。実は、僕、X子さまと結婚を前提に付き合っているんだ。で、明後日、お屋敷に招待されている。そのときに着ていく服を買いたいから、お金、工面してくれないかな？　下の口座番号に振り込んで欲しい』ではありませんか？」

なんで知っているの？　早苗は、震え上がった。

「典型的な『ロイヤルロマンス詐欺』の手口です。何千と同じ文面を送って、返信が来た人をターゲットにするんです」

嘘よ、嘘よ、そんな嘘には騙されない！

「嘘だと思うなら、今すぐ、息子さんに電話をしてみたらいかがですか？　息子さんとは、電話してますか？」

していない。だって、怒られるんだもん。「電話、してくんなよ。用事があったら、こっちからメールするから」って。大学の寮に入ってから、息子はつれない。

でも、でも、でも！

「ほら、息子さんに、電話をしてみてください」

促されて、早苗は、スマートフォンを手にした。

よし。電話、してやるわよ。

そして、僕ちゃんはX子さまと結婚を前提に付き合っていることを、このバカな警官どもに知らしめてやる！

なにが、『ロイヤルロマンス詐欺』よ。そんなものに、あたしがひっかかるわけないじゃない。

『あ、もしもし。ママ？』

それは、紛れもない、愛する僕ちゃんの声だった。

『ママ、ちょうどよかった。電話しようと思ってたんだよ』

「ところで、僕ちゃん。X子さまのことなんだけど――」

『X子さま？　誰、それ』

「え？　何言っているのよ、あなたと同じ大学に行っている、プリンセスよ」

『ああ、そういえば、やんごとなき姫が通っているらしいね。関係ないからよく知らないけど』

「関係……ない？」

『そんなことより、ママ。ワンナイトした女がさ、妊娠しちゃったらしいんだよ。僕の子だって言い張ってさ。その女、バックに半グレがついていてさ、僕、脅されてんだよね。……五百万円出せって。出さなければ、東京湾に沈めるぞって。……かなり、ヤバい感じなんだよね。だから、ママ、五百万円、なんとかならないかな？』

J MYSTERY 2023

大きな手の悪魔

*

白井智之

白井智之

（しらい・ともゆき）

1990年千葉県生まれ。東北大学法学部卒。第34回横溝正史ミステリ大賞の最終候補作『人間の顔は食べづらい』で、2014年にデビュー。『東京結合人間』が第69回日本推理作家協会賞候補、『おやすみ人面瘡』が第17回本格ミステリ大賞候補となる。『名探偵のいけにえ　人民教会殺人事件』で「2023本格ミステリ・ベスト10」の第1位を獲得。他の著書に『少女を殺す100の方法』『死体の汁を啜れ』『ミステリー・オーバードーズ』などがある。

真の紳士は欠点を告白する。フランス人のそんな箴言《しんげん》に従うなら、襲撃者たちは紛れもなく紳士だった。

1

二〇三〇年六月二十四日。モンゴル国フブスグル県のツルル山南西部に出現した巨大な構造物は、長さの異なる円柱を横に並べた筏笛《いかだ》のような形状をしていた。中国の国家中央軍事委員会から要請を受けたモンゴル国政府は構造物への接触を禁ずる大統領令を出したが、ツルル山山麓の平原に住んでいたトゥバ人の猟師八人がそれを知らぬまま構造物に近づき、直後に姿を消した。

世界中でさまざまな憶測が飛び交う中、七月二日、中国人民解放軍とモンゴル国軍の戦車に包囲された構造物から八人のトゥバ人が解放された。直ちに彼らを保護した両軍に、八人は高次元生物を自称する角《つの》の生えた動物に拘束されていたこと、彼らから七つの伝言を預かったことを明らかにした。

一、我々が八人と接触したのは、これから述べる内容を人類に正しく伝達するためである。事前の言語学習に不足があり、八日に及ぶ拘束となったことを謝罪する。

二、我々は高い技術力を獲得した人類が将来的な脅威となりうると認識している。

三、我々はこれまで、自分たちの脅威となりうる多くの低次元生物を攻撃し、滅ぼしてきた。しかし攻撃は道徳的に耐えがたい悲劇を生んだ。我々は過去を反省し、彼らを攻撃する際に守らなければならない低次元生物攻撃規則を定めた。人類への攻撃もこの規則に則《のっと》って行われる。こうして攻撃の目的や方法を説明しているのも規則を遵守しているがゆえである。

四、我々は地球を十六のエリアに分け、それぞれのエリアで攻撃可能判定を行う。判定にあたっては、各エリアで六十四体の人類をサンプルとして採集する。サンプルには船内で三十二日間生活してもらい、その中で知能計測を行う。知能が基準を上回った場合は当該エリアへの攻撃は中止される。下回った場合は直ちに攻撃を行う。これは対象エリアに生息する生物の知能が一定以上の場合、攻撃を行ってはならないとする倫理規定に準じたものである。

五、判定により攻撃が可能と判断された場合、我々は当該エリアに生息するすべての人類を殺害する。殺害は過度に残虐にならぬよう、当該エリアにおいてもっとも大衆的な方法で行われる。

六、我々が攻撃可能判定を行わずに人類を攻撃することはない。ただし人類が我々への攻撃を行った場合、または攻撃可能判定を歪《ゆが》めるような不正が確認された場合はその限りでない。七、攻撃可能判定におけるエリア分けは以下の通り。エリア1、ユーラシア大陸の北緯四十四度から五十六度、東経六十三・三度から百十八・三度の地域。エリア2、――

八人のトゥバ人が保護された七時間後、中国の国家中央軍事委員会は99式戦車とステルス戦闘機J‐20による高次元生物船への攻撃を指示した。だが国境基地から攻撃機へ指令が伝達された直後、全機との交信が途絶える。後に衛星画像によって、攻撃開始の二秒後にすべての機体が灰煙を上げ溶け落ちていたことが確認された。

中国政府は当初、トゥバ人の伝言を党内の極秘事項に指定していた。だがモンゴル国軍の通信士が個人用パソコンにデータを移し、このパソコンがハッキングを受けたことで情報が流出。モンゴル国大統領がその内容を事実と認めたことで、高次元生物の伝言が世界に知れ渡った。

七月三日、高次元生物船は高度一万五千メートルへ浮上し、成層圏を経由してエリア1の中心付近に位置するモンゴル国ホブド県のラクタル平野へ着陸した。エリア1にはモンゴル国とカザフスタンのほぼ全域、そしてロシアと中国の一部が含まれていた。高次元生物は周辺の集落から六十四人を連行、夜にはモンゴル国境警備隊の軍事基地を襲撃してＰＫＭ機関銃を収奪し、再び成層圏へ浮上した。

それから三十二日間、高次元生物船は沈黙した。この間、中国人民解放軍空軍が四度、アメリカ空軍とロシア航空宇宙軍が二度ずつ攻撃作戦を実行したが、船体の半径一・三キロ内に接近したところで戦闘機や兵器が原因不明の溶解を起こし、いずれも失敗に終わった。後に戦闘機の残骸を調査した米軍の航空工学者は「数万年かけて腐朽したようだった」と述べている。

指定されたエリアの境界付近では、多くの住民が外部への脱出を試みた。モンゴル国南部では推定四千人が、カザフスタン南部では推定二千五百人が境界を越えようとしたが、北緯四十四度線を通過したところで肉が溶け落ち、骨が砕け、砂のようになって消えた。ロシア外務省が一秒足らずで土に還る人間の映像を公開すると、越境を試みる者はなくなった。

六十四人の連行から三十二日が過ぎた八月四日。再びラクタル平野に船が着陸し、七十体ほどの高次元生物が姿を見せた。彼らは船内で複製したとみられる大量のＰＫＭ機関銃でエリア1を襲撃。十五時間ほどで三千三百万人を殺害した。秘密軍事基地に身を隠した大統領も、高度一万二千メートルを飛行していたパイロットも、地下六十メートルのシェルターに潜った実業家も、誰一人生存者はなし。文字通りの皆殺《イクスターミネーション》しだった。

最後に六十四人のサンプルの死体を捨てると、船はラクタル平野を発ち、成層圏を経由してエリア2の中心付近に位置するアルゼンチンのモグア峡谷へ着陸した。そこで再び六十四人を連行し、攻撃可能判定を開始した。

この頃には高次元生物に関する多くの事実が明らかになっていた。彼らの身長は二百二十から二百五十センチほど。人間と同じ二足歩行で、人間とよく似た目や歯を持っている。だが全身が鱗《うろこ》に覆われており、側頭部には山羊《やぎ》のような角が生え、掌《てのひら》は人間の頭を圧《お》し潰せそうなほど大きかった。モスクワ総主教のイオシフ二世は高次元生物の正体は悪魔《バフォメット》であるとし、彼らの言葉に耳を貸すことなく神と聖霊に祈り続けるよう信徒らに命じた。イスラエル人の歴史学者でベストセラー作家でもあるアリサ・ヴァイツマンは高次元生物の大きな掌は高い知性の証左であるとし、本来の彼らは友好的かつ紳士的であり、人類が脅威でないことを粘り強く伝えることで攻撃を中止させられるはずだと訴えた。アリサの主張は多くの知識人から支持を得たが、エリア2に居住していた推定一億二千万人に7.62×39mm弾が撃ち込まれ、数日後にジャーナリストが撮影した死体だらけの街の画像がインターネットで拡散されると、彼女の言葉に耳を貸す者はなくなった。高次元生物は紳士的だったが、決して友好的ではなかった。

ニューヨークやワシントンDCを含むアメリカ東海岸の大部分はエリア7に含まれていた。国防司令官は統合参謀本部《JCS》のメンバーである陸海空軍の司令官、宇宙軍作戦部長、海兵隊総司令官らに加え、機械工学者、分析化学者、素粒子物理学者、免疫学者、動物行動学者らを招集し、特別国防会議を設置した。高次元生物を山羊《ゴート》、高次元生物船を筏笛《パンパイプ》と名付け、彼らがエリア7に現れる二〇三一年一月十六日までに攻撃を回避する方法を発見しようとした。

暗闇を手探りするような議論に一筋の光をもたらしたのは、コロンビア大学で歴史学を学んでいたケイト・ポールセンが自身のブログに発表した『山羊たちはなぜ森で足を休めるのか』と題するレポートだった。

ケイトはパンパイプがエリア2へ移動した際、アルゼンチンのモグア峡谷に着陸したことに疑問を抱いた。東へ十キロ進んだところには平坦な草原が広がっていたにもかかわらず、なぜ着陸しづらい峡谷に船を停めたのか。着陸地点の半径十キロ以内には集落も見当たらず、サンプルの採集に適した場所ともいえなかった。

トゥバ人の伝言によれば、ゴートは規則で彼ら自身を縛っているという。ならば船の着陸地点にも人類に開示されていない規則があるのではないか。そう考えた彼女はエリア1とエリア2の着陸地点を分析し、一つの推論を導いた。彼らは北極点を中心とする正方位図法で地図を作製した際、平面化した図形の重心となる地点に着陸している。エリア3へ移動した船がアルジェリアの都市インサラーに着陸したことで、この推論の正しさが裏付けられた。

特別国防会議はにわかに活気づいた。パンパイプの着陸地点が事前に予測できれば、用意した人員をその周辺に住まわせ、サンプルとして採集させることができる。伝言の六では攻撃可能判定の不正が禁じられているが、人類が着陸地点の規則を特定していることを彼らが知らない以上、サンプルの操作が見破られる可能性は低い。

この発見に基づき、戦略立案チームは三つの作戦を考案した。

エリア4の着陸地点となったオーストラリア、クイーンズランドの小村カナマラでは、アレス計画《プラン》が実行された。これはサンプル六十四人のうち二十人に肉体の秀でた者を紛れ込ませ、船内での生活中、隙を突いてゴートへの攻撃を行うというものだった。海兵隊の精鋭による奇襲の成果が期待されたが、三十二日後、東経百四十二度以東のオーストラリアとニュージーランドに千六百万発の.308ウィンチェスター弾が降り注いだ。

エリア5の着陸地点となったスウェーデンのボーデンではアテナ計画《プラン》が実行された。ここでは連邦捜査局《FBI》と連邦保安官局《USMS》から選抜された三十人の交渉チームがサンプルに紛れ込んだ。彼らは船内での生活中にゴートと直接交渉し、攻撃中止を促そうとしたが、三十二日後、スカンジナビア半島は千八百五十万の刺殺体に覆われた。

後のなくなったエリア6では、最後の切り札、ヘルメス計画《プラン》が敢行された。舞台は日本の能登《のと》半島。ここではハーバード大学、スタンフォード大学、マサチューセッツ工科大学から選抜されたアジア系の成績優秀者五十人が投入された。

彼らの武器は知性だった。伝言の四によれば、サンプルの知能を計測し、結果が基準を上回った場合、当該エリアへの攻撃は中止されるという。そこで人類最高峰の知性の持ち主をサンプルに選ばせ、彼らに〝試験〟を突破させようとしたのである。

エリートたちが連れ去られて三十二日が過ぎた二〇三一年一月十六日。パンパイプは六十四人を解放し、能登半島を飛び立った。パンパイプの出現から二百七日、人類が初めて勝利を手にした瞬間だった。

エリア7の着陸地点であるテネシー州プラスキーの州立公園には五十人のエリートたちが待機していた。エリア6でのヘルメス計画《プラン》の成功が伝えられると、エリア境界付近に待機していた各国の政治家や資産家らが一斉にエリア7へ移動した。

攻撃可能判定の開始から十二日目となる一月二十八日。知能計測の終了まで二十日を残し、東海岸に二億発以上の.45ACP弾が降り注いだ。殺戮《さつりく》を終えたゴートたちは太平洋を渡ってエリア6へ引き返すと、日本列島を一億一千万の刺殺体で埋め尽くした。

パンパイプの中で起きたことを知る術はない。推察するに、エリア7のサンプルの知能計測中、エリア6からサンプルの知性が急激に上昇したことにゴートが疑問を抱いたのだろう。そこで計測したデータを検証し、あるいはサンプルを尋問して、低次元生物のいかさまを見抜いた。そして伝言の六に従い、エリア6とエリア7を攻撃したのだ。

一夜にして多くの主導者を失った世界は、さらなる混乱に陥った。

2

思わぬところで上司と顔を合わせるほど気の滅入ることはない。たとえ人類の滅亡が目前に迫っていても、そのことに変わりはなかった。

「危うくストリートギャングを轢《ひ》き殺すところだった」

元飴浦《あめうら》警察署長の楠神新平《くすかみしんぺい》は、十八年前と変わらない、世界のすべてを見下ろすような笑みを浮かべて言った。ヨハネスブルグで日本語を聞いたのは二年前、ヒルブロウを取材しに来たというスパイラルパーマの自称ジャーナリストを病院へ運んだとき以来だった。

「空港でかっぱらったSUVのタイヤが破裂《バースト》してしまってね。あと十キロ出てたらしゃれこうべを彫ったギャングを本物のしゃれこうべにするところだった。冷や汗をかいたよ」

嘘だ。たとえギャングの親玉を轢いたとしてもこの男は肝を冷やしたりしない。

「しゃれこうべといえば、あのとき撃たれたところは平気なのか」

ふと気づいたふうにこちらを見て言う。楠神がサングラスを外した瞬間から、水田時世《みずたときよ》は左目の眼帯にたびたび彼の視線を感じていた。

「お蔭様で。今は何の問題もありません」

「頭のど真ん中に弾丸を撃ち込まれたのに？　今だって、ほら――」案の定、楠神は時世の左目を指して声を弾ませる。だがすぐに言葉を止め、「縁起の悪い話はよそう」とマコレの椅子にもたれた。

「楠神さんこそ、よくご無事でしたね。日本人はエリア6と7で全滅したと思っていました」

「ナイロビにいたんだ。警察を辞めたら一切しがらみのない場所で働こうと決めていてね。オックスフォードで犯罪心理学を学んだ後、六年前からナイロビ大学で講師をしていた」

十八年前、時世の上司だった頃から、楠神はあらゆる枠に囚《とら》われない男だった。警察ほど出る杭《くい》を打ち潰そうとする組織もないが、楠神には本部を黙らせるだけの才能と豊富な実績があった。ときに警察らしい粘り強い捜査で、ときにギャングのような血腥《ちなまぐさ》い手口で、ときに軍師のような奇策で、詐欺グループを搦《から》め捕り、手配犯を炙《あぶ》り出し、指定暴力団飴浦樺川会を解散に追い込んだ。楠神が飴浦の治安改善に大きく貢献をしたのは間違いない。だがその過程でたびたび法を犯し、仲間を裏切り、警察、行政、マスコミ、あらゆる場所に敵をつくった。だからこそたった一つの過ちで本部に首を切られたのだ。

同じ事件で警察を去った二人がどちらもアフリカでゴートの攻撃を逃れていたとは、大した偶然である。だが伯父に南アフリカへ呼ばれ、頼まれるままに貿易会社の運転手兼警備員に収まった時世と比べると、その経緯には天と地ほどの差があった。

「飴浦を救った天才が、どうしてJHB《ヨハネスブルグ》に?」

自分の幼稚な言いぶりが恥ずかしくなり、窓を覆う鉄板の隙間から外へ目を逸《そ》らした。道の真ん中で少年たちがサッカーをしている。タイヤの潰れたワゴンのボンネットがゴールだ。以前はスタンリー・アヴェニューにも多くのカフェやビアバーが軒を連ねていたが、半年前、パンパイプが現れた後も営業を続けているのはこの〈R&Dバー〉だけだった。

「わたしは今、ケニア政府の緊急安全保障チームに所属している」

楠神は再び時世の眼帯を見た後、一グラス五ランドのワインを一口啜《すす》って続けた。

「能書きは立派だが、中身は有象無象の寄せ集めだ。ご多聞に洩《も》れず、うちの大統領と与党の議員たちもエリア7で軒並み命を落とした。今の政府にいるのは金も知恵もない余り物ばかり。そんな政府に呼ばれてやってくる専門家も酔狂な変わり者だけだ」

「どんなに腕の良い運転手を呼んでも、ゴートからは逃げられませんよ」

楠神は、はは、と艶《つや》やかな歯を見せて笑うと、

「例の事件の関係者にもう一人、エリア6の攻撃を逃れた者がいる。津野貴美子《つのきみこ》だ」

一瞬、自分の心臓が止まったような気がした。

津野貴美子はあの事件の主犯格として、逮捕の三年後に死刑判決が確定している。そんな女が、なぜ？

「脳の生体組織診断をしてみたくてね。日本では絶対できないから、昨年の五月、ナイロビの刑務所へ移送した。むろん、超特例措置だよ。法務省の知り合いに頼んで大臣の許可をもらうのに四年かかった。そして今、わたしは自分のツキの良さに打ち震えている」

眼帯をしていない右目を真っすぐに見据えて、楠神は言った。

「彼女はアフリカ南部を、いや人類を救うことになるかもしれない」

この街らしい人だ、というのが初めに津野貴美子と出会ったときの印象だった。

「子どもが六つ下の赤ん坊に手ぇ上げたもんやから、父親がついかっとなったんです」

家の裏で裸の女の子が水をかけられている。指令室からそんな通報を伝えられ、パトロール中だった時世は自転車を切り返して線路近くの民家を訪れた。盆地の冷え込んだ空気が街を凍りつかせた、二月の夜更けのことだった。

インターホン越しに「少し待ってください」と告げられ、待つこと十分。向かいの空き地のナズナが揺れるのを眺めていたところで、傷んだ茶髪を束ねた六十過ぎの女が姿を見せた。

「父親もやりたくてやったんやないんですよ。お巡りさんに迷惑かけるような大人になったらあかん思て、泣く泣くやったんです。家族のことですから、一つご勘弁ください」

言葉も態度も刺々《とげとげ》しい。だが不思議と悪人には見えなかった。戦前から労働者の街として栄えた飴浦には、どこへ行ってもこんな気の強い女性がいる。言っていることは決して褒められないが、芯には家族への愛がある。時世にはそう思えた。

「躾《しつけ》も大事ですけど、ご近所さんにも気を遣ってくれなきゃ困りますよ」

口先だけの警鐘を鳴らして、時世はパトロールに戻った。

季節が一巡りした、十一月の夜。眼鏡《めがね》を失くしたという老女に飴浦東交番で遺失物届を書かせていると、一人の少女が扉を開いた。

「お父さんを助けてください」

〝キミコさん〟と〝タカシさん〟に虐《いじ》められ、お父さんが死にそうになっている。少女自身も二階の部屋に閉じ込められていたが、お父さんを助けるために窓から飛び降り、その足で交番へやってきたという。キミコとタカシとは何者なのか、何度尋ねてもはっきりした答えは得られなかった。

もし事実なら重大事案だが、時世は半信半疑だった。少女はさておき、成人男性であるはずの父親まで何者かに監禁されているとは信じがたい。何か子どもらしい勘違いをしているのだろう。

とはいえ少女の訴えを無視するわけにもいかない。警察が突然訪ねてきたら相手は腹を立てるだろうが、そのときは詫びるだけだ。時世は浮かない気分で、線路近くの民家へ向かった。

そこは半年前、時世が通報を受けてインターホンを鳴らした家だった。向かいの空き地に買い手が付いたようで、繁茂していたナズナが一掃されている。下水管を引き直すのだろう、裏手の道路でアスファルトの開削工事が行われていた。

「貴美子はわたし。傑《たかし》は親戚の子やけど、今はうちで面倒見てます。ちゃんと躾けてますから、警察の厄介になるようなことは何《なん》もしてませんよ」

髪の傷んだ女は前回以上の敵意を見せた。何かを隠している。時世の直感がそう告げた。

「問題なければすぐ帰りますから」

押し入るように玄関へ入り、リビング、和室、浴室、それに二階の三つの洋室を順に見て回った。一つ目の洋室では若い女が、二つ目の洋室では五十過ぎの酒臭い男女が眠っていた。値の張りそうなアンティーク家具が多いのが気になったが、事件を疑わせるようなものはない。令状もなく家に入ったのは勇み足だったか。三つ目の洋室で寝ていた傑は肩から二の腕に三面六臂《さんめんろっぴ》の阿修羅が描いてあり、とても堅気とは思えなかったが、見た目が怪しいというだけでしょっ引くわけにもいかない。

「夜分に失礼しました」

玄関へ戻ろうとしたところで、貴美子が素早く廊下の小窓にブラインドを下ろした。裏庭のプレハブ小屋が隠れる。「倉庫ですか」と尋ねた声を、ドドド、と削岩機の音が掻《か》き消した。

「向かいの工事や。ひどいやろ。夜中はやめろって役所に言うても止まらへんし、みんな寝不足で参ってんですよ」

話題を戻すまいとするように貴美子がまくしたてる。

「現場の責任者に話を聞いてみましょう」

時世はもう一度非礼を詫びて家を出ると、工事現場へ行くふりをして、家の裏手へ回り込んだ。本部に連絡してもどうせ止められる。トランシーバーの電源を切り、木製の柵を越えて裏庭へ入った。

削岩機は相変わらず、ドドド、と空気を揺らしている。プレハブ小屋のプラスチックの壁に背を付けると、腐った果物のような臭《にお》いがした。採光窓は磨《す》りガラスで、内側に青と白のカーテンが引かれている。ドアの錠は外側につまみが付いていた。直感が確信に変わる。

錠を外し、ドアを開けた。

ブラウン管テレビ。錆《さ》びた扇風機。水垢《みずあか》の付いた水槽。邪魔なものを詰め込んだ掃き溜めのような場所だった。その中に男がいた。

瞼《まぶた》が腫れて塞がり、鼻が折れ、唇が裂けて膿《う》んでいる。顔から垂れた血が腹までこびりつき、ボーダー模様を描いていた。服はない。皮膚のあちこちに火傷《やけど》ともあかぎれとも付かぬ腫れができていた。

慌ててトランシーバーの電源を入れようとしたところで、火薬の弾《はじ》ける音が轟《とどろ》いた。パリン、とガラスの砕ける音が続く。

肩を縮めて振り返ると、傑が木製のグリップの付いた鉄パイプをこちらに向けていた。パイプガンだ。

拳銃を抜かなければ。頭では分かっているのに、身体《からだ》が動かない。傑はパイプを起こし、ポケットから出した弾薬を奥へ詰めた。

「くたばれ」

再び銃口を向け、レバー型のトリガーを引いた。

顔に衝撃を受ける。気づけば仰向けに倒れていた。視界が薄赤い。粘り気のある液体が眼《がん》窩《か》から頬へ流れる。即死は免れたらしいが、このまま出血が続けば時間の問題だ。

とっさに手に触れた布――採光窓のカーテンだろう――を引っ張る。フックごと落ちたそれを左の眼窩に押しつけると、あるべきはずの眼球が潰れてなくなっていた。

出血を止めたいのに、指の力が抜けていく。

暗い穴へ落ちるように時世の意識は途絶えた。


時世は死ななかった。

意識が戻るのに三日、さらに記憶を取り戻すのに二週間ほどを要したが、命に別状はなかった。

捜査報告書によれば、現場で見つかった弾丸は二つ。一つは窓を突き破った先の植え込みに、もう一つは倉庫の床に落下していたという。弾薬こそ傑が友人の暴力団員から譲り受けた9×19mm弾が使われていたが、自作のパイプガンは口径が大き過ぎ、威力は警察官用拳銃の十分の一ほどしかなかった。左目を失ったこと、軽い記憶障害が残ったことを除き時世に大きな後遺症がなかったのは、傑の詰めの甘さのおかげだった。

裏手の道路で開削工事が行われていたこともあり、ほとんどの近隣住民はパイプガンの銃声に気づいていなかった。そんな中、斜向《はす》かいのアパートに住んでいた解体作業員の青年だけが、削岩機とは響きの異なる火薬音に気づき、窓の外に目を向けたという。するとプレハブ小屋の採光窓から、大柄な男がパイプガンを構えるのが見えた。青年はすぐに110番通報し、飴浦東交番から駆けつけた後輩の巡査によって傑は殺人未遂の現行犯で逮捕された。左目を撃たれたあのとき、とっさに採光窓のカーテンを引き落としていなかったら。想像するだけで、時世は今でも背筋が寒くなる。

傑の逮捕から一月《ひとつき》の間に、貴美子を始め、あの家に出入りしていた〝ファミリー〟全員が逮捕された。その後も日を追うごとに、彼女たちの鬼畜の所業が次々と明らかになっていった。

貴美子のやり口は一貫していた。自身やファミリーの血縁者に「子どもの躾ができとらん」「葬儀のやり方がおかしい」「人前で恥を掻かされた」と因縁を付け、住居に居座って家族を責め立てる。些細《ささい》な過ちに付け込んで家族を対立させ、「けじめを付けえ」と迫って互いに暴力を振るわせる。標的と見做《みな》した者は徹底して罵り、辱《はずかし》め、痛めつける。楯突《たてつ》けば殴る。泣いても殴る。寝ても、座っても、ものを食っても、吐いても殴る。誰かが死ねば、そのことでまた家族を責める。そうして完膚《かんぷ》なきまでに自尊心を壊し、貴美子に従うしかないと思い込ませる。そして親族や街金に金を借りさせ、保険を解約させ、退職金のために会社を辞めさせ、最後は詐欺や窃盗までやらせて、搾り取れるだけの金を搾り取るのだ。

貴美子を中心とするファミリー――血縁はないが、養子縁組を繰り返すことで形成された異様な集団は、約二十年にわたり同じ手口を繰り返し、少なくとも四つの家族を離散へ追い込んでいた。その過程で十一人の死亡が確認されたが、実際の犠牲者はこれを大きく上回るとみられている。

取り調べでは当初、ファミリーの全員が犯行を否認した。だがこのままでは死刑は免れないと検察に唆《そそのか》された傑が犯行を自供。雪崩《なだれ》を打つように事件の詳細が明らかになり、裁判では主犯格の貴美子が死刑、傑は無期懲役、他のファミリーも懲役十五年から二十三年の実刑判決が確定した。

犠牲になった者の多くは生前、被害を警察に訴えていたが、警察が貴美子たちを取り調べることはなかった。彼らの大半がファミリーの血縁者だったからだ。親族間のトラブルに警察の腰は重い。

事件発覚後、人々の憤りは警察へ向かった。飴浦警察署長だった楠神新平は被害者と遺族に謝罪し、三カ月後に退職した。本来なら県警本部が責任を取るべき事案だが、警察庁もマスコミも楠神が厄介者であることを理解していたため、疑問の声は上がらなかった。飴浦を救った天才は、誰からも見送られずに街を去った。

「津野貴美子の武器は何だと思う？」

上唇に付いたワインを舐《な》めて、楠神は続けた。

「言葉だよ。貴美子は言葉で相手の防壁を壊し、心を搦め捕り、思うままに操る。貴美子を担当した六十過ぎの弁護士は一時間ほどの面会で彼女に取り込まれ、証拠品の捏造《ねつぞう》に手を貸しそうになった。彼女には言葉で相手を支配する天性の才能がある。我々の社会規範では彼女は悪人だが、稀有《けう》な能力を持った天才であることは疑いない」

貴美子の武器は言葉。それは時世もよく知ることだった。

——お巡りさんに迷惑かけるような大人になったらあかん思て、泣く泣くやったんです。

事件が発覚する九カ月前。通報を受けて家にやって来た時世を、あの女はそう追い返した。悪人には見えない。芯には家族への愛がある。確かにそう思った。だが時世があのとき本当に感じたのは、自分の苦労が認められた喜びだった。

あの日は出勤早々、反則金を払えると勘違いして交番にやってきた若い男に「税金泥棒」と罵られ、一年目の生意気な後輩に「もっとびしっとやんないと」と偉そうに諭され、挙句の果てはパトロール先の緑地公園で「ポリ臭《くせ》え女《アマ》が来たぞ」と酔っ払いにさんざんからかわれた。時世はすっかり気が滅入っていた。

そんな心情を瞬時に見抜いたからこそ、貴美子はさりげなく、警察官の苦労を労《いた》わるような言い回しを使ったのだろう。まんまと気を良くした時世は、自分の感情的な行動を正当化するため、彼女の芯には愛がある、などという理屈を無意識にでっちあげたのだ。

「ゴートがただの悪魔なら、我々はただ最期のときを待つほかなかった。でも彼らは紳士的な悪魔だ。人類の言語を学び、コミュニケーションを取ることを自らに課している。そこに貴美子が付け入る隙がある」

「つまりあなたは、エリア9のサンプルに貴美子を紛れ込ませようとしていると？」

「まさしく。ウェルズの異星人を滅ぼした病原菌のようにね」

窓の向こうで銃声が鳴った。楠神は微動だにしなかった。

「彼女が捕まったのは十八年前です。もう随分な年齢でしょう」

「今年で八十三だ。二年前には脳梗塞《のうこうそく》で搬送され、手に麻痺《まひ》が残った。でも問題ない。貴美子の武器は言葉。言葉に老いはない」

「あなたの命令を素直に聞くとは思えませんけど」

「すでにわたしの作戦——ウズメ計画に同意している」

本当だろうか。

「彼女はパンパイプに乗ることを承諾した。もちろんゴートに人類への攻撃を中止させるミッションを理解した上でだ」

「ケニア政府はどんなご褒美を用意したんです」

「彼女の要求は一つ」

楠神は人差し指を立て、深く切った爪を時世に向けた。

「きみだよ」

電気のない生活は人を規則正しくする。パンパイプが現れる前はハチクイが鳴き出す朝方まで友人とのテレビ電話に興じていた娘の暦《こよみ》も、最近は午後七時には目を擦り始め、八時過ぎには床に就いていた。

扉を細く開け、娘の寝息を確かめる。枕元に見覚えのないペーパーバックがあった。モーリス・ルブラン、『ルパン対ホームズ』。ローズバンクの本屋から取ってきたのだろう。よほど退屈を持て余しているらしい。

ベッドに近づいて懐中電灯で照らすと、ホームズの鹿撃ち帽が歪んでいた。紙が一度濡れたのが分かる。よもや感動の涙ではあるまい。友人との日常を奪われ、十四歳の彼女にも堪《こら》え切れない思いがあったのだ。

肩に毛布をかけて部屋を出る。驟雨《しゅうう》が屋根を叩《たた》いていた。足元を照らしながら廊下を引き返す。

居間の隅に置いた仏壇の抽斗《ひきだし》を開き、青と白のアラベスク模様が描かれた布を取り出した。粗製品のように見えて生地は厚く、汚れや解《ほつ》れもない。ただ一つ、赤黒い染みを除いて。

十八年前、津野傑に左目を撃たれたとき、出血を抑えようと眼窩に押しつけたカーテンだった。あのときプレハブ小屋に倒れていた男――死体遺棄を手伝った容疑で後に執行猶予付き判決を受けた大村宗児《おおむらそうじ》が、時世が警察を辞めると知って譲ってくれたのだ。

もしあのとき、このカーテンを摑《つか》み、引き落としていなかったら。後輩の巡査がやってくることはなく、時世は今ごろドラム缶にコンクリート詰めにされていただろう。

いや、違う。時世はカーテンを潰した。

自分が本当に感謝しなければならないのは、斜向かいのアパートから110番通報した青年だ。彼の勇気が時世の命を救ったのだ。

気づけば涙が溢《あふ》れていた。人を守れる人になりたい。そう願って採用試験を受けたのに、最後まで思ったような仕事はできなかった。それどころか貴美子に手玉に取られ、気を良くして暴行事件を見過ごしてしまったのだから手に負えない。

「どうしたの、お母さん」

廊下に懐中電灯を向ける。暦が眩《まぶ》しそうに目を細めた。

「暦、実はお願いがあって」嘔吐《えず》きを堪えて続けた。「わたしと一緒に、パンパイプに乗ってほしいの」

娘を一緒に連れてくること。それが貴美子の提示した条件だった。

——本当はきみと娘を力ずくで連れて行きたいところだがそうはいかない。無理やり連れて来られたことをきみがゴートに明かせば、たちまち緑の大地に銃弾の雨が降ることになるからね。

楠神が突然、床に膝を突いたので、〈R&Dバー〉のマスターはジャクソンフルーツの入っていたビニール袋を楠神に差し出そうとした。

——頼む。わたしに人類を救わせてくれ。我々の未来はきみにかかってるんだ。

今のわたしはただの民間人ですよ。

——心配いらない。きみはその頭に今も隠し持ったものを貸してくれればいい。

何を？

——あの日、貴美子の本性を見抜いた観察力さ。きみはあの女を監視し、船の中の出来事を目に焼きつけるんだ。ゴートたちが彼女に屈する瞬間を見届けてほしい。

時世がウズメ計画の詳細を説明すると、暦は「なるほどね」と首の裏を掻いて、濡れたカーテンを物干しロープにかけた。

「お母さんは本当に船に乗りたいの？」

時世は頷《うなず》いた。

「わたしは、もう一度信じたい」

「何を？」

「自分が誰かのために命を懸けられる人間だってこと」

暦は自然に笑った。

「だったらいいよ。あたしも行く」

ポケットに手を入れ、くしゃくしゃのハンカチを差し出す。目元を拭うと懐かしい匂いがした。

「でも無駄死にする気はないから。お母さん、一緒に人類を救おう」

暦が赤ん坊だった頃に毎晩嗅いだのと同じ、涙の匂いだった。

3

コーンフレークの袋が風船のように膨れている。

ザンビアとコンゴ民主共和国の国境付近に位置するカッパーベルト州の州都、ンドラ。鉱山にほど近いその街は標高千二百七十メートルの高地に位置していた。

冷蔵庫からミルクを、戸棚から小鉢を取り出す。コーンフレークの袋を開けようと手に力を込めた、そのとき。

コツ、コツ。悪魔が戸を叩いた。

暦が「あっ」と息を呑んで、膨らんだ袋を戸棚に隠す。別の場所から移住してきたことがばれたら、その時点で殺されかねない。時世は娘に親指を立てると、大きく息を吐きながら玄関へ向かい、何食わぬ顔で戸を開けた。

「あなたたちはエリア9における攻撃可能判定のサンプルに選ばれました。わたしたちの船へ来てください」

　ゴートは大きな下顎を小刻みに動かして、アフリカ訛《なま》りの英語で言った。せり出した角に黒く湿った瞳。びっしりと鱗の並ぶ肌。薄いケープを羽織り、手袋を嵌《は》めた大きな手で槍《やり》のような棒を摑んでいる。なるほど、総主教でなくとも悪魔を連想させる風貌だ。

　暦を呼び、十日間仮住まいした家を出る。近くの平屋からも続々と住人が出て来た。「こちらへ」とゴートに促されるまま、一行は金属精錬所を圧し潰して停まったパンパイプへ向かった。

　ナイロビの国家統一党本部で行われた事前講習によれば、エリア9のサンプル六十四人のうち、仕込みは時世、暦、貴美子の三人だけだという。

　アメリカ政府が敢行したヘルメス計画――人類最高峰の天才たちをサンプルに紛れ込ませる策が見破られ、エリア6とエリア7が攻撃を受けた時点で、ゴートたちも人類が着陸地点の規則を見抜いたことを認識していると考えられる。後のエリアの着陸地点が変更されなかったのは、実働部隊である彼らには規則の修正が認められていないからだろう。その分、彼らはサンプルの操作に厳しく目を光らせているはずで、仕込みは最低限に抑えるべき、というのがケニア政府緊急安全保障チームの方針だった。

　一番長い円柱の端、筏笛《パンパイプ》のもっとも低い音の吹き口に当たる場所に船の入り口があった。

「それを見せてください」

なだらかなスロープを半分ほど上ったところで、見張り役らしいゴートが暦の横腹を指した。暦がダウンジャケットのポケットに手を入れる。取り出したのはルブランの『奇巌城』だった。ゴートはぱらぱらと紙を捲《めく》って、「失礼しました」と暦に本を返した。

ゴートたちは空港の保安検査場のようにサンプルの手荷物を調べていた。派手な耳飾りを着けたトンガ族の女はイボイノシシの牙を外され、ブレイズヘアにマゼンタのエクステを編み込んだ男はポータブル音楽プレイヤーに通信機能がないことを必死に説明していた。これもナイロビの事前講習で聞いた通りだ。ヘルメス計画が束の間の成功を収め、六十四人のサンプルがいったん解放されたことで、攻撃可能判定に関する多くの情報が明らかになっていた。

「皆さんは三十二日間、この船で生活しながら、さまざまな知能計測テストを受けます。知能計測が終了するまでの期間、皆さんの安全は保証されます」

広い部屋に集められた六十四人のサンプルに、船の責任者らしいゴートが畏《かしこ》まった口調で言った。わずかに身体が重くなったような感覚があったのは、パンパイプが成層圏へ浮上していたからだろう。

「不便なこと、分からないことがあったとき、皆さんはいつでも我々に声をかけることができます」

ゴートは確かに紳士的だった。

サンプルには一つずつ、閂《かんぬき》の付いた二十畳ほどの部屋が与えられ、居住地域に合わせた食事が提供された。時世がトイレの場所が分からず困っていると、すぐに世話役のゴートが「どうしましたか」と飛んできた。パンパイプはヨハネスブルグの大半のホテルよりもサービスの質が高かった。

拍子抜けしたような、かえって恐ろしいような取り留めのない気分で、ベッドに身を横たえる。

残り三十二日。


知能計測の方法はさまざまだった。図形や記号を見て質問に答える日本の私立小学校の試験のようなものもあれば、水の入った大きな容器を持って線の上を歩かされたり、聞いたことのない言語を延々と聞かされたりといったわけの分からないものもあった。

四日目の夜。豚肉の煮汁に浸したパップを食べ終え、トレイを返しに行こうと廊下を歩いていると、角を曲がったところに車椅子に乗った老女の姿が見えた。

思わず足を止める。苦いものを呑んだように胃が重くなった。十一人の命と数多《あまた》の人生を破壊したファミリーの親玉。二度と話したくない、本当は顔も見たくない人物だが、どうしても聞かなければならないことがある。

「津野貴美子さんですね」

老女は首を屈《かが》めたまま、顔だけをゆっくりこちらに向けた。

「ああ、あんたか。懐かしいわ」

年齢は問題ないと楠神は断言していたが、目の前の貴美子は想像していたよりも遥《はる》かに老い耄《ぼ》れていた。身体は二回り小さくなり、声もすっかり嗄《か》れている。かつての貴美子は些細な挙措の一つにも突き刺すような敵意を漲《みなぎ》らせていたが、今の彼女からは不気味なほど何も感じ取れなかった。

「どうしてわたしたちを呼んだんですか」

貴美子は時世に指を向けようとしたが、手首が震え、なかなか向きが定まらなかった。二年前の脳梗塞で手に麻痺が残ったと聞いたのを思い出す。

「それが筋やからや。うちらは一蓮托生《いちれんたくしょう》。死ぬも生きるも一緒っちゅうことや」

投げ出すように手を下ろすと、たるんだ喉を振るわせ、かっ、と咳《せき》をした。

廊下の角からゴートがやってくるのが見え、時世は貴美子から顔を逸らした。関係を知られてはまずい。貴美子も何もなかったように手元に目を落とした。

「安心せえ。わたしは約束は守る。よう見とき」

小さく囁《ささや》いた瞬間、貴美子が俯《うつむ》いたまま笑ったように見えた。

残り二十八日。

記憶は嘘をつく。

警察官だった頃、何度も実感したことだ。若い引ったくりが五十を過ぎていたことも、小柄な押し込み強盗が一八五センチだったことも、赤のSUVが青のコンパクトカーだったこともある。とかく目撃者の記憶は当てにならない。身近なところで言えば、十八年前、時世はパイプガンの二発目で左目を失ったが、現場の倉庫に閉じ込められていた大村宗児は警察官の顔に当たったのは一発目のほうだと証言していた。

物事を正しく記憶する方法はただ一つ。よく見ることだ。時世は連日のテストをこなしながら、船内を注意深く観察し続けた。

パンパイプは三つのエリアに分かれていた。知能計測が行われる計測エリア、六十四人のサンプルが寝起きする生活エリア、そしてゴートたちが暮らしている侵入禁止エリアだ。

このうちもっとも広大なのが侵入禁止エリアで、船全体の七割ほどを占めていると思われる。中には入れないが、通り道から覗《のぞ》くと、ホールのような場所にベレッタ92コンパクトモデルの模造品――正確にはそれを元にゴートが複製した模造品の模造品がずらりと並んでいた。攻撃可能と判定されたエリアへの攻撃は、そのエリアにおいてもっとも大衆的な方法で行われる。エリア9で自動拳銃が選ばれるのはケニア政府も予想していたことだった。

無理やりにでも侵入禁止エリアに突入してベレッタを奪い取れば、ゴートたちに奇襲をかけられるのではないか。一度はそんな想像を巡らせたが、すぐに絵空事だと気づいた。生活エリアと侵入禁止エリアを繋《つな》ぐ通路に関所のような見張り部屋があり、常にゴートが目を光らせていたのだ。

ゴートたちは一見、よく似た風貌をしていたが、よく見るとそれぞれに体形や顔立ち、動きの癖が異なっていた。仕事もそれぞれ定まっていて、計測エリアでテストを監督する〝試験官〟、生活エリアでサンプルの世話をする〝ホテルマン〟、槍のような棒を片手にサンプルを監視する〝警備員〟、そして彼らに指示を出す〝司令官〟がいた。搭乗時に手荷物を調べたのが警備員、広い部屋で演説したのが司令官だ。試験官は三十体ほど、ホテルマンと警備員は二十体ほどいたが、司令官は一体だけ。通路の見張り部屋に詰めているのもその司令官で、両方のエリアに目を光らせながら、時折りゴートを呼び出して指示を出していた。

十一日目の朝。暦の様子を見ようと部屋を出ると、目の前の廊下に警備員が尻を突いて鼾《いびき》を掻いていた。常時携帯している棒が時世の足元まで転がっていた。

ナイロビでの事前講習によれば、警備員が持つこの棒の先端は表面温度が二千度以上あり、軽く突くだけでチーズのように人体に穴を開けてしまうという。ではこの棒を奪えばゴートに反撃できるかといえば、彼らの鱗は耐熱性が高く、引っ掻いても擦り傷一つできないらしい。

足の裏に穴を開けないように大股で部屋を出ると、ふいに警備員の瞼が開いた。棒を摑んで立ち上がり、ぴんと背を伸ばす。ケープの皺《しわ》を伸ばしたところで時世に目を留め、くぇ、と喉から音を出した。

「水田時世さん」手袋を嵌め直しながら言う。「あなたに質問があります。記憶力は高いですか」

「顔を覚えるのは得意です。警察官だったので」警備員の眼球がぴくぴく震え出したので、慌てて付け足した。「誰にも言いませんよ、別に」

安堵《あんど》したのを隠しもせず、「ありがとうございます」と二度繰り返す。そこで用事を思い出したのか、ぎこちない足取りで廊下を歩いて行った。

ゴートも人間も大した差はない。

気の抜けた気分で一日を過ごした。

残り二十一日。

時世と暦はおっちょこちょいの警備員と親しくなった。

彼は司令官に〝眠り病〟エボソと呼ばれていた。廊下を通るたび、時世たちはエボソと言葉を交わした。エボソには二人の子どもがおり、家族を養うために今回の任務に志願したという。時世が「なぜ仕事中に寝ていたのか」と尋ねると、エボソは「寝ながら仕事をしていた」と子どものような言い訳をした。あるときは「きみたちは我々を買い被《かぶ》っている。我々は神《ゴッド》ではない」と真顔で言うので、「わたしたちはあなたを山羊《ゴート》と呼んでいるだけだ」と教えると、エボソは自分の頭に棒を打ちつけ、金属糸を弾いたような声を出した。

「あれで紳士は言い過ぎだよね。せいぜい気の良い芋男ってとこでしょ」

時世の部屋で昼食を摂《と》りながら、暦はエボソをそう評した。

家族のために働き、ときにへまや勘違いをしながら、それなりの楽しさを見つけて生きていく。やはりゴートも人間も似たようなものだ。

時世たちにとってそれは朗報だった。貴美子がかつて食い潰したのも、そんな普通の人間たちだったからだ。人間と変わらないコミュニケーションが取れるなら、貴美子が籠絡《ろうらく》できる可能性は十分ある。ウズメ計画は成功するかもしれない。

「あー、コーンフレーク食べたいな」

コンソメスープに浸したパップを口へ詰め込み、暦が立ち上がる。右手にトレイを持ち、左手で閂を外す。

扉を開けると、廊下に貴美子がいた。一人で車椅子に座っている。貴美子はこの頃、車椅子を押しているホテルマンと打ち解けたようで、何やら話に花を咲かせているのをたびたび見かけるようになっていた。部屋の外に一人でいるのは珍しい。物でも取りに行かせているのか。

「津野さん。自分の役割を忘れてませんよね」

廊下を見渡してから、時世は言った。

「まあ待っときな」

貴美子は顔も見ずに答えた。

残り十四日。

薄緑の粘土を使った知能計測テストを終えた貴美子が、試験官に車椅子を押されて計測エリアから出てくる。ホテルマンが迎えに来るまでの間を見計らって、時世は貴美子に駆け寄った。

「あと六日しかありませんよ。いったい何をやってるんですか」

「待っとき言《ゆ》うたやろ。もう忘れたんか？」貴美子は蠅《はえ》にたかられたような顔をした後、厚い瞼を持ち上げ、蔑むように笑った。「ああ、そうやった。傑に弾《たま》撃ち込まれて、おつむがぐらぐらんなってしもたんやったな」

時世は貴美子の喉を摑んだ。指に力を込める。

「ふざけるな。この――」

人殺し、と言いかけたところで暦が腕を押さえた。

「駄目だよ、お母さん」

時世を二歩後ろへ追いやり、腰を屈めて貴美子の顔を見る。げふっ、と大げさに咳き込む貴美子。

「お婆《ばあ》さん。信じていいんですよね」

「当たり前や。やることはやる。約束を守らんやつは嫌いやからな」

貴美子はこの日も動かなかった。

残り五日。

朝日の差さない部屋。雨染みの一つもない天井。時世はその日も代わり映えのない朝を迎えた。

あと十五時間ほどで攻撃可能判定の最後の一日が終わる。九分九厘、自分たちは〝試験〟に落ちる。地球の一角からまた人間が消える。

「最後は一緒にいてね」

ブロックを使ったテストの順番を待っていると、暦がそんな言葉をこぼした。諦めないで、と娘を励ましたかったが、見え透いた嘘に意味がないことも分かっていた。

午後八時半過ぎ。時世はトイレから出てきた貴美子に声をかけた。ホテルマンに断って車椅子を押し、貴美子の部屋へ向かう。扉を閉め、閂をかける。

「もうすぐ終わりますね。わたしも、あなたも」

貴美子は手元を見つめたまま、相槌《あいづち》一つ打たない。

「のろまなわたしにもようやく、あなたの企《たくら》みが分かりましたよ」

ほう、と唇が動いたように見えた。

「楠神さんにウズメ計画を持ちかけられたあなたは、彼の策に乗るふりをして、わたしたちをここへ連れて来させた。でもあなたは、初めから何もする気はなかった。楠神を騙《だま》し、懸命に生き残ろうと努力したすべての人を欺いて、あなたはアフリカ南部の四億人が死に絶えるのをここで見届けようとした。実にあなたらしい、人の命を駒としか思わない悪魔の所業だ」

貴美子は動かない。

「わたしを巻き込んだのは報復のためでしょう。あなたはファミリーを引き裂いたわたしを憎んでいた。だからわたしと暦をこの船に乗せ、わたしたちをあなたの共犯者に仕立て上げた。警察官として、正義を信じてあなたの家に踏み込んだわたしから、そうして唯一の拠《よ》り所だった正しさを奪い取ったんだ」

弱みに付け込み、罪悪感を焚《た》きつけることで、この女は多くの人の心を搦め捕った。正義感の強い人、自分が善良だと信じている人ほど、罪の意識にたやすく打ちのめされてしまう。誰かのために命を懸けられると信じたい——そんな独りよがりな思いで船に乗り込んだ時世は、この女の格好の餌食だった。

貴美子は枯れ枝のような手で顔を覆った。泣き真似でもするのかと思いきや、ぷっ、と唾を飛ばす。そのまま「ああ」と天井を仰ぐと、黄ばんだ歯を剥《む》き出し、腹を抱えてひいひい笑い出した。

「何もでけへん自分が虚しくて、すっかり参ってもうたんか」罅《ひび》割れた唇の端が吊り上がる。

「ええ気味やな」

＊

午後十一時。安全が保証された三十二日間が終わるまで、あと一時間。

「お母さん、そろそろだね」

約束通り、暦は扉を叩いた。返事はない。扉が前後に揺れる。閂はかかっていない。

「入っていい？」

無音。

「入るよ――」

扉を開け、息を呑んだ。喉から音が鳴る。足の力が抜ける。

時世はベッドに横たわっていた。憔悴《しょうすい》しているのではない。ふて寝しているのでもない。

二階から落ちた赤ん坊のように頭蓋骨が砕けている。時世は死んでいた。

4

「〜〜〜〜」

司令官が〝眠り病〟エボソに激しい言葉を浴びせる。ゴートの地声は水牛のように高く、忙《せわ》しない。彼らの母語を聞いたのは初めてだったが、何をしていた、と叱りつけているのは想像がついた。

部屋には司令官とエボソのほか、警備員やホテルマンが十体ほど集まっていた。死体や床の血痕、凶器とみられる血の付いた閂の棒などを見分している。やがて司令官が「〜」と短く言い、全員がぞろぞろと部屋を後にした。

暦は一人、母親の部屋に残された。なぜこんなことになったのか。どこで道を間違えたのか。暦にはわけが分からなかった。

腕時計を見る。午後十一時四十分。あと二十分だ。もういい。さっさと終わらせてくれ。

床に尻を突き、頭を抱えたそのとき。

「待ちい」

低く嗄れた、それでいて気迫のある声が響いた。

半開きの扉から廊下を見る。車椅子に座った貴美子が司令官を呼び止めていた。

「あんたら、いったいどうけじめ付けるつもりや」

日本語で続ける。司令官は一瞬、記憶を探るように角を傾けた後、

「けじめは分かりません。けじめは何ですか」

日本語で答えた。

「とぼけるな。うちらを三十二日間生活さして、そん土地を攻撃するか決めるっちゅう話やったやろ。でもそこの女《アマ》は死んだ。三十二日経《た》つ前に死んでもうた。そんでも構わず攻撃するっちゅうなら、話の筋が通らんわな」

ゴートたちが顔を見合わせる。司令官も一瞬、貴美子に気圧《けお》されたように見えたが、すぐに毅然と答えた。

「知能計測期間中にサンプルの一部が死亡したのは初めてではありません。エリア４には執拗《しつよう》に我々への攻撃を行おうとする方々がいました。二度の警告の後、彼らは先に亡くなりました。その際も期日の変更はありませんでした」

「そらそのあほどもが決まり破ったからやろ。この女がいつあんたらに歯向かったんや。ブロックやら粘土遊びやら言われた通り真面目にやっとったで。前の連中とはまったく話が違うがな」

司令官は反論できなかった。

「よう考え。こうなったんはいったい誰のせいや」

「それは、もちろん、水田時世さんを殺した犯人でしょう」

「それは誰や」

「分かりません」

「なんでや。そのひょろいのがずっと見張ってたんちゃうんか」

麻痺した手を持ち上げる。黄ばんだ爪先が〝眠り病〟エボソを指す。

「そのはずでした。しかし彼によると、午後九時前に時世さんが戻ってきた後、部屋に出入りしたのは娘の暦さんだけでした」

ゴートたちが一斉に暦を見た。床が揺れているように感じる。昼に食べたパップが喉から洩れそうになる。

「あんた、あのお嬢ちゃんが自分のおかん殺したっちゅうんか」

「いいえ。わたしは考えます。犯人はエボソがうたた寝していた隙に部屋へ入って、時世さんを殴り殺したのでしょう」

「つまりそこの木偶《でく》の坊がへまこいたせいであの女は殺されたっちゅうわけやな」

ゴートたちが〝眠り病〟エボソに目を移す。エボソは息苦しそうに肩を揺らしている。

「ほなこんまま攻撃するっちゅうわけいかんやろ。どうけじめ付けるんか、教えてもらおか」

エボソが何か言おうとするのを、司令官が遮った。

「仕方ありません。追加でもう一人、地上から人間を連れてきます。その方に明日から三十二日生活してもらい、知能計測を行います」

「その間、うちらはどうなる」

「引き続き一緒に生活してもらいます」

「あほたれ！」

エボソがびくんと震えた。

「こっちはけじめの付け方聞いとんねや。ええ大人がどうもすんまへん、あと三十二日よろしゅう頼んますすって、そんな舐め腐った話あるか。ようそんなんで生きてこれたな」

「では」司令官が声を硬くする。「どうすればいいのですか」

「そらあんたらが考えることや。よう話し合《お》うて、決まったらわたしに知らせにこい。ええな」

しっし、と手を振ると、貴美子はホテルマンに車椅子を押させ、部屋へ帰って行った。


三十三日目。

パンパイプは一月ぶりにンドラの金属精錬所へ着陸した。警備員がムスリムの少年を捕らえると、再び成層圏へ浮上した。

午後五時過ぎ。〝眠り病〟エボソは貴美子の部屋を訪ね、床に膝を突き、手を突き、頭を突いた。

「申し訳ありませんでした」

貴美子の出身地である日本の謝意の示し方を調べたのだろう。貴美子はぴくりとも表情を変えず、「ほんまにあほやな」と切って捨てた。

「本当に、申し訳ありませんでした」

「何度も言わすな。謝って済む話ちゃう言《ゆ》うとるやろ」

「本当に、ごめんなさいでした」

「それや!」

エボソの頭が跳ねた。角が震えている。

「口先だけでどうこうしようっちゅう根性が舐め腐っとる言うとんねや。分からんか?」貴美子は後ろを振り返った。「あんたもそう思うやろ?」

退屈そうに掌を閉じたり開いたりしていたホテルマンが、くぇ、と鳴いた。

「風船、あんたに言うたんや。正直に言うたらええ。あんたも腹立っとるやろ?」

「いいえ。わたしは足で立ちます」

「身内でもないわたしがこんだけ怒っとんのに、身内のあんたが知らんぷりでええんか言うとんのや」

ホテルマンは口を開いたまま数秒凍りついた後、指先を〝眠り病〟エボソに向けた。

「わたしは考えます。津野貴美子さんの言う通りだ。しっかり反省しなさい」

「あかんわ。ありえへん。あんたほんまに腹立っとるか？」

「いや……はい」

「嘘や。うちなら身内がこんなやったら手え出るで」

ホテルマンは戸惑った様子で大きな手を前に出す。

「ええか。あんたら山羊か悪魔か知らんけどな、身内が問題起こしたときっちゅうんは、一発パチーンやって、これに免じてどうかご勘弁ください。こういう収め方するもんや」

「ああ」そういうことか、と納得した様子で、ホテルマンはエボソに歩み寄った。手袋を脱ぎ、手を床に突く。エボソが不安そうに肩を縮める。ホテルマンは、くぇ、くぇ、と何度か唸《うな》った後、手を後ろへ払って頭を突き出し、角でエボソの顔を突いた。

「そうや！　そういうことや！」

エボソが床を転がる。左瞼の鱗が捲れ、中の肉がこぼれていた。ホテルマンの角から膿色の液体が滴《したた》る。

「今日はもうええ。一晩反省して、どうしたらええか自分でよう考えて、明日もう一《い》っぺん来《き》い」

エボソが息を吐く。下顎が下がり、安堵の笑みを浮かべたように見えた。

三十六日目。

「ほんま舐め腐っとるわ。そんなしょうもないお芝居で騙せる思たんか？」

貴美子は車椅子の肘置きを叩いて、ホテルマンの〝風船〟シャモソに罵声を浴びせた。

「舐めてませんし、芝居でもありません。わたしは本当に怒りです」

「芝居や。角でちょんちょんやっときゃこっちが大人しくなる思て、小手先でやっとるんが丸分かりや。そんなんやったらやらんほうがよっぽどましやな」

シャモソは助けを求めるように廊下を見回す。十体ほどのゴートが貴美子とのやり取りを見ていたが、助け舟を出す者はなかった。

「あかん。ほんまにありえへん――」

激昂《げきこう》した貴美子が、げふ、げふ、と咳き込む。その隙に左目の塞がった〝眠り病〟エボソがシャモソに手を振り、長い指で鼻先を指した。もっと強く。もっと強く。四日続けて角を突き立てられたエボソは顔のあちこちから桃色のぶよぶよした肉がはみ出ていた。

「津野貴美子さんの言う通りです。わたしは本当に怒りを表していませんでした。これから本当に怒りを表します」

シャモソは廊下のホテルマンを呼び、エボソの両腕を押さえさせた。五歩ほど下がったところで手袋を脱ぎ、床に爪を立てる。エボソが頷いたのを合図に、シャモソは助走をつけてエボソに突っ込んだ。右の角が歯茎を削り、左の角が右目に突き刺さった。

「くぉぉおう」

エボソの大きな手が宙を掻く。シャモソがエボソの肩を摑み、角を抜こうとする。串刺しになった眼球が瞼を押し広げ、膿色の液体とともにごろんと飛び出た。エボソが狂ったように顔を撫《な》で回す。辺りが見えていないようだった。

「なに喚《わめ》いとんねや！」

貴美子が怒鳴った。エボソが凍りつく。液体が落ちる。

「あんたが根性なしで自分のケツもろくに拭けへんから、風船や他のやつらが手え貸してくれてんねやろ。まず感謝せえ！　そんなことも言われんと分からんか！」

エボソは床に手を突くと、動揺を鎮めるように大きく息を吐いて、

「本当にありがとうございます」

誰もいないほうに言った。

四十五日目。

暦は部屋に籠って『奇巌城』の余白にペンを走らせていた。目を覚ましてから陽が翳《かげ》る時刻まで、一度も手を休めなかった。

ゴートたちに異変が起きている。時世の死をきっかけに、彼らは貴美子の罠に嵌まりつつある。

人類を救えるかは分からない。このやり方でアフリカ南部への攻撃を止められるのかといえば、可能性は低いだろう。だがせめて、今起きていることを、母親の身に起きたことを誰かに伝えたい。そんな思いで暦はペンを走らせた。

警備員の〝眠り病〟エボソは以前とは別の生物のように痩せ細り、衰弱し、意気を失っていた。数日前から許可なしでの移動を禁じられ、生活エリアの余っていた部屋に閉じ込められている。食事はほとんど与えられず、排泄《はいせつ》もできず、眠れば〝風船〟シャモソに鱗を剝がされ、食事を吐けば貴美子に「何様のつもりや」と罵られた。

司令官は見て見ぬふりを決め込んでいた。時世の代わりに連れて来られたムスリムの少年の知能計測が終わるまで、あと二十日。その日が来ればどうせサンプルは全員死ぬ。それまでエボソが犠牲になることで貴美子が大人しくなるなら構わないと判断したのだろう。

午後八時過ぎ。暦はこの日初めての食事を摂った。部屋の前のホテルマンにトレイを返し、再びペンを執《と》る。第一章の終わりのページを開いたところで、男の野太い悲鳴が聞こえた。ゴートたちの足音が続く。胸騒ぎに突き動かされ、部屋を出た。

「申し訳ありませんでした」

貴美子の二つ隣りの部屋で、ホテルマンの〝風船〟シャモソが繰り返していた。部屋を覗く。女が仰向けに倒れていた。乗船時に耳飾りを取り上げられていたトンガ族の女だ。臙脂《えんじ》の綿布が首にきつく巻き付いていていた。

司令官が警備員の棒を奪い、先端で綿布を切り落とす。パートナーらしい男が心臓マッサージを施すと、女は二分ほどで息を吹き返した。

「本当に、本当に、申し訳ありませんでした」

シャモソの声はひどく震えていた。ホテルマンとして、彼女を含むこの区画のサンプルの生活をサポートするのが彼の役目だったのだろう。時世の死の責任を問われた〝眠り病〟エボソが受けた仕打ちを思えば、冷静でいられなくなるのも無理はない。

「なんであんたが謝んねや」

そんなシャモソを見て、貴美子は、へっ、と鼻を鳴らした。

「あんたの気が抜けとったんは眠り病のせいや。毎日あんなあほたれに付き合わされたら、そら頭も緩なるで。せやろ？」

そう言って〝眠り病〟エボソを閉じ込めた部屋の壁を叩く。

「はい、わたしのせいです」

エボソが答えた。熱に浮かされているような舌足らずな声だった。

「そういうこっちゃ。この話はこんで終わり。はよ持ち場帰りや」

五十七日目。

〝眠り病〟エボソが死んだ。

午前七時過ぎ、〝風船〟シャモソが様子を見に行き、エボソが冷たくなっているのを発見した。エボソは角が割れ、右目が潰れ、顎が合わなくなり、爪が捥《も》ぎ取られ、骨と胃袋が鱗に浮き出ていた。尻からは人間の血に似た赤い液体が洩れていた。二体の警備員が死体を抱え、侵入禁止エリアへ運んで行った。

楠神新平が知れば歓喜したに違いない。人類が、ついにゴートを倒したのだ。

この件を理由に、貴美子はまた誰かを恫喝《どうかつ》するのだろう。暦はそう思っていた。だが貴美子は運ばれていく亡骸《なきがら》を大人しく見送った。

不気味な静寂が訪れた。ムスリムの少年を除く六十三人は、すでに知能計測を終え、時間を持て余している。テストを行う側も事情は同じようで、数体の試験官を除く大半のゴートたちは大した仕事もなく、無意味な時間を送ることに戸惑っているようだった。

その日の夜、『奇巌城』が第三章に入った午後十一時過ぎ。暦がトイレへ用を足しに行くと、侵入禁止エリアへ続く通路に警備員の棒が並んでいた。足を溶かさないように注意して見張り部屋へ近づく。窓を覗くと、二十体近い警備員が司令官を取り囲んでいた。

「」

警備員の尖《とが》った声が聞こえた。司令官が警備員のエボソを守らなかったことに憤っているのだろう。エボソの受けた仕打ちは度を越している。そのくせ同じ過ちを犯したホテルマンは咎《とが》められる気配すらないのだから、落ち着いていられなくなるのも無理はない。

警備員の一体が司令官に詰め寄る。口から粘り気のある液体が糸を引いていた。

五十九日目。

「寒うてかなわん。もっと暖房焚けへんか」

貴美子が警備員を呼び止めて言った。ひどく声が嗄れていて、顔色も悪く見える。エボソが死んだ日から、彼女は明らかに様子がおかしかった。

「それはここにありません。生活エリアは人間に快適な温度に保たれています」

警備員が素っ気なく答える。貴美子への怒りが滲《にじ》んでいた。

「かなわんな」

俯いて答える貴美子の声はひどく弱々しかった。

六十二日目。

「あかん。死にそうや。何でもええから、身体の温まるもんくれへんか」

司令官の部屋の前で、貴美子が縋《すが》るように言った。呼吸が荒く、フットレストに載せた足の先がぴくぴく震えていた。

司令官は車椅子を押していた〝風船〟シャモソに、湯を注いだ容器を持って来るよう指示した。シャモソは侵入禁止エリアに入り、知能計測に使った容器を持って戻ってきた。

〝眠り病〟エボソが死んで五日。少年の知能計測期間が終了するまで、残り三日。

暦はもう期待していなかった。ただ、誰かに『奇巌城』の記録を見つけてほしい。エリア9の攻撃可能判定中に起きた事件を知ってほしい。そんな願いでペンを動かし続けた。

午後十一時五十五分。まもなく日付が変わる。『奇巌城』を閉じ、ベッドに横になった。

パン。

乾いた音が聞こえた。

ヨハネスブルグでは何度も耳にした、だがパンパイプでは一度も聞いたことのない音。

暦はその音を懐かしいと思った。


六十三日目。

「〜〜〜〜」

司令官が時世の死体を目にしたときと同じことを言った。

生活エリアの外れの部屋にゴートたちが集まっている。中を覗くと、ムスリムの少年がベッドの袖に倒れていた。左胸に黒い点が見える。目を凝らすと、ポロシャツに穴が開いているのが分かった。ベビーブルーの生地がわずかに焦げている。

「何が起きたんだ。また誰か殺されたのか？」

ブレイズヘアの男が尋ねた。ゴートたちが司令官を見る。司令官は男のほうを振り返って、

「カトレホさんが死にました。殺されたようです」

静かに告げた。

男は「本当なのかよ」と唇を歪めた後、堪え切れぬように笑みを浮かべ、すぐにそれを消した。少年の死は耐え難い。だが時世のときと同様、残された者の寿命が延びたことも意味する。暦も思わず胸を撫で下ろした、のだが。

「あんたらいい加減にせえ」

刃《やいば》のような声が空気を裂いた。廊下に群がっていた人間たちが声のしたほうを振り返る。そこに貴美子が立っていた。

「また一からやりなおし。また三十二日待ちぼうけっちゅうことか？　呆《あき》れて叱る気もせえへん。いったい誰のせいや」

腰が曲がり、首も垂れていたが、それでも確かな足取りでゴートたちに近づく。昨日までとは別人のようだった。

「幸いなことに、犯人の見当は付いています」

司令官が日本語で答えた。ゴートたちの視線が行き来する。

「死体を見てください。カトレホさんには警備員の武器を刺した穴があります」

そう言って少年の胸を指す。警備員の持つ棒の先端は二千度以上の熱を持っていると、事前講習で習ったのを思い出す。

「わたしは考えます。警備員の誰かがカトレホさんを殺しました」

くぇ、くぇ、と警備員たちが囀《さえず》り出す。その中の一体、角の小さなゴートが逃げ道を探るように辺りを見回した。〝眠り病〟エボソの身に起きたことを思い出したのだろう。

司令官が英語で同じことを言うと、

「いや、違うと思うよ」ブレイズの男が反論した。「昨日の夜、パン、って音を聞いたんだ。あれ、銃声でしょ」

暦もその音を聞いていた。他の人間たちも同意する。

司令官は「そんなはずはない」と呟《つぶや》き、屈み込んで少年の死体を検《あらた》めた。右手の四つの指で穴を広げ、左手の二つの指をそこに入れる。穴から出てきた指には金属製の弾丸が挟まれていた。

警備員たちが口々にまくし立てた。

「わたしは考えます。サンプルの誰かが銃器を持っていた。そのサンプルがカトレホさんを撃った。知能測定をさらに延期させるために」

「わたしたちはカトレホさんを殺した犯人ではない。罰を受けることはない」

「いや、それも変でしょ」再びブレイズの男。「あんたら、船に乗るときおれたちから武器を没収したじゃないか。誰も銃なんか持ってないよ」

その通りだった。

警備員たちが沈黙する。サンプルに武器の持ち込みを許したとすれば、それは警備員の責任だ。貴美子が、はあ、と息を吐く。

「ほんならお前ら、どうやってけじめ――」

「可能性はもう一つあります」

角の小さな警備員が言った。貴美子が眉を寄せる。

「カトレホさんを殺した犯人は侵入禁止エリアに忍び込み、我々がエリア9の攻撃のために準備していた拳銃を持って行った」

警備員たちが再び沸き上がった。司令官は何も答えない。

「わたしは考えます。侵入禁止エリアの出入りを見張るのは司令官の仕事です。カトレホさんが撃たれたのは警備員の過ちではなく、司令官の過ちです」

警備員の声が大きくなる。くぇ、くぇ。

「エボソは仕事の過ちを理由に死にました。たくさん刺され、腹を空かし、糞《くそ》を洩らして死にました。司令官はどうやって死にますか？」

「違う」司令官が大きな手を振り上げた。「これは罠だ。きみたちがわたしの目を盗んで拳銃を持ち出し、カトレホさんを殺しました。死ぬべきはきみたちです」

「」

警備員の一体が司令官の腹に角を突き立てた。司令官が吠《ほ》える。ホテルマンが三体がかりで警備員を引き剝がそうとする。別の警備員がその中の一体に組み付く。角を摑み、胸椎を蹴って押し倒す。勢い余って力を込め過ぎたのだろう。ホテルマンの角が付け根の鱗ごと浮き上がり、桃色の肉が溢れた。悲鳴。

乱闘が始まった。警備員たちは司令官の顔を刺し、鱗を剝ぎ、指を折り、腕を折った。抗議したホテルマンや試験官も躊躇《ちゅうちょ》なく押し倒し、気管を絞め、角を折った。ホテルマンの〝丸太〟カダソは生活エリアから逃げ出そうとしたが、武器を取りに行くと誤解した警備員の〝泥〟ジュジソに捕まり、動けないように足首を折られた。それを見た試験官の〝丸見え〟アッソはジュジソの頭を摑んで眼球を穿《ほじく》り出し、それに気づいた警備員の〝肉球〟ザエソがアッソの喉に歯を立てた。ホテルマンの〝動滑車〟ディソは床に落ちた棒を拾い、警備員のふりをして乱闘から離れようとしたが、本物の警備員と誤解したホテルマンの〝電池〟アグソに顎と腹を殴られ尻を突いた。それを見た警備員の〝博愛〟イムソは床に落ちていた誰かの角でアグソの首を三度刺した。自分のせいで同僚が殺されたと思ったディソは悲鳴を上げ、アグソの死体に手を伸ばしたところを四体のホテルマンに踏みつけられ内臓を吐いて死んだ。警備員たちは溜め込んだ怒りを爆発させ、ホテルマンと試験官は命を守るために逃げ惑い、反撃し、殺し合った。

人間たちは乱闘に巻き込まれぬよう部屋へ逃げ込んだ。脣も床に散った膿色の液体を跳び越え、這々《ほうほう》の体《てい》で近くの部屋へ飛び込んだ。

閂をかけ振り返ると四人の女がいた。一人は貴美子だった。彼女たちは黙り込んだまま、ゴートが叫び、鱗がぶつかり、骨が割れ、液体が跳ね、肉が啗まれる音を聞いていた。

どれほどの時間が流れたのか。ゴートの気配が消え、遠くから響いていた低い唸り声も途絶えた頃。

ふいに、すぅ、と身体が軽くなった。世界が沈んでいくような感覚。パンパイプが緩やかに下降している。それが十分ほど続いた後、ドン、と直下型地震のように床が弾んだ。

揺れが収まったのを確かめ、ゆっくりと腰を上げる。三人に目配せして、閂に手をかける。

扉の向こうから、ぬちゃ、と濡れた床を踏む音が聞こえた。バンダナを巻いた少女が悲鳴を上げる。

すぐに静寂が戻った。今のは何だったのか、と思った刹那、閂が折れ、扉が壁を打った。

少女が叫ぶ。暦は尻餅を突く。

部屋の前にゴートが立っていた。鱗がほとんどなくなり、ぶよぶよの肉に包まれ、関節から細く尖った骨が突き出ていた。

「大変申し訳ありませんでした。もう危険はありません」

愛想のない口調に聞き覚えがある。司令官だ。

「攻撃可能判定を続けます。今後の予定ですがぁ――」

司令官が溶けた。わずかの鱗が消え、肉が消え、骨と内臓が見えたが、それもすぐに跡形もなく消えた。

　後ろの廊下に警備員がいた。パイプガンに似た筒をこちらに向けている。暦は思わず目を閉じた。十秒、二十秒——何も起こらない。おそるおそる目を開けると、警備員はまだ同じところにいた。よく見ると下半身がない。くぇ、と鳴いて俯《うつぶ》せに倒れると、そのまま動かなくなった。

　暦たちは高齢の貴美子を残し、手分けしてパンパイプを見て回った。暦は侵入禁止エリアを一回りしたが、息のあるゴートはいなかった。

　他の部屋からもぞろぞろと人間が出てくる。三人が乱闘に巻き込まれ、五人が落下時に身体を打って怪我をしていたが、命の危険はなさそうだった。

　六十三人は乗船時に通った廊下を引き返し、出口へ向かった。煙の臭いが鼻を突く。思わず足が速くなる。

　スロープを駆け下りると、夕暮れの精錬所が眼前に広がった。垂れ込めた雲も錆びた配管も飛び回る虫も、何もかもが愛《いと》おしい。パンパイプに圧し潰された発電所から火の手が上がっていたが、危険は当分なさそうだった。

　遠くから叫び声が聞こえる。精錬所の敷地の外、パンパイプから二キロほど離れたところにザンビア空軍の輸送船が並んでいた。望遠鏡でこちらを見ていた軍服の男たちが歓声を上げている。

「生きて帰れるなんて思わなかった」

トンガ族の女が泣きながら膝を突いた。

床を擦るような足音が近づいてくる。貴美子が自分の足でスロープを下りてきた。ウズメ計画を成し遂げた老女は、夕陽に手を翳《かざ》し、眩しそうに辺りを見渡すと、

「良かったな」

暦の腰を撫で、口元に小さな笑みを浮かべた。

「何もかも、あんたと約束した通りになったわ」

＊

「ええ気味やな」

貴美子は苦しそうにひいひい笑っていたが、深呼吸をして息を整えると、車椅子の背もたれに身を預け、ふう、と息を吐いた。

「あんたの言う通り、このままやったらうちらはあとちょっとで死ぬ。下の何億人も巻き添えや」

三十二日目。アフリカ南部に鉛の雨が降るまで、あと三時間あまり。

「でもな。一個だけ、あの山羊さんらこてんぱんにのして人類救う方法があんねん。あんた

と娘にしかでけへんことや」

涙まで浮かべた目で時世を見上げる。時世には貴美子の意図が分からなかった。冗談を言っているのか、あるいは。

「何だってやりますよ。本当に人類を救えるなら」

「ほんまか。ほんならまず役者を揃えなあかん。あの娘ここへ連れて来《き》い」

思わず立ち尽くした時世を、踵《かかと》を鳴らして「時間ないで」と急かす。暦を巻き込みたくはなかったが、四億人の命を天秤にかけられてはやむをえない。

時世は暦の部屋を訪ねると、「貴美子の言葉は聞かなくていい」と強めに釘を刺して、二人で彼女の部屋へ戻った。

「安心せえ。取って食おうっちゅうわけやない。ちょっとだけ婆さんの与太話聞いたってや」

緊張した様子の暦を一瞥《いちべつ》し、貴美子は口元を綻ばせる。昨日までとは別人のように饒舌《じょうぜつ》になっていた。

「あんたも知っての通り、自分が正しい思てる人間は強いし、あかん思てる人間は弱い。せやから人を弱らすには、自分はあかんことしとる思わせること。それはあの山羊さんら相手でも同じじゃや思う。

でもあいつら、学校の先生みたく真面目で、税務署の職員みたく杓子《しゃくし》定規やろ。ぎょうさん考えてんけど、あいつらに疚《やま》しいとこなんか一個も浮かばんかった。せやからあんたに道具借りて、小芝居やろう思てんねん」

時世の顔を覗き込んで、嬉《うれ》しそうに目を細める。

「その芝居で山羊さんがへまこいたように見せかけるんや」

「道具なんて持ってませんよ」

「持っとるわ。十八年前から、ずっと」

何を言っているのか。

「これは楠神のおっさんに聞いたんやけど、あんた、自分が撃たれた倉庫のカーテンもろたんやろ」

確かに時世は、警察を辞めたとき、貴美子に監禁されていた大村宗児からアラベスク模様のカーテンを譲り受けた。

「あの布を使いたいんですか。ここには持ってきてませんよ」

「あはは、そらそうや。あんなきったないカーテン、誰がわざわざ持ってくんねん」

腹が立った。

「きれいなカーテンですよ。血は付いてますけどね。命の重みを知らないあなたには分からないかもしれませんが、あの布はわたしを救ってくれたんです」

貴美子は声を上げて笑った。

「自分で言《ゆ》うてることがおかしい思わんか？」

何のことだ。

「よう考え。あんたの持っとるその布切れがきれいなわけないやろ」

貴美子の言葉を反芻《はんすう》していると、ふいに呼吸が苦しくなった。動悸《どうき》が猛烈に速くなる。汗が噴き出す。指先が震える。

あの日、時世は二発の銃声を聞いた。一発目とともにガラスの割れる音が響き、二発目とともに左目に強い衝撃を受けた。時世は窓のカーテンを剥がして眼窩を押さえ、そのまま意識を失った。

後に記憶を取り戻した時世は、一発目の銃弾が窓ガラスを砕き、二発目の銃弾が時世の左目を射抜いたのだと考えた。だがこれはおかしい。

時世が宗児から譲り受けたカーテンは、血こそ大量に付いていたものの、それ以外はきれいなままだった。だが一発目の時点で窓が割れていたなら、カーテンが無事で済むはずがない。銃弾が貫通した穴が開いているはずだからだ。

一度目の発砲で割れたのは窓ガラスではなかったのか？　時世は窓が割れるのを見たわけではない。倉庫にはブラウン管テレビや水槽など、ガラスを使った物がいくつかあった。それらが割れた音を聞いて窓が割れたと誤解したのだろうか。

だが小屋に入る前に外から観察したとき、採光窓にはカーテンが引かれ、磨りガラスも割れていなかった。一方、斜向かいのアパートに住んでいた解体作業員の青年は、銃声に気づいて部屋の外に目をやり、プレハブ小屋の採光窓からパイプガンを構える男を見て通報したという。青年に傑の姿が見えたということは、その時点でカーテンは外れ、磨りガラスも砕けていたことになる。

後に読んだ捜査報告書にも、窓に面した植え込みから一つ、倉庫の中から一つ弾丸が見つかったと記されていた。あのとき窓が割れたのでなければ、やはり辻褄《つじつま》が合わない。

ではなぜカーテンはきれいなままだったのか。

いや、違う。

順番が逆だったからだ。

時世がカーテンを引き剝がした後、弾丸が窓を砕いた。つまり――。

「傑は弾を三つ撃ったのか」

一発目は倉庫の中のガラス製品に当たり、二発目が時世の顔に命中し、時世がカーテンを剝がした後、三発目が窓のガラスを割った。これならカーテンに穴が開いていなかったこと、それでいて青年が窓から中を覗けたことに説明が付く。

あのとき現場にいた二人――警察官の時世と監禁されていた宗児には認識の食い違いがあった。どちらも二発の銃声を聞いていたにもかかわらず、時世は二発目で左目を失ったと思い、宗児は一発目が時世の顔に当たったと証言していたのだ。

傑が三度、パイプガンを撃っていたのなら、この食い違いにも説明が付く。時世は出血により三発目の前に失神したため、発砲は一、二発目だけと思い込んだ。一方、宗児は度重なる暴行により朦朧《もうろう》としていたこと、さらにアスファルトの開削工事の音が周囲に響き渡っていたことから、一発目の銃声に気づかず、二、三発目を一、二発目と思い込んだのだ。

とはいえ疑問も残る。捜査報告書によれば、発見された弾丸は倉庫の中と外の植え込みに落下した二つだけだった。鑑識が弾丸を見落とすとは思えない。傑が三度発砲したのなら、三つ目の弾丸はどこへ消えたのか——。

「そこや」

貴美子が時世の眼帯を指した。頭の中を読んだかのように。

「これも楠神のおっさんに聞いた話やけどな。前頭葉の深いとこにめり込んどるせいで、無理に引っこ抜くと一緒に脳が飛び出てしまいそうなんやと。せやからどうしても抜かれへんかったらしいわ」

三引く二は一。

信じがたいが、可能性は他にない。

「どうして誰も、それを」

教えてくれなかった？

違う。

記憶は嘘をつく。

時世は捜査報告書に目を通していた。日本を出たときには空港で金属探知機を使った検査を受けている。そんな自分が、眼窩に弾丸が埋まっていることを知らなかったはずがない。

時世は忘れたのだ。

いつ、どこで、弾丸が脳を抉《えぐ》るか分からない。そんな死と隣り合わせの恐怖から逃れるため、時世は記憶の一部を封じ込めようとした。伯父の誘いに乗り、飴浦から一万三千キロ離れたヨハネスブルグへ渡ったのもそのためだったのだ。

「わたしが芝居に使いたい思てるんは、その弾や」

貴美子は震える指で自分の左目を指して、それを時世に向けた。

「筋はこんなとこ。手始めにこの六十四人のうちの誰かを殺す。凶器は山羊さんどもが持っとる槍みたいな棒や。あいつら自分らは痛くも何ともないもんやから、廊下に置いたままどっか行ったり居眠りしたり平気でしよるやろ。そん棒の先で人の心臓ちょいと突けば、まるで撃たれたみたいな穴が開く。そこにあんたの持っとる弾を埋めるんや。

うちらは船乗るとき武器らしいもん皆《みんな》取り上げられとるから、銃持っとるはずない。誰かが撃ったっちゅうならあんとき見張り役が見落としたか、犯人が山羊さんらのおるとこから銃持ち出したことになる。どっちにしたって、あいつらの失態でうちらの三十二日がやり直しっちゅう理屈になるやろ。初めに言った通り、疚しいとこ一個あれば後はこっちのもんや」

「無理ですよ。絵空事です」じっと話を聞いていた暦が口を挟んだ。「銃を撃ったら音が鳴るはずです。傷から弾丸が見つかっても、音がしなかったらその人が撃たれたとは誰も思いません」

　貴美子は車椅子から平然と立ち上がり、背もたれに手を載せた。

「あんたの言う通り。このせこい乗り物使《つこ》うてたんはそのためや」

「は」

「お嬢ちゃん、山登ったことあるか？　山の上行くとお菓子の袋がぱんぱんなるやろ。よう知らんけど、空気っちゅうんは高いとこやと膨らむらしい」

　ヨハネスブルグからンドラへ持ってきたコーンフレークの袋が膨れていたのを思い出す。

「ほんでこの船、浮いとるやんか。せやからこの車椅子のタイヤもぱんぱんなってる。しかも空気は温《あった》めるともっと膨らむらしいから、良いとこで山羊さんにお湯でももろて、タイヤ温める。そうすると――」

　パン、と唇を弾く。

「思い切り破裂するから、その音を銃声に見せかけるっちゅう寸法やな」

　暦の反論は続かなかった。

「あんたらに頼みたいことは一つ。その立派な脳味噌《みそ》に入っとる弾丸、わたしに貸してくれへんか。そしたら山羊さんども騙くらかしてぎったんぎったんにしたる」

ほれ、と貴美子は手を前に出した。

暦の言う通り、絵空事のような話だ。並大抵の人間には不可能だろう。だがこの女には才能がある。弱みに付け込み、罪の意識を焚きつけ、完膚なきまでに打ちのめすことができる。たった一つ、小さな弱みさえあれば。

「お母さん、やめて」暦が声を軋《きし》ませた。「この人、もっともらしいこと言ってるだけだよ。真面目に聞いちゃ駄目」

時世はナイロン越しに左の眼窩に触れた。

医師にも取り出せなかったというくらいだ。無理やり弾丸を穿り出せば脳出血が起き、自分は死ぬだろう。やるからには確実に取り出さなければ意味がない。脳の持ち主である時世には、そこに埋もれた弾丸を確実に取り出すことはできない。

「わたしは無理やで」貴美子が自分の手を見て、すぐに顔を上げた。「車椅子は飾りでも、脳梗塞で指がよう動けへんなったんは本当や」

「あたしだって嫌」暦が叫んだ。「絶対何もしないから」

貴美子の目的はこれだ。

人類を見捨てるか、娘に自分を殺させるかを時世に選ばせること。

楠神の提案を引き受けたのも、時世と暦を連れて来させたのも、三十二日目までまったく動きを見せなかったのもそのため。自分一人の鬱憤を晴らすために、この女はすべてを利用したのだ。

——きみに我々の未来がかかってるんだ。

そう時世を焚きつけた楠神も、この筋書きを知っていたのだろう。いや、貴美子は大きく下絵を描いただけで、細かいところを描き込んだのはおそらく楠神だ。パンパイプの構造や警備員の武器の形状など、エリア6の生還者から得られた情報がなければこの筋書きは描けない。人類を人質に取られ、楠神は悪魔に手を貸したのだ。

「お嬢ちゃんの役目は弾取るだけやないで」

貴美子はそう言いながら車椅子に腰を下ろした。

「弾取ってそのままやったら、目の穴から何か穿り出したんばればれやからな。死んだ理由が分からんように、閂の棒で頭丸ごと砕き割ること。あとは銃で撃たれたふうの死体つくるんもでけへんから、あんたに頼むわ」

暦は泣いていた。溺れたように荒く息を吸い込み、咽《む》せながら吐き出す。

「すまんなあ。でもお嬢ちゃんが手え貸してくれたら、人類は皆《みんな》感謝するで。わたしも絶対、山羊さんどもやっつける。わたしゃ約束守らんやつは嫌いやからな」

四億人の命すら、貴美子には人を嬲《なぶ》る道具に過ぎない。この女は化け物だ。道徳にも常識にもくだらない規則にも縛られない、本物の悪魔だ。時世や楠神はもちろん、人類もゴートも、何もかもが彼女の大きな手の中にあったのだ。

「ごめん」

時世は貴美子に背を向け、暦を見据えた。暦は、やめて、と唇を戦慄《わなな》かせる。

「でも、お願い」

どうせあと数時間で死ぬ。ならば選ぶべき道は明らかだ。

「――最後に信じさせて。わたしが、誰かのために命を懸けられる人間だってこと」

5

六十三日ぶりに見上げたパンパイプは、中に住んでいたときよりも随分小さく見えた。

消火器を持った軍人たちが駆けてくる。一足遅れて、救護班が担架や毛布を運んできた。

その中に楠神の姿があった。

「やつらを倒したんですね？　ブラボー！　あなたは英雄だ。人類を救ったんだ！」

楠神が貴美子に抱きつく。貴美子が唇を曲げ、鬱陶しそうに肩を捻《よじ》る。

一通り人類の勝利を讃えたところで、楠神は思い出したように暦を見た。

「この勝利はあなたたち母娘がもたらしたものです。本当にありがとう」

口元を緩めたまま、殊勝に眉を下げてみせる。暦はベレッタを取り出し、マガジンを入れてスライドを引いた。

「おや、随分物騒なものを」

頭を狙ってトリガーを絞る。楠神は踊るように倒れた。

軍人たちが怒号を上げた。

貴美子にベレッタの銃口を向ける。何か言おうとした老女の頭に弾丸を撃ち込んだ。マガジンが空になるまでトリガーを引き続けた。

仰向けに倒れた貴美子の頭は、血を吸った襤褸《ぼろ》切れのようだった。

銃声が響く。足元のコンクリートが弾けた。

「手を上げなさい」

振り返ると、数え切れないほどのスコープが暦を捉えていた。

「ちょっと待って」

英語で答え、ダウンのポケットから『奇巌城』を出した。

ゴートは紳士だという。ならば仲間の仇《かたき》を取りに、きっとまたやってくる。

暦は本を炎に投げ込み、ゆっくりと両手を上げた。

J MYSTERY 2023

老いた犬のように

*

近藤史恵

近藤史恵
（こんどう・ふみえ）
1969年大阪府生まれ。'93年に『凍える島』で第4回鮎川哲也賞を受賞し、デビュー。2008年に『サクリファイス』で第10回大藪春彦賞を受賞、第5回本屋大賞2位に選ばれる。『タルト・タタンの夢』にはじまる「ビストロ・パ・マル」シリーズが'21年「シェフは名探偵」としてドラマ化。著書に『シャルロットのアルバイト』『土蛍』『ときどき旅に出るカフェ』『インフルエンス』『歌舞伎座の怪紳士』『夜の向こうの蛹たち』『たまごの旅人』『おはようおかえり』『幽霊絵師火狂 筆のみが知る』などがある。

編集者の中村《なかむら》が、家を訪ねてきたのは、少し春の気配が漂いはじめた二月の終わりのことだった。

ぼくはというと、その冬は大して外に出ないくせに、何度もタチの悪い風邪を引いて、少しも仕事にならなかった。予定していた連載の取材もできず、開始を先延ばしにしてもらうことになったし、やるつもりだった書き下ろしにも手をつけることができなかった。

幸い、一昨年出した単行本が、文庫として出版されることになり、中村はできあがった見本を届けにきてくれたのだ。とりあえず、これであと何ヶ月かは生きていられる。もちろん、多少の貯金はあり、本が出ないからといって、すぐに路頭に迷うわけではないが、それでもまったくの無収入で、銀行口座の残高が減っていくだけというのは、心が荒《すさ》むものだ。

中村をリビングに通すと、彼はぐるりとリビングを見回した。

「意外にきれいにしていらっしゃるじゃないですか。安心しました」

「うちにきたのははじめてじゃないだろう」

ぼくは、彼がなにを言おうとしているのか理解しつつ、わざとそれに気づかないふりをした。

家がきれいなのは、週に一度家事サービスの女性がきて、片付けてくれるからだ。シンクに溜まった洗い物をすべて洗い、洗濯機と乾燥機をまわし、うちに届いた郵便物をぼくに見せて確認し、不要なものは捨てる。玄関にまとめられたゴミを、ぼくがゴミの日に出せば、それで家の中は整えられる。

家事サービスは、葵《あおい》が家を出るときに契約していったものだ。

「必要なければ解約すればいい」

彼女はそう言ったたし、ぼくも最初は解約するつもりだった。だが、週に一度きてくれる家事サービスの女性がいなければ、家はあっという間にゴミ屋敷になってしまう。

風邪で寝込んだときも、簡単に作れるうどんや、レトルトの粥《かゆ》などを買ってきてくれて助かった。

葵がいたときは、乾燥機など使わなかった。彼女はいつも洗濯物を庭に干していた。ぼくは仕事をしながら、白いシーツがはためくのを眺めていたし、その光景が好きだった。

出て行く三ヶ月前に、葵が乾燥機が欲しいと言い出したときには驚いたが、彼女にだって楽をする権利はあると思ってそれを承諾した。まさかそれが家を出るための準備だったとは思わなかった。

そう、中村が「意外にきれいにしている」と言ったのは、妻に出て行かれた男にしては、という意味だ。理解しつつ、ぼくはそれに気づかないふりをする。

「梅田《うめだ》先生、文庫も一段落したことですし、そろそろ新しい連載のことも考えてはいただけないでしょうか」

「うん……」

わかっている。声を掛けてもらえるうちが花だ。出した本は重版されるし、一応、人気作家と呼ばれることはあるが、それでも何百万部と売れるほどのベストセラー作家でもないし、五十代という年齢はリタイアするのには早い。

働かなければ、貯金は底をつき、干上がってしまう。

だが、どうしても気力が出ない。もうこのまま枯れるように死んでいくのなら、それもいいかと思ってしまう。

病院には行って、眠剤だけはもらっているが、眠りはいつも重苦しく、目覚めた後、爽やかな気持ちになることもない。

それでもぼくは一応、笑顔を作る。

「そうだね。そろそろ。来月くらいまでには考えておくよ」

来月になったとしても、なにが変わるのだろう。葵はたぶん、もう戻ってこない。

ぼくはかけがえのない半身を失ってしまった。

葵はぼくのミューズだった。

そう言うと、たぶん葵を知っている人間は驚き、そして少し笑うのだろう。

特に美しくもなく、もちろん若くもない。知り合ったのはぼくが三十二歳の時で、彼女が二十九歳だった。三年後に結婚し、そこから二十年以上、一緒にいた。

学歴は専門学校卒で、容姿も平凡だったが、彼女は本が好きだった。彼女と話していれば、時間はいつもあっという間に流れた。同じ家に住んで、毎日話をしているのに、彼女と過ごす時間が退屈だと感じたことなどない。

なによりも、彼女は優しい人間だった。

ふたりで歩いていると、しょっちゅう近所の人から話しかけられた。彼女が近所づきあいをうまくこなし、まわりの人にも頼られていることがよくわかった。

葵は、庭に家庭菜園を作り、野菜などをよく育てていた。夏はトマトや茄子、冬は大根などがいつも食卓に並んだし、近所の人にもよくお裾分けをしているのだと言っていた。

ぼくの気むずかしい姉も、葵のことをとても気に入っていたし、うちにやってくるときには、葵に手土産を欠かさなかった。

姉が一昨年、まだ五十九歳の若さで亡くなったときも、葵はよく病院に行き、姉のそばについてやっていた。ぼくは仕事の忙しさにかまけ、あまり病院に顔を出すことはできなかった。

いや、本当のことをいうと、怖かったのだ。あれほど気丈だった姉が、日々、やせ衰え、弱っていく姿を見るのが。

葵は強く、そして優しい。ぼくはいつもそんな彼女を尊敬していた。

外できれいに化粧をして働いている女性よりも、水仕事で荒れた彼女の手を美しいと思ったし、庭で野菜を育て、身体《からだ》を壊した身内の世話をできることは尊いと思った。

彼女はぼくの半身だと思っていた。

だから、彼女がぼくと別れたいと言いだしたときは、驚いて絶望した。なんとかして止められないかと思った。

「わたしはあなたの創作活動に充分貢献していたはずだから、その分はもらうし、あなたが争うと言っても、この家は出て行く」

そのときに、ぼくは姉が、生前贈与という形で、葵にお金を残していたと知った。看病してくれたから報いたいのだと、姉は葵に言ったらしい。

姉は未婚だったが、ぼくたちの両親もまだ生きている。葵に直接、遺産を残すことになるといろいろ揉《も》めたかもしれない。

ぼくが受け取った姉の遺産はごくわずかだったが、ぼくはそれを葵に渡すことなど考えもしなかった。だからといって、ぼくが吝嗇《けち》だったとは思わないでほしい。夫婦なのだから、ぼくのお金は、彼女のお金も同然だと思っていた。

普段、贅沢もせず、本は図書館で借りたり、ぼくに送られてきたものを読んでいた彼女が、離婚のときに、いきなりお金のことばかり言いだしたことにも、ひどく驚いた。

「あなたは、結婚するときもほとんど貯金はなかったし、最初の五年間は、あまり本も売れなかったから、わたしが働いたお金で生活していた。でも、そのおかげであなたは執筆に集中できたはずだし、小説家として軌道に乗ったあとも、家のことは全部わたしがやっていた。あなただけの力で小説家としてやってきたわけではないはず」

彼女は確かにぼくのミューズで、そういう意味では、ぼくの小説の半分は、彼女の力でできていたのかもしれない。

だが、ぼくの知っている彼女は、こんなことを言う人ではなかった。身近にいる人には心を尽くし、見返りなど求めず、庭に種を植えて、それを育てることに喜びを覚える人だった。

もしかすると、姉が渡したお金が、葵を変えてしまったのかもしれない。

だとすると、ぼくが愛した彼女は、もう戻ってはこないのだ。


一日に一度、SNSにアクセスして、日常の写真一枚と、なんてことないひとことをつぶやく。

数少ない、ぼくの日課だった。

毎日、なんらかの発信をすることで、フォロワーは少しでも増えるし、本が出るときには宣伝もできる。政治的な話題などには触れないし、特におもしろい発言もしないから、ぼくの数少ないフォロワーのほとんどは読者だろう。

自著の宣伝だけでは読んでくれる人間は少ない。なんてことのないひとことでも、毎日つぶやくことで、親しみを持ってもらえるのだと、編集者に力説されたのだ。

あとは、生存報告のつもりもあった。妻がいたときには、一ヶ月なんの書き込みもしなくても、編集者が心配して、連絡をしてくることなどなかった。今は数日間黙っていただけで、電話がかかってくる。

独り身の男というのは、かくも頼りないと思われているのだろうか。

まあ、スマホで写真を撮り、一言添えるだけなら大した手間ではない。他の作家の発信もほとんど読まないし、SNSで時間を潰す趣味はない。

昨日は、近所の喫茶店に行き、オムライスの写真を上げた。その後、すぐに、よくやりとりをする読者の女性が、リプライをくれたのを覚えている。

「おいしそうですね。もしかしたら、わたしもよく行く喫茶店かも」

リプライなどは、すぐにつけずに、翌日アクセスしたときにつけるようにしている。すぐに返事をしなければと思ってしまうと苦痛になるし、やりとりが続くのも煩わしい。

だが、ついていたはずの、そのリプライがなかった。

おや、と、思ったとき、ダイレクトメールが届いていることに気づく。

「南風」というハンドルのその女性からだった。

「昨日は、はしゃいでリプライしてしまってごめんなさい。梅田先生がお近くに住んでいるかも、と思って、うれしくなってしまいましたが、おくつろぎの場所に行きにくくなってしまうかもしれないと思って、消しました。もし、お見かけすることがあっても、声などおかけしませんので、どうかご容赦ください」

南風さんは、過去にサイン会にもきてくれたことがある。まだ二十五歳くらいだろうか。すらりとして、垢抜《あかぬ》けていて、なかなかの美人だった。

ぼくの読者は男性が多かったから、こんな美人が愛読者でいてくれるのか、と、うれしかったのを覚えている。

SNSでも、ときどきリプライをくれるが、いつも気持ちのいい会話ができる。知的な人だと思う。

だから、こう返事した。

「もし、見かけたら、お声をかけてくださってもかまいませんよ。喫茶店ではあまり仕事しませんし、食事をするか、コーヒーを飲むかしているだけなので」

そこに、かすかな高揚がまったくなかったと言えば嘘《うそ》になる。だが、年齢も離れているし、ロマンスを期待するほど図々しくもない。

ただ、自分が若い女性から好かれていると思うのは、悪い気分ではなかった。

南風さんをいきつけの喫茶店で見かけたのは、そこから一ヶ月くらい経《た》ったある日のことだった。

二月も終わりになり、暖かい日も増えたが、ぼくはいまだに分厚いコートを着て、家ではこたつから出ることができなかった。

彼女は、薄手のトレンチコートを席の隣に置き、ひとりでノートパソコンに向かっていた。マスクをしているから確信は持てないが、それでも以前、サイン会で会ったとき、同じトレンチコートを着ていたような気がする。もちろん、サイン会で会った人をすべて覚えているわけではないが、さすがに彼女ほどの美人は覚えている。

彼女はちらりとこちらを見て、少し驚いた顔になった。それで本人だとわかった。

その日は会釈だけで終わったが、ときどき、同じ喫茶店で彼女を見かけるようになった。挨拶もしていないし、向こうから話しかけてくるのならまだしも、ぼくから話しかけるつもりはなかった。

いくら読者だからといって、こちらから若い女性に話しかけるなんて、あまり外聞がいい行動だと思えない。それに、ぼく自身も、彼女とこれ以上親しくなりたいとも思わない。

彼女は垢抜けた美人だが、ぼくが愛するような女性ではない。流行の髪型と、華やかなメイク、爪はいつも長く伸ばして、奇抜な色に塗られている。着ている服も安物には見えないから、裕福な生活をしているのだろう。

葵とは正反対の女性だった。ぼくは常に、こういう女性をどこか鼻持ちならない人間だと考えていた。それは今でもあまり変わらない。

もちろん、南風さんはSNSでの発言も知的で、押しつけがましいところのない人だということはわかっている。それでも、華やかな女性に対する苦手意識は簡単に拭い去れない。

だから、南風さんと会話を交わすようになったのは、まったくの偶然だった。

四月のある日、喫茶店のいつもの席で、読書をしていたとき、ふとした拍子でお冷やのグラスを倒してしまったのだ。

あわてて、おしぼりで拭いたが、水はテーブルの上に広がり、ぼくのズボンを濡らした。

「すみません。おしぼりかタオルいただけませんか？」

馴染《なじ》みのウエイトレスに声をかけたが、彼女はすぐにこられないようだった。

ぼくの目の前にすっと水色のハンカチが差し出された。レースの縁取りのあるタオルハンカチだった。

顔を上げると南風さんがいた。

「どうぞ、お使いください」

「いや、こんなきれいなハンカチをお借りするわけには」

「タオル地ですから気にしないでください。それに本が濡れちゃう」

たしかに、ぼくが読んでいた本の表紙にも水がかかっていた。本を濡らしたくなくて、ぼくはとっさにそのハンカチを受け取って、本を拭いた。

ウエイトレスが、ようやくタオルを持ってきてくれて、ぼくは自分の濡れたズボンを拭うことができた。みっともない姿で帰らなくてはならないが、まあ、自業自得だ。

南風さんは、いつの間にか自分の席に戻っていた。ぼくは、タオルハンカチを持って近づいた。

「ありがとうございました。洗ってお返しします」

南風さんはマスク越しに柔らかく微笑《ほほえ》んだ。

「お気になさらず。そのままで大丈夫です。あきらかに女物ですから、奥さんが誤解したら申し訳ないですし……」

思わず言ってしまった。

「妻とは去年別れたんです。だから大丈夫です。ここのマスターに預けておきます」

南風さんは驚いた顔になった。

離婚したことは、SNSなどでは公言していないから、親しい編集者しか知らない。

「失礼なことを言ってしまってごめんなさい。わたし、失言ばかりですね」

「そんなことはありませんよ。お気になさらず」

会話はそれで終わった。

ぼくは水色のタオルハンカチを鞄にしまい、喫茶店を出た。

彼女とは、なにも起こらない。ただ、ハンカチを借りただけだ。そう思うのに、どこか心がざわめいた。


下心などない。それは確かなのに、ぼくはそのハンカチをマスターには預けなかった。

駅前のパティスリーで小さなチョコレートの箱を買い、お礼代わりにそれと一緒に渡そうとしたのだ。ただ、常連客というだけなのに、預けものまでするのはマスターに悪い。そんなふうに自分に言い訳をした。

ハンカチは、家事サービスの女性が洗って、アイロンもかけてくれた。

南風さんは、あれから以前よりも、よくＳＮＳでリプライをくれるようになった。前は返事をしたり、しなかったりだったが、最近ではぼくも彼女には必ず返事をするようになっていた。

彼女とまた会えたのは、五月の終わり、そろそろ半袖が恋しくなるような蒸し暑い日だった。ぼくはようやく、新しい連載のための資料読みに取りかかっていた。

喫茶店に入ろうとすると、窓際の席に彼女が座っているのが見えた。いつものようにノートパソコンを開いている。

ふと好奇心が生まれて、ぼくは窓からノートパソコンの液晶画面をちらりと見た。縦書きのそのワープロソフトは、小説家が好んで使っているものだった。

喫茶店に入り、自分の気に入った席に座り、アイスコーヒーを注文してから考える。彼女は小説を書いているのだろうか。

今はインターネットで小説を発表できるし、同人誌を作ったりしている若い女性も多い。彼女が読書家だということは知っていたのに、まさか小説を書いているとは、一度も想像したことがなかった。

それは彼女が華やかな美人だからだろうか。だとすれば、偏見だ。パーティに行けば、美人作家もいるし美男の作家もいる。

とりあえず、せっかく会えたのだから、ハンカチを返さなければならない。ぼくは鞄に入れたままのハンカチとチョコレートの箱を持って、彼女の席に向かった。

ぼくに気づくと、彼女は笑顔で会釈をした。

「遅くなってしまって申しわけありません。このあいだはありがとうございました」

そう言って、ハンカチとチョコレートの箱を渡すと、彼女は目を輝かせた。

「わあ、かえってお気を遣わせてしまって申し訳ないです。でも、ありがとうございます」

ぼくは勇気を出して、彼女の向かいに座った。彼女は少し驚いた顔をしたが、不快そうな様子は見せなかった。

「いつもお仕事をされているんですか？」

「いいえ、実は小説を書いているんです。プロになりたくて、新人賞に応募しているんですけれど、いつも一次予選までしか通らなくて……」

「一次予選を通れば、見込みはありますよ」

これはリップサービスだ。一次予選を通らないような作品に見込みがないのは事実だが、その先は玉石混淆だ。だが、プロになった作家の中にも、最初は一次予選を通過するのが精一杯だったという者はいるし、ぼくだってそうだ。

ぼくは思い切って言った。

「もしよかったら、ぼくが読んで、アドバイスしましょうか」

普段ならこんなことは絶対言わない。だから、下心を疑われても仕方がない。

だが、それよりも南風さんがどんな小説を書くのか興味があった。見かけのように都会的でスタイリッシュな小説か、それともぼくの愛読者だというから、ぼくに似ているのか。

彼女は何度かまばたきをした。

「いいんですか？　でも、そんなお手を煩わせるようなこと……」

「いいんですよ。ぼくも感性がずいぶん摩耗してきたから、若い方の書く、新鮮な作品を読んで、刺激を受けたいんです」

それは半分本当で、半分は嘘だ。彼女の書く小説に興味がある。だが、一次予選を通過する程度の作品ならば、影響を受けるようなこともないだろう。

もし、最終選考に残るような作品ならば、さすがにこんなことは言わない。逆にこちらが打ちのめされてしまう可能性だってある。

「わあ、本当にうれしいです。実は、梅田先生に読んでもらえたらってずっと思っていました。頑張って完成させます」

的外れな申し出でなくてよかった。ぼくは彼女に住所を教えた。

これまでの礼儀正しい態度を思えば、いきなり家に訪ねてきたり、ストーカーのような態度を取ったりはしないだろう。

あまり話し込むことなく、席を立ち、自分のテーブルに戻る。こんな晴れやかな気持ちになったのはいつ以来だろうか。

仕事をしたい、と、ひさしぶりに思った。


葵は、ぼくの思っていたような女性ではなかった。二十年間一緒にいても、ぼくは彼女の本質をなにも理解していなかった。

だとすれば、華やかで垢抜けているように見える南風さんが、ぼくがこれまで抱いていたイメージと違い、ただ浮ついているだけの人間ではない可能性だってあるではないか。

ぼくはたぶん、まだ女性のことなど本当に理解できていないのだ。


南風さんから大きめの封筒が届いたのは、二週間ほど後のことだった。

彼女の本名はひどく平凡で、聞いたはしから忘れてしまいそうだった。南風というあたたかみのあるハンドルの方が、彼女に似合っている。

中に入っていたのは、丁寧なお礼の手紙と、七十枚ほどの短編小説だった。手紙にはメールアドレスと携帯電話の番号まで書いてあって、ぼくは相好《そうごう》を崩した。彼女は、ぼくともっと親しくなりたいと思っているのだろうか。

もちろん、親しくなりたいといっても、それが恋愛関係になりたいという意味だとは思っていない。そこを誤解してはいけない。強引に迫ることが男らしいという時代ではないことは知っているし、もともとそういうことは嫌いだ。

ソファに座って小説を読み始める。

SNSなどの書き込みから、語彙が豊かで頭がいいことは窺《うかが》えたが、やはり文章はちゃんとしていた。

だが、ミステリとしては、どこかで聞いた話だし、あまりおもしろくはない。オフィスで起こる殺人事件をOLたちが解くというのは、あまりにもリアリティがなさすぎる。

ただ、主人公のOLが、自宅でひとり老犬を飼っていて、その介護をしている場面は、主な筋とあまり関係ないのに、やけに魅力的だった。

むしろ、そちらを中心にした小説にした方が、いいのではないかと思ったほどだった。ぼくは南風さんにメールを送った。いつもの喫茶店で話をするつもりだったが、彼女は駅前にある個室の焼き肉レストランを提案してきた。

「せっかくですから、アドバイスをいただく代わりにごちそうさせてください」

一度は辞退したが、それでももうずっとひとりで食事をしていることに気づく。

ひとりで食べる食事は、砂を嚙《か》むようにわびしい。誰かと、しかも感じのいい南風さんと食事をしたら、どんなに楽しいだろう。

そう思うと、彼女と会う日が楽しみで仕方なかった。

約束の日、焼き肉レストランに到着すると、ぼくは同席の女性ではなく、こちらに会計をまわしてもらうように、店員に頼んだ。

これで南風さんが先に払ってしまうことはない。その後、トイレにでも行くふりをして、ぼくが払えばいい。

どうも女性に奢《おご》られると思うと、好きなものを頼めない。

個室に案内されると、南風さんは先に到着していた。

ふたりでビールを頼み、コースの焼き肉を持ってきてもらうことにした。南風さんはトングで、分厚いタンを網の上にのせた。

ちょうどいい焼き加減になったものを、ぼくの皿に入れてくれる。

酒は好きだが、強いとは言えない。酔いが回る前に小説の話をしておきたかった。

「短編、おもしろかったよ。特に老犬を介護している場面がいいね」

南風さんは、少しはにかんだように笑った。

「わたし、犬が好きなんです。今も家に老犬がいて……もう目も見えないし、耳もあまり聞こえてないんですけど、その子の面倒を見るときに、なによりも喜びを感じるんです」

胸が熱くなった。やはり、彼女はとても優しい人間だ。

「思うんだが、やはり、そういう、見返りを求めない献身というのは、女性が持ち合わせているなによりの美徳だね。男性では、なかなかそうはできないよ」

そう言ってしまってはっとする。前に同じことを言って、女性編集者から抗議されたことを覚えている。

「ぼくは、女性差別主義者じゃない。むしろ女性を尊敬していて、男性のことを嫌悪しているのかもしれない。だからこそ、こう思うんだ」

「先生の小説に出てくるヒロインも、いつも優しくて純粋で、主人公に心から献身的に尽くす人ばかりですよね。わたし、彼女たちの描かれ方が好きなんです」

それを聞いてほっとした。ある賞の候補になったとき、選考委員からその部分を酷評されたことは、心の傷になっている。だが、理想の女性を書いてなにが悪いのだと思っている。悪女ばかりを出して、女性差別主義者だと言われるならわかるが、むしろぼくは逆だ。

「奥さんもそういう人だったんですよね」

そう言われて、ぼくは息を呑《の》んだ。

昔、葵のことをエッセイに書いたことがある。南風さんはそれを読んだのだろう。

葵が、熱心に姉の看病をする姿に心を打たれ、葬儀で泣きじゃくる顔を美しいと思った。自分とは血のつながりのない相手なのに、こんなに献身的に尽くして、その死を悲しむなんて、さすがはぼくの愛した女性だと思ったのだ。

だが、なんのことはない。葵は姉から金をもらっていた。だから、あんなに足繁く病院に通い、死を悲しんだのだ。

それだけではない。ぼくは嫌な記憶を押し流すために、ビールをあおり、彼女が焼いてくれた肉を食った。

ぼくの気持ちに気づかないかのように、南風さんは話を続ける。

「家庭菜園で、野菜を作って、花を植えて、近所の人と仲良くできて……、わたしもエッセイを読んで、なんて素敵な人なんだろうって思いました」

「もうその話はやめよう」

耐えきれなくなってそう言うと、南風さんはやっと気づいたようだった。

「ごめんなさい。わたし、失礼なことを……」

「いや、そうじゃないんだ。大丈夫だ。あなたはなにも悪くない」

悪いのは、ぼくを裏切った葵と、葵の本性を見抜けなかったぼくだ。

その後は、散々だった。最初に急いで飲んでしまったせいか、ビールはあっという間に回ってしまった。

ひさしぶりに、脂のたっぷり乗った肉やホルモンを食べたのも悪かったのかもしれない。

機嫌よくいろいろ喋《しゃべ》った記憶はあるが、その後は気分の悪さと、目眩《めまい》に襲われて、焼き肉レストランの座敷で、しばらく横になることしかできなかった。

南風さんが水や烏龍茶を頼んでくれたり、座布団を敷いて、横になりやすいようにしてくれたり、甲斐甲斐しく面倒を見てくれた。

ぎりぎり吐くことはなかったが、座敷でうんうん唸《うな》っている自分が情けない。

気が付けば、少し眠ってしまっていた。軽く揺り起こされて目が覚める。

「先生、もう閉店だそうです。タクシー呼びました。起きられますか？」

南風さんの声がする。眠ったせいで、体調は少し回復したようだった。

「すまない……食事代を……」

「いいんです。今日はわたしがごちそうするつもりだったんですから」

いくら、店員に根回ししたとしても、潰れてしまっては元も子もない。ぼくはなんとか起き上がって、鞄を持った。

たぶん、もうレストランに残っているのは、ぼくたちだけだったのだろう。店員に見送られて、やってきたタクシーに乗る。

「大丈夫だ。ひとりで帰れる」

「そういうわけにはいきません。飲ませたのはわたしですし……」

南風さんはそう言って、タクシーの座席に乗り込んだ。

家について、自分がタクシーを降りたら、あとは万札でも渡して、そのまま同じタクシーで彼女に帰ってもらえば、多少は面目も立つだろうか。

そう思っていたのに、タクシーに揺られているうちに、ひどく気分が悪くなってきた。

「すまん。少し降ろしてくれ」

ぼくは運転手にそう言った。車が停まると同時に、ドアを開けてまろびでて、そばの植え込みに嘔吐《おうと》する。

情けないことに服にも嘔吐物がかかってしまった。

南風さんは、ぼくのシャツにかかった嘔吐物を、水色のハンカチで拭ってくれた。

「本当にすまない。情けない限りだ」

もう洗って返すなどと虚勢を張る余裕もない。

もう一度タクシーに乗り、ようやく自宅に到着する。彼女が一緒にタクシーを降りるのを止めるのも忘れていた。

自宅のドアを開け、南風さんの肩を借り、ようやくソファに座った。

彼女を家に入れるつもりなどなかった。だが、邪《よこしま》な気持ちなど浮かびそうにない惨状なのは、かえって幸運だったのかもしれない。

彼女が汲んでくれた水を飲み、汚れたシャツを脱いだ。ぼくは頽《くずお》れるように、ソファに横になった。

「すまない。タクシーを呼んで帰ってくれて大丈夫だ。鍵は開けたままでいいから。本当にありがとう」

「大丈夫です。お気になさらないでください」

彼女の声を聞きながら、ぼくはまた眠りに落ちた。


葵の夢を見た。

離婚したいと言われたとき、ぼくはそれを拒否した。別れる理由などない。そう思ったからだ。

だが、彼女は荷物をまとめて出て行き、代わりに女性の弁護士が現れた。

「梅田さんは人気商売でもありますし、あまり揉めずに、協議離婚に応じた方がいいと思われますよ」

「どういうことだ。離婚を言い渡される理由などない」

女性は分厚いファイルをぼくに渡した。

「ここ数年間、葵さんが残していた記録です。原本はうちが保管しています」

それを見て驚く。

「四月二十九日、テレビの夜のニュースで出た女性専用車の話に、わたしが好意的なことを言ったのが気に入らなかったのか、午前三時までねちねちと嫌味を言われる。十二時頃、『もうあなたの言うことが正しいのでいいです』と言ったことが気に入らなかったらしく、そこからさらに三時間説教が続いた」

「八月二日、最近体調がすぐれないから、お盆は実家に帰らず、家で過ごしたいと言ったら、それが気に入らなかったらしく、お義母《かあ》さんがいかに家で寂しく過ごしているか、自分に会いたがっているか、という話ばかりする。話を切り上げて寝ようとしたが、ベッドに入っても、同じ話を続け、わたしが寝ようとしたら、揺り起こされる。結局寝たのは、午前五時になってからだった」

「ストレスで眠れないので、眠剤をもらったが、飲むとすぐに眠くなってしまう。彼が仕事をしている間に寝たのが気に入らなかったのか、何度も起こされた。眠剤を飲んだ状態で、起こされたせいで、耐えきれず、吐いてしまうと、『当てつけみたいに』と言われた」

まったく記憶にないものも、うっすらとそんな話をしたような記憶があるものもあった。

だが、悪意などなにもなかったし、ただ妻と話をしていただけだ。寝ている彼女を起こしたのも、小説の執筆で気分が高揚して、自分の話を聞いて欲しかっただけだ。

彼女はなにも仕事をしていないのだから、好きなときに寝ればいい。ぼくが話したいときくらい、少しは話を聞いてくれてもいいだろうと思ったのだ。

「こういうことも、すべてDVとして扱われます」

それを聞いたとき、ぼくは笑い出してしまった。

「DV？　ぼくは彼女に手を上げたことなどないぞ」

「ええ、長時間の説教も、寝かさないこともモラハラですし、DVです」

「ただ、話をしただけなのに？」

女性弁護士は、あきらかに軽蔑したような顔で、ぼくを見た。

「ええ、あなたのやったことはDVです」

とうてい受け入れられない。妻と話しただけでDVになるなんて。だが、出版社から紹介された弁護士に相談しても、彼はあまりいい顔をしなかった。

「もちろん、争うこともできます。ひとつひとつの真偽を追究して、やっていないのなら、やっていないと言うことはできます。やっていないんですよね」

そう言われて、ぼくは返事に困ってしまった。朝の三時や、五時まで葵と話をすることは何度もあった。彼女が「もう眠い」と言ったことも覚えている。だが、DVだとかモラハラだとか言われるようなことをやったようには思えないのだ。

そう言うと、弁護士は渋い顔をした。

「向こうは記録に残していますし、早朝五時や、三時などのスマートフォンのスクリーンショットも残しているようです。あなたが話した記憶があるというのなら、覆すのは難しい。絶対にやっていないとおっしゃるのなら、争うことはできますが、もし、録音などが出てきたときに、調停委員や家庭裁判所の心証はずいぶん悪くなりますよ」

そう言われて、ぼくは争うことをやめてしまった。

言われた通りぼくは人気商売で、もし名前が出てしまうと、著書の売り上げにも影響する。週刊誌に載るほどのネームバリューはなくても、ウェブメディアなどの閲覧数稼ぎに利用される可能性だってある。

言われた通り、慰謝料を払い、財産分与をした。彼女は家はいらないと言ったし、なんとか家は残すことができた。

でも、それだけだ。なにより、葵を信頼していたのに、裏切られたことがつらかった。

いつの間にかうなされていたようだった。首筋に冷たいものが触れて、ぼくは飛び起きた。

南風さんが、タオルを手にぼくの顔をのぞき込んでいた。

今は何時かわからない。だが、空はかすかに白んでいた。

「帰らなかったのか？」

「ええ。先生のことが心配で……」

ぼくは頭を抱えた。優しい人だということはわかったが、あまりにも度を越している。

「すまない。迷惑をかけた。もう大丈夫だから帰ってくれ」

南風さんはひどく優しい顔で笑った。

「気にしないでください。わたし、可哀想な人の面倒を見ることが好きなんです」

ぼくは、小さく口を開けた。なにを言われたのか理解できなかった。

「可哀想だって……？」

「ええ、ずっと奥さんの名前を呼んでいました。献身的に支えてもらっていると思い込んでいたのに、捨てられて本当に可哀想」

怒りがこみ上げる。

「きみは……失礼な女だな」

「すみません。でも、先生もわたしと同じだと思っていました。自分より哀れで惨めだと思う人しか、愛せない人。だから、先生の小説が好きなんです」

「バカな……わたしは葵のことを……心から尊敬して……彼女の、見返りを求めない一途な愛情を……」

「でも、尊敬している人の言葉を嘘だと決めつけたりはしないですよね。見返りを求めない献身ではなく、先生が、それに報いなかっただけではないんですか？」

ぼくは先ほど酔って、いろんなことをぺらぺら喋ったことを後悔した。

「きみは失礼な女だ。俺は可哀想なんかじゃない。年上の男で、それなりに売れている作家で、社会的にも評価されている。きみに可哀想だなんて言われる筋合いはない」

そう言った先から、ことばは力をなくして萎《しお》れていく。ぼく自身、ことばを扱う人間だからわかるのだ。

言いつのれば言いつのるほど、彼女にとってぼくは哀れで、惨めな存在になる。彼女がぼくを見る、慈愛に満ちた目で、それがわかる。

ぼくはやっとのことで、こう言った。

「帰ってくれ」

南風さんはもう連絡を寄越さなかったし、あの喫茶店にももう来ない。ＳＮＳで書き込みを見ることもなくなり、ふとある日、検索してみると、ブロックされていることがわかった。

もしかしたら、あの夜のことはただの夢だったのではないかと思うことさえある。からかわれたのかもしれない。

そして、ぼくは南風さんのことばかりを考える。

もしかすると、彼女を愛し、惨めで哀れな存在として、老いた犬のように愛される道もあったのではないだろうか。

そう思うこともあり、どう考えてもそれは耐えられないと思うこともある。

ただ、その秋、ぼくはホームセンターに行き、大根と白菜の種を買ってきた。

すっかり荒れ果てた家庭菜園を耕し、そこに種を蒔《ま》いた。

洗濯物を自分で洗い、ひさしぶりに外に干してみた。

物干し竿はいつの間にか汚れていて、洗ったばかりのシーツが真っ黒になってしまった。

光文社文庫

文庫書下ろし

Jミステリー2023 SPRING

編　者　光文社文庫《こうぶんしやぶんこ》編集《へんしゆう》部《ぶ》

2023年4月20日　初版1刷発行

発行者　三　宅　貴　久
印　刷　萩　原　印　刷
製　本　ナショナル製本

発行所　株式会社　光　文　社
〒112-8011　東京都文京区音羽1-16-6
電話（03）5395-8149　編　集　部
8116　書籍販売部
8125　業　務　部

© Keigo Higashino, Shinichirō Yūki, Tatsumi Atsukawa,
Yukiko Mari, Tomoyuki Shirai, Fumie Kondō 2023
落丁本·乱丁本は業務部にご連絡くだされば、お取替えいたします。
ISBN978-4-334-79519-1　Printed in Japan

R ＜日本複製権センター委託出版物＞
本書の無断複写複製（コピー）は著作権法上での例外を除き禁じられています。本書をコピーされる場合は、そのつど事前に、日本複製権センター（☎03-6809-1281、e-mail : jrrc_info@jrrc.or.jp）の許諾を得てください。

組版　萩原印刷

本書の電子化は私的使用に限り、著作権法上認められています。ただし代行業者等の第三者による電子データ化及び電子書籍化は、いかなる場合も認められておりません。

光文社文庫最新刊

三毛猫ホームズの懸賞金	赤川次郎
恋愛未満	篠田節子
Dm しおさい楽器店ストーリー	喜多嶋 隆
凡人田中圭史の大災難	江上 剛
Jミステリー2023 SPRING	光文社文庫編集部・編
しんきらり	やまだ 紫
流鶯《りゅうおう》 決定版 吉原裏同心(25)	佐伯泰英

光文社文庫最新刊

旅立ちぬ　決定版　吉原裏同心(26)　佐伯泰英

初心　鬼役　三十三　坂岡　真

ふるさとの海　日本橋牡丹堂　菓子ばなし(十二)　中島久枝

晴《はれ》や、開店　人情おはる四季料理　倉阪鬼一郎

織田一　丹羽五郎左長秀の記　佐々木　功

川烏《かわがらす》　介錯人別所龍玄始末　辻堂　魁《かい》

48KNIGHTS《フォーティーエイト・ナイツ》　もうひとつの忠臣蔵　伊集院　静